HONEY
小甜心
系列01

原书名：《我那送法拉利的土豪粉》

我亲爱的粉丝／先生

W o q i n a i d e

F e n s i / x i a n s h e n g

时梧◎著

百花洲文艺出版社
BAIHUAZHOU LITERATURE AND ART PRESS

图书在版编目（CIP）数据

我亲爱的粉丝先生 / 时梧著. — 南昌 : 百花洲文艺出版社，2017.8

ISBN 978-7-5500-2377-2

Ⅰ. ①我… Ⅱ. ①时… Ⅲ. ①言情小说－中国－当代 Ⅳ. ①I247.5

中国版本图书馆CIP数据核字(2017)第189186号

出 版 者 百花洲文艺出版社
社　　址 江西省南昌市红谷滩世贸路898号博能中心A座20楼 邮编：330038
电　　话 0791-86895108（发行热线） 0791-86894790（编辑热线）
网　　址 http://www.bhzwy.com
E-mail bhzwy0791@163.com

书　　名 我亲爱的粉丝先生
作　　者 时 梧
出 版 人 姚雪雪
责任编辑 李梦琦
特约编辑 颜小玩
封面设计 颜小曼
封面绘制 Ashui
经　　销 全国新华书店
印　　刷 长沙鸿发印务实业有限公司（长沙黄花工业园三号 邮编410137）
开　　本 880mm×1230mm 1/32
印　　张 8.5
字　　数 235千字
版　　次 2017年10月第1版
印　　次 2017年10月第1次印刷
定　　价 29.80元
书　　号 ISBN 978-7-5500-2377-2

赣版权登字：05-2017-325

目录

WOQINAIDE
FENSIXIANSHENG

我是一个专一的人
不管是二次元追星，还是三次元宠我的女朋友

• Chapter 1
送你一辆法拉利

近期豆芽论坛热帖：《八一八最赚钱的十大网红主播》。

1楼：火钳刘明！楼主牛×！这都知道！第一名的pupu酱我很喜欢哎，没想到能月入千万，不过这是因为她那个月一口气拉到了千万的投资吧。

2楼：顶楼上！我觉得也是，楼主这样来算月收入的话有点不对，还是按照总收入来算比较好。另外，谁跟我一样是第六名的小咪的颜饭！

3楼：我我我！小咪姐姐万岁！小咪姐姐美颜盛世！

4楼：第十名的八国混血徐子淇好可怜，楼主扒她收入就算了……还要把她整容的医院都扒出来，大家注意避雷，别找这家医院，看看都整成什么模样了。害怕。

……

55楼：那个……看到大家都在讨论这十大主播，我想补充一个人，绝对排得上前三……知道鸡丝猫吗？

56楼：那个戴口罩直播画漫画的画手？我喜欢她那部《勇者闯猫城》，超可爱！

57楼：她直播不是营利性质的吧，收入能排得上？

58楼：她漫画版税都排不上这里的前十吧，55楼你是不是搞错了？

59楼：我是55楼，单独再开一楼来回复一下大家……鸡丝猫绝对排得上前三。因为……据可靠消息称，前天，鸡丝猫的一个土豪粉丝，送了辆真·法拉利给她。是真·法拉利，不是直播平台里那个一出来就霸屏的动画·法拉利。

60楼：我去。

61楼：我去+1。

……

240楼：我去+11111111S。

苗淼焦头烂额，第N次拨通陆世文化负责她漫画的编辑电话："许姐，那车子……怎么样了？"

"还停在停车场呢。苗苗，我看你要不就收了吧？"许凌云回她。

苗淼撩起自己的刘海，一膝盖跪坐在沙发上的抱枕上，眼泪都快出来了："姐啊，那是……法！拉！利！啊！我怎么收啊？！我查过那车的价格了，最便宜也得340万，姐啊，我害怕啊！"

许凌云声音也颤抖了："苗苗，我难道不害怕吗？你说好好的，人家送你法拉利干吗？还送我们公司来。现在好了，跟钉子户一样，停在地下车库，钥匙就挂在总编办公室，指名道姓就得让鸡丝猫去开走。我们谁敢碰一下啊，这太可怕了！"

"天哪，怎么会这样啊？！我……我这画一辈子漫画也赚不到一辆法拉利吧……为什么要以这种方式送给我啊？"苗淼急哭了，"跟对方沟通啊，没他们老板电话吗？"

"没有。就一个戴眼镜的黑衣帅哥上来，把车钥匙往总编桌上一放，把手机拍的车照片给他一看。'这个礼物是送给鸡丝猫的，请鸡丝猫小姐过来将车子开回家。'"许凌云学得语气还挺像，将对方木讷公事公办的态度学了十成十。

苗淼深刻怀疑对方是黑社会："都停了三天了……我不开，我不开，谁知道开走了会发生什么事情。"

"你自己想想，到底是哪里出了什么问题？"

苗淼打自己脑袋回忆，都快把自己的头盖骨敲碎了，也想不起到底是哪个地方出了问题，导致有个土豪一掷千金送她一辆法拉利 488，话说回来，这种超跑她也开不来啊。现在苗淼连陆世文化办公区都不敢去了，连近期签绘的明信片都是同城快递寄到家来签的。

"我这种金鱼脑袋的记忆力……真的记不起来啊。"苗淼长叹一口气，"许姐，我好心疼车子。可能此生它就要这样停在地下车库了。"

许凌云见过真车，比苗淼更加心疼："废话，那火烈红的车身，别提多好看了。总编把那车钥匙挂得高高的，谁都不敢去碰一下。心疼。"

"苗苗，你想想，会不会是你直播的时候出的错？"许凌云突然想到什么，提醒苗淼。

已经一周没有直播的苗淼拿着手机，皱眉想了半天，突然脑袋灵光一现，整个人一个激灵，呆掉了。

"妈呀，好像……还真的是直播惹的祸！"

时间倒回一周前，苗淼在微博上挂出了直播预告：晚上八点半开始直播画线稿哦——是《勇者闯猫城》的第 63 话——请大家监督我尽早完成，不要摸鱼——么么哒——

发布不到一分钟，评论破了一百。苗淼微博粉丝 50 多万，算个不大不小的网红，在画手圈里算是挺出名的了。追她漫画更新的人很多，因此，能看到剧透的直播——为什么不去支持呢？

晚上八点二十五分，苗淼准备就绪，将摄像头调整好角度，确定这个角度看自己的脸会比较小，然后冲着摄像头比了个"V"字，自恋了一番。将齐肩的直发随便绑了个丸子头，苗淼戴上了猫咪嘴巴图案的口罩和黑框眼镜。八点三十分，直播准时开始。

“大家好，久等啦，话不多说，我开始画稿子了，有作业有论文或者也赶稿子的朋友们！跟我一起奋斗！”苗淼用激励人心的语气说完每次开场必说的发言，就开始埋头画稿。

苗淼有两台电脑，一台画画用，另一台玩游戏以及直播用。她将直播的大窗口一个连了摄像头，另一个小窗口连接了绘板，所以观众是可以看到她在画的稿子的。

直播人数从0迅速跳上了3000、4000，最后稳稳停在了6000，上下浮动着。

苗淼偶尔抬头看一看电脑屏幕，就能看到跳动的留言。

“猫猫眼睛好大哦。”

“终于有剧透可以看了！”

“没有猫猫的日子，我作业都写不完！哭！”

“有了猫猫，从此再也不怕导师催论文！”

……

屏幕上还不断跳动着各种观众送的礼物，苗淼并不希望大家送礼物，毕竟她直播只是单纯为了减少自己摸鱼的时间，治疗自己的拖延症。

看到各种可爱的留言，苗淼不禁笑出了声，口罩下的嘴咧开了一个大大的弧度，眼睛笑成了弯弯的月牙儿。

“咻——”一道熟悉的声音响了起来。

一辆金光灿灿的法拉利驶进屏幕，伴随着一行彩色的字幕：[一阳来复送法拉利。]

苗淼看到这辆红色法拉利愣了一下，笑着说：“不要送啦，大家不要送礼物啦，特别是法拉利。话说大家送了好多礼物，其实我也拿不到多少钱，那个……一阳来复，每次都送法拉利，谢谢你啦——不需要送啦，大家看着开心，也能治疗拖延症就好啦。”

面对着摄像头，苗淼说话都嗲了很多。

“喵——”一声猫叫从脚边传过来，是她养的美国短毛猫，此时正绕着苗淼的腿转，尾巴弯弯绕绕地缠在苗淼的脚踝上。苗淼弯下腰，挠了挠小兔的下巴。

“小兔，来，跟叔叔阿姨们打招呼。”苗淼把小兔抱起来，不顾它满脸不耐地扭头，将猫爪子举起来冲着摄像头挥挥。

留言顿时被刷爆了。

“啊啊啊——好可爱！”

“好乖好乖！”

“其实这才是真正的鸡丝猫吧！哈哈哈——”

……

苗淼蹂躏了一会儿小兔，突然一愣：“我怎么又摸鱼了……你们怎么都不提醒我？！”

将小兔往地上一放，苗淼急忙拿起笔继续对着电绘板画线稿。

“咻——”又是一辆法拉利。[一阳来复送法拉利。]

苗淼抬头看了一眼，戴着口罩的下半张脸有点郁闷，她将笔穿进口罩和脸颊之间，留了条缝隙通气，嘴里嘟囔着：“别送啦，别送啦。话说回来，我收了那么多辆法拉利，都没有一台是真的，好气哦。”

“咻——”第三辆法拉利。[一阳来复送法拉利。]

“……”苗淼盯着电脑屏幕无语。

右侧的留言栏里刷出来一条眼熟的ID留言，虽然被刷走得很快，苗淼还是看到了，念出了声：“那我就送你辆真的……哈哈哈，别开玩笑啦，一阳来复同学，好好写论文，好好做作业，法拉利早晚会有的！”

“就……这样……”苗淼声音越说越轻，“谁知道他留言说的是认真的……”

许凌云也觉得这个世界太奇妙了：“不知道是该羡慕你有这样一个土豪粉好，还是该同情你有一个脑残粉好。”

“……我连他是男是女都不知道……这种事情不可怕吗？我觉得很可

怕哎！”

“是是是。你想想看怎么解决吧？既然知道源头在哪儿，就好处理了。”

苗淼思忖片刻，提议：“那……我晚上开个直播……讲一下这件事情吧……希望他能够把车收回去。”

“粉丝最听爱豆的话，我想你能成功的！”许凌云不走心地鼓励道。

苗淼唉声叹气：“我要真是爱豆，也不会这么愁了……”

苗淼挂了电话，就照往常那样，在微博上挂出了直播预告。看了看时间，快到午饭了，苗淼走到客厅，敲了敲猫食盆，小兔从沙发底下钻了出来，乖巧地坐在食盆旁等着苗淼投食。苗淼将猫粮倒进食盆里，又补充了一下饮水器里的水。小兔在苗淼刚开始投食的时候就将脑袋趴在食盆里，喉咙里发着咕噜咕噜的满足声，缓慢地摇晃着尾巴吃午餐。

苗淼蹲在旁边看了它一会儿，摸了摸它的脑袋：“我出去买午饭，你慢慢吃。”

没得到期待的关注，苗淼习以为常了，摸了摸口袋里还有张二十块纸币，带着钥匙和手机就出门了。

苗淼家所在的小区比较小，都是酒店式公寓，就两栋楼，苗淼租的其中一套跃层式小公寓，两层楼加起来九十平方米左右，一个月要五千多大洋。这个公寓位置也比较偏僻，附近没有什么饭店餐馆。

幸好苗淼家楼下就有一家面馆，汤面、炒面、炒饭、盖浇饭统统都有，还意外地美味，是物美价廉的最佳代名词。平时一个电话，老板的学徒兼职外卖小哥还会亲自送上楼，可方便了。

然而……

[有事外出，明日重新营业，造成不便，非常抱歉。]一块大大的手写板上，龙飞凤舞地写了一行字，挂在牢牢紧闭的大门推手上。

苗淼一脸幽怨地站在门口，望着面馆里边，黑漆漆的，但是能看到餐桌以及墙上贴着的菜单。

她的午饭啊！还有什么，比让一个宅女失去赖以为生的出门就能吃到的美食更悲惨的事情吗？！

苗淼在夏末初秋的暖风中感受到了微凉，抽了抽鼻子，将线衫的纽扣扣上，双手插到口袋里，趿着人字拖踢了块小石头，结果大脚趾撞到了小石头，疼得差点掉眼泪。

苗淼没有车，她的交通工具，是政府提供的——公共交通。

这意味着她不能自由地移动到起码两千米开外的任何一家餐馆。缩在墙角，苗淼看了看外卖 APP 的最近的商家，2.1 千米。苗淼抽了抽鼻子，感觉到了九月秋风中的恶意。

再看看预计送达时间，起码得一个小时。苗淼有气无力地喘口气。她好饿。要等这么久才能吃上午饭，搞不好外卖都凉了，不如回家吃猫罐头！

在上楼的电梯里，苗淼头靠着墙，生无可恋地思考着，自己为什么要租这么偏僻的郊区公寓？

答案再简单不过了，因为便宜。

寸土寸金的浮城，自从晋升为一线大城市之后，房价涨得吓死人。苗淼又是个喜欢享受的人，同样花个五千多块钱的月租，住在好的地段，估计也不过二十几平方米的一居室，说不定还是跟别人合租的。而这个偏远的刚开发的高新商务区，五千多块钱代表着，包水电、暖气供应、有随叫随到的物业、允许养猫，更何况，是总面积九十平方米的双层公寓，这都是市中心无法享受到的。而苗淼又是个在家里画漫画的死宅，并不需要好地段住着。

于是造成了现在的窘迫。

苗淼回到家里，抱住小兔哭诉着自己的不幸，末了挠着小兔的下巴，央求："小兔，你允许我开一罐你的罐头吃吗？"

小兔被挠得舒服得仰头眯着眼，咕噜起来。

苗淼自欺欺人地点头："好的，就知道小兔最大方了。"

她爬起来找到昨天剩下的隔夜米饭，拿出一罐金枪鱼加虾仁口味的猫罐头，放锅里加热之后，倒了点酱油和盐调味，再盖到热好的米饭上。一盆热腾腾的金枪鱼虾仁口味猫罐头盖浇饭就完成了！

好完美哦！

苗淼哭丧着脸给午餐拍了照片，心里这样安慰自己。然后，她将照片发到了微博上，配字：当当当，今天的午饭是猫罐头盖饭。我真的成为一只猫了好可怕，然而是金枪鱼不是鸡丝，好气哦。别问我为什么吃猫罐头……我真不是故意跟小兔大人抢吃的！

评论来得很快，苗淼尝了口饭，发现还挺好吃的，吭哧吭哧吃了两口之后，叼着勺子捧着手机看粉丝的评论。

“看起来居然很好吃！”

“猫猫发生什么了？基因突变了吗？”

“作为猫猫的编辑……我大概能猜到，宅猫发生了什么事情。”这一条是许凌云发的。

苗淼叼着勺子嘴有点酸，遂将勺子放了下来。手指正迅速地按键回复许凌云，就见小兔突然跃上了餐桌，坐在苗淼面前，虎视眈眈地盯着盆里的盖浇饭。

苗淼眼疾手快地给小兔拍了一张照片，然后在评论里回复了许凌云：“楼下面馆休息，住得太偏了……又没车子，不想叫外卖就……现在小兔这表情，我好害怕……[图片]”

很快，许凌云就将苗淼这条回复单独截出来转发了，评论：“哈哈哈哈……公司有辆法拉利你快开走呀——[蜡烛]”

苗淼被土豪粉丝送法拉利这件事情已经不是什么秘密了，很多人都知道，都怪许凌云这个大嘴巴。苗淼翻了个白眼，回了她一个字：滚。

将手机放到一边，苗淼专心地吃起饭来。然而顶着小兔目光如炬的视线，苗淼越吃越慢，感受到了巨大的压力，最后还剩下三分之一，实在是不敢吃下去了，用保鲜膜将盖浇饭一盖，塞进了冰箱：“好了好了，怕了你了。你刚吃了猫粮不能再吃了，晚上留给你吃行了吧。”

“喵——”小兔嗲嗲地应了一声，跳下了桌子，跳到沙发上蜷着身子睡起觉来。

重新打开微博，评论的风向已经从询问猫罐头好吃不好吃和为什么吃猫罐头，转变成了点蜡，气得苗淼想摔手机。

受这件事情的影响，苗淼连法拉利的事情都不考虑了，乖乖去画分镜，等晚上可以直播画线稿。

苗淼晚上提前了一个小时点了外卖。

晚上八点半，苗淼的直播准时开始。

刚接上线，鸡丝猫直播间的观众瞬间上升到了 10000 多人，创造了鸡丝猫直播观看人数的历史新高。

苗淼有点奇怪怎么回事，结果还没开始讲话，就发现一堆的留言，基本上都是“豆芽热帖观光车，排队上车，注意安全”“观光队到此一游”“想知道法拉利好开吗？”……

苗淼目瞪口呆，结结巴巴地对着麦克风说：“怎……怎么回事？哎哎哎，我粉呢？我粉呢？”

她这样一喊，平时的鸡丝猫粉丝蹦跶出来了，然而风向却完全不是苗淼心中所想。

“看到猫猫因为法拉利红了，内心百感交集。”

“猫猫也是有法拉利的人了，不愧是我的爱豆。”

“大家猜是不是一阳来复大大送的——”

……

不管是谁送的！送法拉利就不是一件好事！苗淼歪着脑袋，有气无力地望着电脑屏幕，半天没有说话。就在粉丝们以为自己把鸡丝猫大大给气到了的时候，苗淼说话了。

“咳……那个……我被一万多的观众给吓到了，让我缓一缓。”苗淼坐直了身子，扶正了口罩，“是这样的，今天直播，我有一些话要说，为了防止摸鱼，我先画稿，画完之后再讲吧。”

因为心中有事，苗淼注意力很集中，很快就把今天需要完成的稿子给画完了。画完稿子之后，苗淼将东西理了理放到一旁，调整了一下摄像头，坐端正了，才紧张地开口。

一开嗓就感觉卡痰，苗淼急忙轻咳一声，尴尬地说道："抱歉，空调开大了，喉咙有点干，我去喝口水。"

苗淼起身去倒水，小兔从旁边蹿上了转椅，缩着身子蜷成一团窝在还留有余温的坐垫上。

苗淼喝完水，将口罩戴好回来。见小兔霸占了自己的位子，她将它抱起来放在膝盖上，结果小兔又一下子跳走了。苗淼气鼓了脸，叹了口气，对观众们说道："嗯，我回来了。"

"我知道……最近关于我收到一辆法拉利的事情，闹得沸沸扬扬的，这里有相当一部分观众也是因为这件事情来的吧。是这样的，具体是谁送的我也不知道，车子现在在陆世文化的地下停车场……我没去动。我不能开，我没有资格去开一辆超跑。当然，对于送我车的粉丝，我很感谢，你的心意我领了，但是我不能收下一件，我的能力范围内根本偿还不了的礼物。"苗淼慢慢地说道，"在这里，我向所有人发誓，我没有向任何人索要礼物，更没向别人索要一辆法拉利。"

"还有，对方我不认识，甚至不清楚是谁，所以也不存在对方是在追求我这个问题，我根本不认识的人，我是不会接受的。我相信只是一个好心的粉丝的好意。但是我承受不起，对不起。"流言蜚语总是有的，苗淼认认真真地回应了所有的流言，"希望大家以后也不要送礼物了，直播间的礼物也别送了。我会关闭送礼物的特效动画的，这样就看不到你们送的礼物了，希望大家明白，我开直播的初心就是希望大家都能够认真做好自己的每一份工作，学生可以好好学习，大家一起互相鼓励。也能解决我的拖延症，而不是营利。我一直坚持本心，所以，不要送了。"

苗淼顿了顿，语重心长地说道："最后，希望送我车子的朋友，能够把车子开走……你看，你这么有钱，我也很乐意跟你成为朋友，嘿嘿嘿，不需要送这么贵重的礼物的啦——哈哈哈哈。"

最后回答了一些粉丝的问题，苗淼顺便给自己的新书打了广告：“另外，那个……《勇者闯猫城 3》快上市了，最近在签明信片……有两千张，我手都快签断了。希望大家能去买。最后，再次谢谢大家的支持，鸡丝猫爱你们！”

直播结束，苗淼长长地舒了口气，关了电脑爬到床上玩手机。电脑旁边摆放着厚厚一沓明信片，除了漫画里的主人公的 Q 版图案，其他地方空空如也。苗淼一张都没有签，拖延症又犯了。

苗淼打开微博私信开始挑挑拣拣看看有没有什么有用的信息。因为平时都设置的消息免打扰的原因，苗淼看不到网友发的私信，太多了，容易被打扰。

这一查看，就看到了刚刚收到的最新一条信息。

对方叫“一阳来复”，头像是纯白色的。苗淼一个激灵，从床上鲤鱼打挺一般坐起来，急忙点进去看。

“鸡丝猫，你好，我是一阳来复，车子是我送的。”

苗淼感觉呼吸都快停滞了，双手颤抖地先点开了对方的微博主页查看一下，结果发现是个粉丝不过百，一条微博都没有发的小号，对方是不是真的一阳来复都很难确定。

苗淼将信将疑地问：“真的假的？”

结果对方发来了几张照片，前三张是那辆红色法拉利 488 的各个角度的照片，苗淼看过那车的照片，的确是同款。第四张和第五张照片来头就大了，第四张是一张购车发票，上面还有车架号，清晰可见；第五张则是购车合同的开头，能看到购买车子的 4S 店名称和地址。不过无一例外的，购车人的信息都马赛克掉了。

苗淼愣了半晌，急忙把照片转发给许凌云，在微信上问她：“快快快，告诉我那辆法拉利的车架号是不是这个！”

许凌云许久才回复她：“不知道，我去问问总编。”

由于车子的牌照没有上，因此只有车架号才是能分辨这辆车的唯一指标。总编做事很小心谨慎，特地去拍了这辆车的车架号。许凌云一问，果然是这个号码。

将这个信息转达给苗淼之后，苗淼已经信了八分了。

她急忙回复一阳来复："真的是你送的啊……对不起刚才去看车架号去了。那个……谢谢你的好意，但是你能把车子收回去吗？"

一阳来复回复得很迅速："不行。"

苗淼急了："为什么呀？这车子多贵呀，你也心疼吧……我不能要呀。"

"不心疼。我有很多。"

好气哦。

对方过了一会儿又发了一条："而且，你也需要车。"

"我不需要……"

"你需要。不然你又要吃猫食了。"

好气！啊……真的好气！苗淼如果知道这个人是谁，真想上门一拳揍晕他。

苗淼深呼吸了好几口气，才让自己能够心平气和地回复他："真的感谢你的好意，但是我承受不起这么大一份厚礼，我不值得你送这么大一份礼物啊。真的，我这辈子都不一定能赚到这么多钱买到一辆法拉利，所以，真的不需要了，请你收回去吧。"

"你承受得起。"

"我承受不起啊，我没有给你什么太大的帮助，也没有为你赚一笔与法拉利相当的钱，你送我一辆这么贵的车，实在太奇怪了。"

"不奇怪。你有给我帮助。"

苗淼看到这句话，愣了片刻，感到非常奇怪。

对方又发过来一条："你带给我的，比这辆车的价值要高十倍，甚至百倍，你不用觉得承受不起，这是你应得的。"

这是什么意思？这话好奇怪。苗淼冷汗直冒，在温暖的书房内，苗淼居然感受到了一股寒意。别告诉我，这个人暗恋她很久了。可是，这句话真的好容易让人误解啊。

“什么意思？”苗淼问他。

“你让我更有动力工作，因为你，我谈成了好几笔大单子。加起来，远远超过这辆车子的价值。这辆车子就当是我分红给你了。”

啊啊啊，更让人误解了。什么叫作，她让他更有动力工作了！什么叫作因为她！

苗淼急忙又点进对方的头像看对方的性别，确认是个男性之后，仍旧不放心，又问：“你是……男的吧？”

“嗯。”

苗淼这才松了口气。至少确定对方是男的，也算是这件诡异的事情中的一件喜事。

不对不对！她在想什么……

苗淼拍拍自己的脸，翻了个身仰面躺在床上发愣。

无论如何，这辆法拉利得让他收回去，并且，一定要拜托他以后不要再送礼物了。

苗淼再三跟他说：“对不起，我真的很感谢你的好意。但是这辆车子太贵重了我真的不能要，你要怎么样才能收回去啊……”

“我不能收回去。”

苗淼快急哭了：“求你了，我真的真的真的不能要！”

对方良久没有回话，苗淼看消息显示已阅，估摸着对方应该只是在思考，就强迫自己冷静下来，老老实实等待。

半晌，一阳来复才回复她：“我可以将车子收回来。但是我必须得向你表示我的感谢，请你一定要收下一件礼物。你带给我的帮助很大，如果我不送点什么给你，我很不安心。”

奇葩。

苗淼给这个一阳来复冠了这个头衔。

他这么执拗，苗淼实在拗不过他，只好无力地回复他：“好吧。”

“那你喜欢什么牌子的车？”

怎么又回到车的话题去了？苗淼没反应过来。

“怎么又问车子？”

“方便送。”对方回复了一句这个。

苗淼好想摔手机，车子哪里好送了！又要上户又要上牌还要保养，还不如给小兔送一个女朋友！

苗淼此时已经没有跟他继续耗时间的力气了，无奈地问了一句：“还是得送车子？”

“对。不然你又得吃猫粮。”

能别提猫粮的事情吗……

“那……能送便宜点的吗？”

“可以。由你挑。”

苗淼在脑袋里面过滤了一遍最普通的汽车牌子：“那就来一辆QQ吧。”

“抱歉，没有QQ。”

啧，见惯了高端车还没QQ了？苗淼差点把手机摔出去。

“熊猫？”

“没有。”

呵呵。苗淼冷笑地打上最后一个汽车品牌，这个土豪，殊不知人间接地气的汽车千千万，单识那个法拉利。

“大众吧，最普通的就好。”

“可以。”

眼见着对方答应这么快，苗淼一时间都有些不适应，生怕他误会自己的意思，一再强调：“真的只要最普通最便宜的，不要途锐不要辉腾！统统不要百万豪车！求你！”

苗淼心好累，居然还求着别人不要送自己豪车。

“我知道了。”

终于谈妥了，苗淼才松了口气，将手机放到一边，将旁边趴着的小兔抱过来蹂躏了一会儿它的毛，跑去洗漱了。

此刻，手机屏幕上，静静跳出来一条新消息："那我明天派人过去提车和取车，并且给你办过户手续。"

方总今天晚上工作很卖力，最近方总跟变了个人一样，工作很积极，处理文件快得很，积攒下来的陈旧文件都处理掉了，陈助理感觉非常欣慰。

如果不让自己也跟着加班就更好了。

陈助理看着方来阳玩了会儿手机，脸上带着平时很少见的笑容，放下手机，一见到自己，脸瞬间又板起来了，吩咐道："陈助理，你明天去把那辆送去陆世文化的车子提回来。然后挑辆帕萨特，去办个手续。"

陈铎一怔，瞬间明白了方来阳的意思："还是那位鸡丝猫小姐？"

"嗯。"方来阳处理好手边的文件，活动活动脖子，随口问，"你觉得白色怎么样？适合女孩子吗？"

"挺好的。"

"那就白色吧。不需要太高配置了，二十来万就够了，免得又要换。"方来阳叮嘱。

陈铎应下，将事情记在备忘录里，良久，才问："那……方总，你不出面吗？"

"我？"方来阳挑眉看他，"我为什么要去？我没有那个时间。"

陈铎抽抽嘴角："那……鸡丝猫小姐到时候办手续，她的身份也……"

"哦，那不需要跟我说，我没兴趣。"方来阳冷漠地拒绝。

"……"咦，这不符合剧本啊。

陈铎腹诽，方总这么大方地送法拉利，难道不是脑残粉私生饭的节奏？怎么会这么冷淡……

"我只是喜欢她鼓励我工作的方式，喜欢她的漫画。对她这个人现实中是谁、长什么样、人品如何，并没有兴趣。我们就是两条平行线，因为某些原因有点浅薄的交集，不值得劳心。”方来阳理智得很。

陈铎明白了。

方来阳两年多前，还是那个文件能拖就拖，合同能推迟签就推迟签的人，拖延得可以。开会、商谈什么的倒不会迟到，可是经常会出现开会前没认真看过资料的情况。这样子的拖延症，让方董事长——方来阳的父亲很是恼火，一度想把他从总经理的位置上赶下去，把他扔到基层去干几年。

而自从方来阳偶然看了部漫画，并且开始慢慢追起漫画作者的直播之后，这种情况就有了好转。

这个漫画作者就是鸡丝猫。

一开始，方来阳是跟着鸡丝猫直播画漫画的时候，把积攒起来的文件处理掉。似乎有人激励着，陪着一起工作的时候，方来阳积极性就特别高。后来，鸡丝猫不直播的时候，方来阳也习惯了每天处理好自己的工作。而因为这种积极上进，方来阳一连谈成功了好几笔大单子，公司股价大涨。

方来阳从小就是不乐意亏欠别人的人，他就觉得是鸡丝猫帮助了自己，自己欠了人家的情，就拼命地想道谢送礼，真的就是很单纯的感谢而已。

陈铎相信，方来阳根本不知道，自己这种强送别人法拉利的行为，给鸡丝猫带来了多大的影响——他可是有看豆芽论坛上那个主播收入热帖的。

看到鸡丝猫因为自己老板而空降榜单前三，这种感觉……很微妙呢。

方来阳将处理好的文件整理到一旁之后，敲了敲桌子：“发什么呆，过来拿走。”

陈铎回过神来，急忙起身走到老板桌旁，将厚厚一沓文件抱走。

“明天去陆世文化的时候，顺便问问，《勇者闯猫城》第三部什么时候上市。”方来阳在陈铎身后如是说。

陈铎差点一个踉跄，将文件摔出去。

厉害了，我沉迷二次元的老板。

• Chapter 2

请叫我司机猫

苗淼把个人资料和证件给了许凌云，托她帮忙去办了汽车的过户手续。按照那个一阳来复的意思……他家就是卖车的，因此直接挑了辆新车给苗淼，连车牌都帮她挑好了。等许凌云帮她把车开到她家楼下，苗淼还是有些云里雾里无法接受现实。

“就……开来了？”

苗淼感觉这个世界很奇妙。

“嗯啊。放心吧，法拉利已经被开走了，你安心开你的大众吧。唉，你说，连原本法拉利的零头都不到，值吗？”许凌云摇摇头惋惜。

“别惋惜了。我觉得就算是大众，我开车腿也软。”

送走许凌云，苗淼看着时间已经是午饭点了，正巧在楼下，她就将车子停到了楼下面馆门口的一个停车位，往面馆里走去。

“咦，淼淼，你买车了？”苗淼一进门，就听兼职面馆服务员的黄茹茹疑惑地问她。

苗淼找到墙角自己平时的专座坐下，趴在桌上摆摆手：“别提了，糟心。”

“怎么了？”黄茹茹坐到苗淼对面，好奇地问。

苗淼摆摆手："快干你的活去吧，别在这儿八卦。"

现在正好是食客最多的时候，面馆生意很好，店面不大，只有三个人，其中一个黄茹茹还是附近大学的学生兼职的，只负责收银跑堂。老板又是厨师，学徒又要打下手又要洗碗又要打扫卫生，忙得不可开交。苗淼可不想黄茹茹因为八卦耽误了生意。

"好好好，过会儿吃完饭你别走，留下来给我们说说，买车是好事怎么就糟心了？"黄茹茹叮嘱着，回身急忙投身战斗去了。

苗淼突然意识到什么，尔康手想拉住她："哎，我还没点呢……"然而为时已晚，黄茹茹已经走到另一桌客人那儿记菜名了。

"吃什么？"一个低沉的男人声音在苗淼脑袋上方响起来。

苗淼抬头一看，视线就不可避免地被对方黑沉如墨的瞳孔给吸走了，她叹了口气，趴在桌子上："老样子吧，老板。"

韩栋拿出小本子和笔记了一下："麻辣鸡丝盖饭，变态辣，加个荷包蛋？"

"嗯。"

韩栋点点头，正想回厨房就被苗淼给喊住了："哎，老板。"

韩栋回头，瘫着脸，微皱眉看她。但是苗淼却能看出他的疑问，苗淼不好意思地挠挠脸："那个，你上次一天没营业，发生什么事情了？"

"没事。"韩栋摇摇头。

苗淼搓了搓手，尴尬地说道："那个啥……上次没有准备，所以那顿午饭我解决得很将就……茹茹有我的微信，上次她考试没来上班也不知道，所以没提前告诉我。那个啥……以后如果不开门的话，能先告诉我一声吗？"

韩栋挑了挑眉："手机。"

"嗯？"

"你手机。"韩栋言简意赅地回答。

"哦哦。135××××××××，记得住吗，要不要写本子上？"苗淼问。

“不用。”韩栋摇摇头，“我记得住。”

“……”苗淼点点头，看着韩栋自带着他那独特的冷飕飕的气场回了厨房。

奇怪，记性这么好的话……为什么她吃个“老样子”的套餐还要记本子上……

“啊……终于结束了，我的天，都一点多了。淼淼你都快等睡着了吧？”黄茹茹捶背捶腿地步履蹒跚地走到苗淼对面的座位上坐下。

苗淼摇了摇手机：“没有，就是手机快没电了。”

“喵姐！听说你买车了！什么时候带我们去兜风啊？！”韩栋的学徒，郑林天人都没从厨房里出来，就听见他清脆的嗓音大声地喊着。

郑林天刚满二十岁，比黄茹茹还小，十八岁的时候跟着韩栋开始学厨艺的，听他的吹嘘，韩栋是什么高级厨师厉害得很，所以才会跟着韩栋学习的。不过苗淼并不是很了解。

苗淼扯着嗓子回答他：“不是我买的啦！你出来听我解释啊！”

“太响了。”这一嗓子没把郑林天喊出来，却把韩栋从厨房里招了出来。

他站在大堂内往外看了一眼，问苗淼：“你的车？”

苗淼歪了歪脑袋：“啧，怎么说呢，应该算是我的。”

郑林天收拾好了东西，“噔噔噔”跑出来：“等等等等，我来了，没客人来了吧，快讲快讲。”说着，他挤到了黄茹茹旁边，一副认真听讲的好学生模样，竖着耳朵准备听苗淼讲述。

苗淼满脸黑线，在见到韩栋这个对什么事情都没有特别感兴趣的人，都搬了把椅子坐在一旁，似乎准备旁听的时候，彻底无奈了：“唉……这件事情很奇葩，就是……”

这几个人都知道苗淼是漫画家，但是并不知道苗淼画什么。苗淼简略地讲了个事情大概，无奈地叹道：“就是这样，我现在头疼死了。”

“我天……法拉利哎。”黄茹茹目瞪口呆地惊叹。

“喵姐你抽奖都抽不中一辆车吧。哪个土豪这么大方！”

苗淼苦恼：“可是……这不是我自己赚钱买的啊，总是感觉不是自己的，愧疚得很，你们说怎么办？”

苗淼本意是想问问黄茹茹和郑林天这两个她比较熟悉的朋友的意见，没想到这俩家伙一脸讶异地回答：“能怎么办啊，人家送了你当然收啊！不拿白不拿啊。”

苗淼一听头就大了。

反倒是她并不是很熟悉的韩栋，一直都默不作声，却突然说道：“赚钱，把车钱还了，撇清关系就当自己买的。”

“……”苗淼一听，双眼放光，拼命点头，恨不得扑上去抱住韩栋的大腿，“对对对，就这样！”

“可是怎么赚钱呢？”苗淼下意识询问韩栋的意见。

韩栋将视线从地面移到苗淼脸上，又缓缓移开：“你自己现在赚得到吗？”

“……没那么快能赚到啦，还要攒钱买房子咧，车钱真的是太意外的开支了。”苗淼愁得眉头紧锁。

韩栋眨了眨眼睛，思忖片刻，问：“你有驾照吗？”

“有啊。我不刚开到这里停下来了吗？”

“工作空闲时间多吗？”

“还……好吧。”苗淼掰着手指算自己的时间，最后害羞地笑，“多半都是我在摸鱼啦。”

“那就让这辆车发挥它自己的作用。”韩栋垂下眼。

黄茹茹和郑林天在一旁听得一愣一愣的，听到韩栋这一句话后，黄茹茹突然一拍手，茅塞顿开：“对啊！淼淼，你可以去开车！”

“嗯？”

“网约车啊！现在不是很流行吗！又好赚。你有驾照，又无不良嗜好，也没出过什么事故吧，完全可以当网约车司机啊！”黄茹茹兴奋地说。

苗淼越听眼睛睁得越大，眼里满是欣喜若狂："对啊！我怎么没想到，我摸鱼的时间完全可以拿来开车！太棒了！老板，茹茹，你们俩太聪明了！"

"……"郑林天看着他们无语。

为什么他总觉得，哪里不对劲呢？

开了一个月网约车之后，苗淼发现自己的生活多了许多的乐趣。

"最近我在当司机，请叫我'司机猫'。不过乘客的投诉好多哦，我这不是好久没开过车了嘛，需要多熟悉熟悉嘛。而且……罚了好多钱，扣了好几分，好气！"苗淼一边画着稿子，一边对着看直播的观众说，"居然有个大妈当面问我，姑娘你是不是无证驾驶，快跟我一起去交警队自首。我拿出了驾照她都不信，愣是觉得我这驾照是买来的还要打110，好气！"

然而观众们并不同情，屏幕上以超快速度刷着"233333""哈哈哈""HHHHH"。

苗淼瞥了一眼屏幕，黑框眼镜底下的眼睛里满是怨念："虽然我关了礼物动画，但是我还是看得到有很多朋友送车子了。我现在，见到车子都快吐了。"

小兔跳到了桌子上，踩在苗淼的电绘板上，苗淼急忙将它抱下来："哎哟我的祖宗，这是第三块板子了，再被你毁了我可没钱买第四块了。"

说到了钱，她又对观众说了句："哎，好奇怪，为什么我开车赚外块了，我的存款似乎并没有什么增加呢？"

"喵——"小兔轻轻叫唤一声。

"方总，要不我找人来送你吧？"陈铎在方来阳身后询问。

方来阳伸手做了个手势让他闭嘴："不用了，下雨天也麻烦。我打车吧。"

陈铎看了看酒店外面的街道上，现在正好是饭点，出租车都在交班，路上又堵得很，而且还下雨了，出租车生意很好，根本拦不了几辆。

方来阳明显也发现了这一点，叹了口气："算了，刚空腹喝酒太伤胃了，找家餐厅先填个肚子吧。"

陈铎点点头，酒店底下就有一家日料店，在另一个出口。陈铎带着方来阳往那个出口过去。

下午有个合作伙伴邀请方来阳来 KTV 唱歌，方来阳推拒不掉，只好去了，结果又被灌了好几瓶啤酒，现在的方来阳，满肚子火气。而方来阳又容易晕车，一直都习惯自己开车。两人都喝了酒，没办法开车了。这种应酬真的是让人不高兴。

日料店人不算多，大概因为开在五星大酒店里，价格不低，方来阳找了个靠窗的位子坐下了。

陈铎见方来阳不说话，就按照方来阳的喜好点了几份料理。两人在非工作时间面面相觑，一时间没话可以聊。

陈铎不想让自己老板一直虎视眈眈地看着自己，尴尬地扯了扯嘴角，环顾了四周，没话找话地指了指他身后的一桌客人："你……你看……那个小姑娘，居然一个人来吃日料哎，吃个饭还戴着帽子呢。"

方来阳被他的话题扯得感觉尴尬无比，翻了个白眼捧场地扭头看了一下。

暖光的餐厅里，身后靠墙角的双人桌，侧对着他们，坐着一个戴着大黑框眼镜的女生，顶着个棒球帽，披散着头发，一件毛茸茸的粉红色长毛衣。桌子上摆了五六个菜，刺身、寿司、拉面应有尽有，跟方来阳和陈铎他们俩大男人吃的量差不多。此时这小姑娘正优哉游哉地低着头，夹了块寿司塞进了嘴里，一脸享受。

那个角度灯光比较暗，小姑娘的长发又遮住了侧脸，陈铎一时间没看出来，这就是身份证上名为苗淼的鸡丝猫小姐。

我们的鸡丝猫小姐，在昨晚直播中，一脸苦恼地询问网友们："为什么我的存款没有什么增长呢？"之后，丝毫没有反省之意，每天还要在美食上继续挥霍。昨天听朋友说这家五星酒店旗下的日料店特别正宗，鸡丝猫小姐，无法按捺住吃货的精神，狠命拉了十几位乘客，然后以"犒劳自己"的名义，胡吃海塞起来。

"这碗豚骨拉面是我吃过最好吃的了！"苗淼感动得差点泪流满面，她把刚才拍的美食照片，以及拉面特写，发到了微博上：今晚吃这个！拉面美味！世界第一！

粉丝们评论得很快，基本上都是。

"你们没发现，自从猫猫开了车，吃得也多了吗，细思极恐！"

"猫猫，你这样是攒不了钱的，也会失去我们。"

"这家店我吃过！特别贵！猫猫你今天开了多少趟车？"

苗淼吸溜了一根面，瞥了几眼手机就放下了，一心一意吃美食。

"方总，寿司来了，先吃寿司吗？"陈铎提醒方来阳。

方来阳皱着眉头盯着手机屏幕，半晌，放下手机，环顾了一圈店内的客人，视线在三三两两的小情侣身上一顿，哂笑一声，暗骂自己莫名其妙。

陈铎紧张地舔了舔唇，又问了一遍："方总，寿司……吃吗？"快点夹第一块啊，他也很饿啊！

方来阳点点头，却没有着急动筷子，反而问陈铎："上次送的车，你见到本人了吗？"

"嗯？"陈铎第一时间没有反应过来，愣了好久，脑袋才转过弯来明白方来阳问的什么。

陈铎内心一边腹诽，是谁那时候高冷地表示自己不 care，一边毕恭毕敬地回答他："没有，是陆世文化的责任编辑来代办手续的。"

"哦。"方来阳点点头，提起筷子伸到半空中准备夹寿司。

陈铎心都提起来了，就等着方来阳动第一筷，自己好紧跟领导脚步立刻开吃。

"啪！"没想到方来阳又将筷子放下了，一手握拳轻放在筷子一旁，苦恼地问陈铎："陈助理，网约车是什么？"

"……"咦？

陈铎一头雾水，莫名其妙地看着方来阳。

方来阳瞥开眼，拿起手机示意他："算了，你别解释了，我自己查。"

陈铎点点头，满眼渴望地盯着寿司。

服务员上了第二样菜，一碗热腾腾的豚骨拉面。

这是陈铎自己点的，他眼巴巴地盯着方来阳，小心翼翼地问："方总……我……先……吃了？"

方来阳眼神都没给他一个，摆摆手让他先吃吧。陈铎这才如释重负，投身到美食的怀抱中。

"陈助理，给我下一个叭叭打车。"方来阳将手机推到陈铎面前。

"噗——"陈铎差点将嘴里的汤喷出来，急忙拿纸巾擦拭手机屏幕，幸好没有真正溅上去。

"啊？"

方来阳将手机又往陈铎的方向推了推，一脸认真地给陈铎派任务："陈助理，我要下叭叭打车。"

陈铎眨眨眼睛，慢慢拿起手机，无奈地给方来阳下了个软件，然后，斟酌着问："方总……你不知道怎么下吗？"

"我知道。"

"……"那为什么要他下？

"我要吃饭。"方来阳理直气壮地说，然后夹了寿司放到面前，他的主食鳗鱼饭也上来了，方来阳总算心情好了点，勾了勾嘴角，指示道，"账号和支付账户关联都帮我做好，需要指纹和密码跟我讲。"

"……"陈铎哭丧着脸，帮老板办事。

操作完毕，陈铎终于能安心吃饭了，空荡荡的胃有了点踏实的感觉之后，他问方来阳："方总，那你晚上是想用这个叭叭打车回家吗？"

"嗯。"方来阳点头，"想尝试一下。"

"怎么……突然想尝试这个了？"陈铎笑问。

方来阳垂下眼帘，嗤笑道："心血来潮。"

“终于……吃完了……”一不小心点多了的后果就是，苗淼越吃越慢，吃到最后，完全是因为贵到吐的菜价逼着她往嘴里塞美食。这个时候，美食也成了毒药。

苗淼捂着胃，靠在卡座上大喘气，仿佛跑完了八百米一样，全身力气都被抽空了。

“唔……快点回家吧。”苗淼碎碎念，“撑死也要在家里死。”

她站起来，感觉胃稍微舒服点了，顺势就点开了手机的叭叭打车，准备开始女司机的工作啦！

“服务员，买单。”她招手示意。

不远处等候的服务员立刻往苗淼的方向走来，苗淼低头找钱包，找到后一抬头，发现服务员被她侧前方的一桌客人给截和了，还是俩高大的帅哥。

苗淼站着等了一会儿，等那两位客人的账结好了，服务员才到她这桌开始结账。

“一共四百四十一，正好。谢谢您的惠顾，欢迎下次光临。”

苗淼捂着钱包往门外走。

好贵……苗淼消费完了才开始心疼钱。

今天白开这么多趟了，一顿饭全没了。她怎么都不多买买什么化妆品啊、衣服啊、包包啊，赚的这点钱全花在吃的上面了，真没出息！有吃的时候胡吃海塞，没吃的时候抢小兔的猫粮吃。瞧她这点出息！嘿！

苗淼陷入自我谴责当中。

“铛铛——”手机振了两下，苗淼一看，叭叭打车给她派送了一位乘客，距离她……咦？十米？

“方总，你看，它自动分派司机的，就近分配。看，这就分配好了，看看司机在哪儿，咦？”陈铎向方来阳解释着操作流程，末了一看屏幕，愣住了。

“怎么了？”方来阳凑近看。

“你看……司机就在我们……身边……”陈铎将手机屏幕转向方来阳眼前给他看，自己环顾四周。

因为现在还下着雨，虽然不大，但是不想冒雨往公交车站、地铁站去的人还有一些，现在站在酒店门口的人不少，至少有十来个。陈铎将视线聚焦在一位胖乎乎的矮个子男人身上，黑皮肤，看起来是干体力活的，这一看就是当司机的料！

“是不是那个？”陈铎指着那个男人问方来阳。

方来阳斜眼瞥了一眼，收回视线：“别瞎想。司机是女的，叫苗淼。”

“咦？苗淼？”陈铎刚才没有仔细看司机的信息，现在一听这名字，细嚼之下发现，很熟悉。

“我看看照片。”陈铎一看司机头像以及那辆车的型号车牌，顿时惊呆了。

这不就是他去办手续的那辆车吗？！司机也是那位鸡丝猫女士！她居然把方总的心意拿去赚钱了！

陈铎陷入了恐慌的矛盾当中——要不要告诉方总？告诉方总，方总要是不高兴了，可能会扣他工资；不告诉方总，那就能瞒一会儿是一会儿，但是万一东窗事发了，陈铎觉得自己还是会被扣工资。

鉴于能瞒住一个月，就能多拿一个月的工资，陈铎决定，就当自己瞎了。

“女司机，少见啊，哈哈！”陈铎尴尬地笑，一点都不走心，末了皱了下眉头，“这评分怎么这么低，才三颗星……”

陈铎不禁开始怀疑，是不是鸡丝猫小姐的服务水平实在太低了。

方来阳却没有什么概念，淡定地点点头：“哦，这样啊。”

“……”陈铎不知道该不该告诉他，还是换个司机比较靠谱。但是内心又有一小撮的私心，想看看两人碰面的状况。

“咦，怎么距离更远了？”陈铎盯着手机上的司机距离疑惑，“快打电话问一下，就摁一下信息上的联系电话就好。”

方来阳照着做，对方很快就接了起来，是个很清脆很朝气的女孩子的声音，方来阳听得精神一振。

“你好，你们是不是在罗斯酒店正门口呀？”对方应该还是个年轻女孩，声音很跳脱，“我现在去停车场，等等哦。”

“嗯。”方来阳应了声，挂了电话。

“咦？就……没了？”陈铎奇怪。

方来阳点点头：“马上就来了。”

过了两分钟，一辆眼熟的白色大众出现在了酒店门口，打开了双闪，叭叭地鸣笛了两声。

方来阳盯着车牌号，跟手机上的对比了一下，指了指车子对陈铎说：“这辆？”

陈铎都没对比，就点点头。这个车牌是他去帮忙挑来的，他记性好得很，根本不需要再确认。

“那我走了，你自己想办法回家。”方来阳丝毫不留情地对陈铎说道，打开车门就上了车。

陈铎原本还想蹭车的，被方来阳这一堵，彻底没了办法，哭丧着脸打开了自己的手机找司机。

老板太没人情味了，要不是工资高，他好想辞职啊。

“帅哥，去哪儿啊？”方来阳一上车，就听到一个小姑娘清脆的声音，亲切地询问他。

这声音还挺耳熟的，总觉得在哪里听到过。

“凤城公馆。”方来阳说完地址，就在车后座靠着椅背闭目养神。

但是，这个女司机似乎并不是个安分的人，不停地试图跟方来阳搭讪聊天。方来阳酒劲还没过去，脑袋晕得很，但是又不想跟陌生人起冲突，只好耐着性子跟她搭话。一来二去的，方来阳发现这小姑娘还挺有趣的。

车里光线很暗，看不太清女司机的脸，但是方来阳凭借对面来车的灯光，能看到女司机戴着的棒球帽和粉色长毛衣，这眼熟的搭配，方来阳立刻认出来这个小姑娘就是日料店里一个人吃了俩大男人食量的那个女中豪杰。

“帅哥，我看你今天也在刚才那家日料店吃晚饭哦，在我前面买单的，哈哈，我们真有缘哎。”方来阳正这样想，女司机就自己泄底了。

“嗯。”方来阳应声，“你一个人吃？”

“对啊。”女司机苗淼小姐丝毫不脸红地笑道，“一个人吃了好多菜，现在撑死了，要不是下雨，真想走回家消消食。”

“你家很近？”方来阳顺着她的话往下说。

“不近啊，哈哈哈，不过跟凤城公馆是顺路的。”苗淼笑道。

方来阳“哦”了一声附和。

车内沉默了一会儿，车子在十字路口停了下来等绿灯。

苗淼耐不住这尴尬的气氛，努力活跃：“你住在凤城公馆啊，肯定是个大老板！”

“……”方来阳不知道如何接话茬。

“我上次送一个阿姨去凤城公馆，那时候我刚拿到这车子，好几年没开过车了，开得不是很好，那阿姨好热心哦，一直劝我去交警大队自首，说我一定是无证驾驶，怎么解释都没用。哈哈哈，不过最后解释清楚了，她因为不好意思还是给了我五星好评。”苗淼乐观地讲述着自己的囧事。

方来阳听得更加囧了。只是这个故事为什么听着这么耳熟？

似乎……

前两天的某直播里，某位小有名气的网红漫画家，正好说过这个故事。

方来阳一个激灵，坐直了身子，也没心思闭目养神了，心扑通扑通跳得飞快。

如果……如果这个人真的是鸡丝猫……

方来阳的脑袋里游荡着这样一个猜测。他慢慢挪动着身子，换着姿势寻找能看到司机正脸的最佳角度。

苗淼双手大幅度地操作着方向盘，打了一个大转弯，车道不宽，事实上是不应该这么夸张地大弧度转弯的。

方来阳身子晃了晃，双手撑住车门才没让自己撞在门上。这一晃，脑袋也清醒过来了。

他在想什么？就算这个人真的是，一个小时前还在乐呵呵地发微博秀美食的新任网约车女司机漫画家鸡丝猫，又能改变什么？不就是，能知道这个人长什么样而已，跟他的生活无关的事情，他根本没必要在意。

这样告诫着自己，方来阳静下心来，继续闭目养神。

但是这位女司机的车技，果真如她自己所说的，很差。

在方来阳第十次靠着车门撞到额头之后，方来阳放弃了休息，双眼放空地盯着窗外不断穿梭而过的路灯出神。无法不放空，因为……方来阳发现自己晕车了。

停车往前滚，起步抖三抖。这是评价公交车司机的车技的。现在居然可以放到这位女司机的身上。

每次遇到十字路口红灯要停车的时候，这位可爱的女司机就会一脚刹车踩到底，巨大的惯性让方来阳的胃翻滚不止；等到绿灯的时候，起步又会慢到龟速，踩油门的速度也不匀速，加速加得时快时慢。方来阳紧抿着唇，生怕自己被晕车弄得更加反胃。

“帅哥，你要睡了呀？我空调开得不是很大，你不会冷吧？”苗淼从后视镜里看到方来阳靠着车门睡觉，好心地询问。

“咳，没事。”方来阳轻咳了一声，尽量让自己转移注意力不集中在她的车技上。

苗淼专心致志地开车，倒是没有什么太大的感觉。

半晌，方来阳问：“那个……我能问个问题吗？”

“嗯？”

“就是，你驾照拿到手，几个月了？”方来阳小心措辞。

“……”苗淼握着方向盘的手一僵，前方一道车灯光射进来，她从后视镜里看清坐在后座皱着眉头盯着窗外的男人，尴尬地笑，“那个……帅哥啊……我驾龄四年多了……”

“……”

“真的！真的！”苗淼看到他错愕的表情，明显就是不相信，急忙解释，“不信给你看我的驾照！”说着，她就要伸手从口袋里掏驾照。

本来车技就差了，又要转移注意力，方来阳有点害怕，急忙制止：“我信你，不用拿了。”

“真的四年了。”苗淼收回手，不死心地强调一遍。

方来阳轻笑一声，没再说话。

“我知道我车技不好啦，我一定会好好开的，慢慢就练好了嘛，让你受苦了。”苗淼抱歉地道歉。

“受苦倒不至于。”方来阳叹了口气，“刚吃完饭……”

“哦哦，椅背上的储物袋里有一次性塑料袋，要吐的话可以吐那里哦！”苗淼一只手示意了一下方向，“袋子旁边我塞了一盒薄荷糖，不舒服可以含一颗。”

“……”这是坑了多少人才配备这么齐全的。

方来阳无语地伸手进袋子里一摸，果然摸出了一沓塑料袋，他倒是没有拿塑料袋，而是摸到另一边的薄荷糖，一看牌子，是平时自己喜欢的那款。方来阳皱着眉头前后反复查看着生产日期和外面的塑料薄膜。

苗淼看不见他在做什么，倒是听见了薄荷糖在铁盒里翻滚的声音，笑道：“刚才吃完饭路过一家便利店买的，没开过封的啦，放心吧。”

方来阳戒备心仍是没放下来，最终还是将薄荷糖塞了回去，取出了一个塑料袋，攥在手里，以防自己措手不及地晕吐。

他现在特别理解那些给她打差评的乘客了。

方来阳仰着头，闭上眼睛，长长舒出一口气，缓解自己的不适。

苗淼怕他不舒服，放慢了车速，不断地跟他聊天想转移他的注意力。

“帅哥，你做什么工作的啊？”

方来阳微微睁开眼，有气无力：“卖车的。”这只是他公司的其中一条营业线。

“哦哦，在 4S 店工作啊，啥牌子的车啊？”

“……”该怎么告诉她，他是管 4S 店的。

“帅哥这音乐行吗，会不会嫌吵？”苗淼车里放着日本摇滚乐队的歌，热血得很。

“随便。”

“那就好。”

“对了，帅哥……”

有人在安静的空气里说话反倒加重了他晕车的不适感，方来阳不耐烦地说道：“能安静点吗？”

“啊……抱歉啊……”苗淼一噎，尴尬地道歉，“我只是想转移你注意力……”

意识到自己的语气有点重，方来阳有点过意不去：“谢谢了。”

“没事。”苗淼语气恢复了轻快。

说完这句话之后，这一路苗淼都不敢再讲话了。两人再没有交流，车子驶入了凤城公馆所在的街道。

凤城公馆比较偏，浮城最大的高尔夫球场就在附近。现在，整条街两旁的香樟树树叶子顶端长满了一球一球的果实。雨渐渐从细雨变成了淅淅沥沥的中雨，路面上不停有反光的水洼，挑战着苗淼并不好的视力，对面来车的远光也不断刺激着苗淼的视觉神经。

在快要到达小区门口的时候，前方一块闪着红色大叉的标志牌出现在眼前，挡住了去路。标志牌后面是一整排的路障，原来此地正在修路。

苗淼踩下刹车，一个急刹，车子骤然停下。因为惯性，苗淼和方来阳都往前冲了一下。

“这……”苗淼愣了好久，才回过神来，将车停靠在路边。

凤城公馆在山脚，风景很好，来往的人也不多，很清静，这就是传说中的富人区，苗淼从来没有进去过。她是第二次来，不久之前来的时候，车子还是能顺顺利利通过的。

苗淼不好意思地回头："帅哥啊，不好意思……"

方来阳差点撞到副驾驶座的车椅后背上，苗淼这一喊，他翻了个白眼，无奈地应道："刹车缓和点。"

"噢，下次改，我就是一有什么事就慌嘛。你看……这路……"苗淼理了理帽子，指着前方的路障。

"昨天开始挖的，铺设新的水管，本来你早点叫我，我就让你开去另一个门了。"方来阳倒打一耙地说道。

苗淼也没有责怪方来阳一开始就没说清楚是哪个门，反倒是抱歉地说道："那怎么办，我绕路去另一个门？"

"算了，就在这里下吧。"方来阳急于下车保命。

"可是车子开不进去，只能麻烦你多走一小段路了。"

方来阳有些意外对方的好脾气，点点头："嗯，没事。"说着，就要打开车门下车。

苗淼急忙喊住了他："帅哥，等等哈。"

方来阳扣在车门把手上的手一顿，回头看驾驶室上的苗淼，就见她解掉了安全带，一只手趴在副驾驶室车椅上，一只手打开副驾驶室前方的格子，搜寻着什么。

"咦，怎么没有呢，我明明放了的？"苗淼轻声嘟囔着，抬头对方来阳抱歉地笑道，"对不起啊，再等等。"

方来阳皱着眉看她摸黑找东西，好奇她找什么东西，一伸手，够到后视镜上的车内灯开关，"啪"的一声，车内一片明亮。

"啊……"苗淼眼前一亮，光线虽然不算很亮，但仍旧让苗淼的眼睛刺了一下，缓了片刻后才适应光线。她抬着头，视线慢慢恢复正常后，清晰地看到了方来阳的正脸，心跳漏了一拍。

柔和的黄色灯光下，男人温和的眼神里带着些许关切，剑眉星目，英气十足。挺直的鼻梁下，微抿的薄唇带着微微上翘的弧度。明明是一副霸道的生人勿近的长相，但此刻在柔光柔化的作用下，却莫名带着温柔的气场。

苗淼咽了下口水，感觉脸颊微烫，低下头，轻声地感激：“谢谢了。”

有了灯光，苗淼立刻就找到了自己要找的东西，她从格子里翻出一把甚至都不足方来阳巴掌大的铅笔伞，坐起身，长长呼出一口气，将伞递给方来阳。

“下雨了，拿去撑吧。”苗淼扭着身子，一只手靠在副驾驶座椅背上，一只手递着伞，因为害羞，脸上带着点红晕，但是却大方地直视对方，扬着一个灿烂的笑脸。

这个笑脸在当下阴雨的天气里，在一辆被挡住去路的汽车内，就仿佛是今天的第一道阳光一样，直接照进了方来阳的心里。女孩的脸圆圆的，眉毛弯弯的，笑起来圆圆的杏眼也弯弯的如同月牙儿一样。她的笑容非常有感染力，露着八颗整齐的牙齿，嘴角的弧度仿佛是一艘小船一样，在月光下直接摇入了心房。

刚才他这么失礼地对待她，抱怨她的车技，她居然仍旧这样友好的态度对待，方来阳心里很过意不去。

他略带惊讶地看了眼铅笔伞，抬头凝视着苗淼的笑脸，勾起嘴角，微笑道：“那你自己呢？”

“车后座还有呢，放心吧。”苗淼耸耸肩。

方来阳也没推辞，伸手接过伞，手握住伞身，才能切身感受到这把铅笔伞的小巧，不自觉轻笑一声：“开车还送伞啊。”

“这叫为人民服务，嘻嘻。也算是道歉礼啊，让你晕车了，还吵了你一路。”苗淼俏皮地吐了吐舌头。

方来阳轻笑一声，摇摇头：“没事，我也失礼了。谢谢你了。”

“不用谢哈，记得……给个五星好评就是最大的感谢了！”苗淼红着脸，竖着五根手指摇晃。

“……”看来是为了五星好评啊。

方来阳侧过身子开门，听到这句话，垂着脑袋无奈地应道：“嗯。”却忍不住想笑。

打开车门的时候，方来阳想到了什么，回头对苗淼说道：“有空换个柠檬味的车内香水，清新点，能缓解乘客的晕车不适感。薄荷糖……应该没人敢吃陌生人的。”

苗淼听到这话，睁大了眼睛，用力点头：“嗯，知道了，谢谢。”

苗淼在车内目送着方来阳，看着他撑开她送的那把铅笔伞，像是闲庭信步一样，施施然地往小区大门走去。

虽然帅哥乘客的走姿很帅，很赏心悦目，但是……她送的那把伞，好像真的太小了，堪堪遮住那人的肩膀而已。苗淼心里觉得有些愧疚。而且上面印着的粉红碎花，特别违和。

将车内灯关掉，苗淼确认已到达目的地，三十六块车费顺利到账。十三分之一的晚饭钱回收成功！苗淼抬头看着方来阳的背影消失在小区门口，有点怅然若失地叹了口气。虽然对方答应给五星好评，自己还是服务不到位啊。什么时候能让大家真心实意给好评呢？

苗淼看着手机上显示的自己的司机收入，握拳——不过，还是赚钱最重要！她将车掉了个头，心满意足地准备回家。

站在门卫处，目送那辆白色车子缓缓离开，方来阳这才松了口气。

刚才苗淼将伞递给他的时候，配上苗淼干净可爱的笑脸，方来阳感觉自己心脏突然一颤。

这种感觉陌生得很。但是方来阳很确定，如果鸡丝猫就是这个小姑娘的话……

他很开心，也很庆幸。

真是一个好孩子，他果然没喜欢错这个漫画家。

方来阳勾着嘴角，心情颇好地冲门卫点点头，走进了小区。

他一手撑着伞，一手插在裤袋里，手突然一顿，摸出一个一次性塑料袋出来。

“……呵。”方来阳忍不住笑了。

门卫大叔在岗亭里情绪复杂地凝望着方来阳的背影。

方先生这高大英伟的身姿，顶着一把不足他肩膀宽的小伞，伞面还印着粉红色的小碎花……方先生这到底是去了什么地方，怎么这么狼狈啊？

门卫大叔同情地叹了口气，摇摇头：“有钱人也不容易啊。”

• Chapter 3
最不称职女司机

苗淼将车开到公寓楼下的时候，刚好晚上九点整。苗淼见楼下的面馆还开着，找了个车位停好车，缩着脖子顶风下了车，飞快几步跑进了店里。

一推开门，一股暖流就迎面扑来，门外的凉意涌进面馆内，零星几个食客都扭过头来看她。

虽然不过十月份，但是冷空气在今夜南下，苗淼白天穿了件透风的毛衣，她感觉到自己白天被太阳晒得热成狗，一到了晚上又觉得凉飕飕的。

“呼，冷！”苗淼一进门就抖了抖身子，想要抖落凉风中的寒意。

黄茹茹端了碗大排面送到食客面前，见苗淼站在门口，不悦地嘟嘴：“淼淼，你这几天都没来店里吃饭，去哪里野了？”

“嘻嘻。”苗淼笑道，“这不是白天开车嘛，有时候到饭点了直接在外面吃了。但是吃了这么多发现还是老板的手艺最好啊。”

大概是后厨暂时没活了，韩栋和郑林天正巧出来，韩栋见到苗淼一愣，下意识地就问：“夜宵？”

郑林天说了句跟黄茹茹一模一样的话，末了加了句：“老板都寂寞死了。都没人吃麻辣鸡丝盖饭还要变态辣了。”

“嗯？”苗淼没懂郑林天的意思。

韩栋一拳敲在郑林天脑袋上，冷声说道：“洗碗去。”

“哎，别呀师父！”郑林天哀号。

苗淼正想跟着黄茹茹嘲笑他一番，手机一振，苗淼打开手机一看，刚才那笔单子给了评价了。

五颗闪亮的星星，五星好评！苗淼心情大好。

底下还有句评价：抱歉，这么迟才打分，不太知道怎么操作。谢谢你的伞。

能够帮助到别人又被人感谢，让苗淼感觉特别自豪，开心得不得了。她默念了句：反正只要是五星好评，再怎么迟都没有问题！

她找到老位子坐下，对韩栋招手：“老板，我要一块卤大排，一瓶冰啤！”

韩栋瞥了她一眼，点点头，往厨房走去。

黄茹茹坐到她对面，疑惑地问：“真吃夜宵啊？”

“对啊，心情好啊，虽然晚上吃了还撑得很。”今天都是五星好评，这是平生第一次！

黄茹茹摇摇头：“你怎么就吃不胖？”她羡慕得看着苗淼虽然圆嘟嘟的，但是小小的巴掌脸，“好气啊，你这种什么东西都能吃下的饕餮，居然不会胖。”

“那是，我可是连猫食都吃得有滋有味的人呢。”苗淼骄傲地说道。

韩栋亲自端了大排和啤酒上来，还放上来两个杯子，盘子里放了两块大排，切掉了其中一块的骨头，造成了这是一块大排太大分成了两半的假相，苗淼从来没有注意到过。

黄茹茹急忙摆手：“老板，别，我不喝，还得回学校呢。”

韩栋看了她一眼，确信她是真心话，才将杯子收走，转身去厨房忙活了。

苗淼轻声偷偷对黄茹茹说：“我觉得老板人挺好的，特细心，长得还帅。”

“那是，不然你以为我为什么会在这里做兼职做这么久啊。”黄茹茹附和，“对了，你最近车开得怎么样？”

“很有满足感啊，感觉能帮助很多人，挺开心的。”苗淼发自内心地喜欢这份工作。她刚提起筷子，想到了什么，急忙拿起手机，“拍一张拍一张，韩老板的特制卤大排，世界第一美味！”完全忘记了晚饭的时候她用同样的评价高度赞扬过别的美味。

她一边碎碎念着，一边将图片修饰一番发到了微博上。配字：公寓楼下面馆的所有东西都好吃极了，最喜欢麻辣鸡丝盖饭和这个卤大排！配上冰啤酒，吹着暖气，表扬自己今天没有差评！以及最后一个给五星好评的帅哥乘客！

“叮——”手机振了一下。

方来阳拿起手机，发现推送的是鸡丝猫大大的一条微博。打开她微博一看，再看那张诱人的美食图，方来阳无奈地感叹。

“晚上吃了那么多……居然还能吃得下啊……”

书桌上的那一千张特典明信片，被追加到了两千张。苗淼抱着腿蜷缩在人体工学椅上，对趴在键盘上的小兔哭诉：“怎么办，小兔，我之前的一千张就只签了三张，怎么就又多了一倍呢？”

小兔眯着眼，完全没理她。

苗淼叹了声气：“不管了。我还有其他短篇要画呢。对了，今天干脆画个同人吧，好喜欢最近那部网剧里那俩男主啊嘻嘻。”

小兔被她碎碎念吵得不耐烦，爬起来跳下桌，翘着尾巴优雅地走出了书房。

苗淼嘴上说着要画稿，但是又吃零食又撸猫地磨蹭了半天，一看闹钟，居然已经到午饭时间了。她急忙在家居服外面套了件薄薄的风衣，整理了一下头发，素着脸就颠颠儿地下了楼觅食了。

从楼道里出来往右拐，跳着脚推开面馆的门，哈了几口寒气，苗淼见韩栋正好在收银台，打了声招呼：“早啊，老板，今天我想吃卤肉饭。”

“不辣？”韩栋疑惑地看她。

“胃不舒服。”苗淼摸摸胃，坐到了角落。

韩栋看了眼苗淼，微不可察地皱了皱眉。

“给。”

一杯红姜茶摆到了苗淼面前，还冒着热腾腾的雾气。

苗淼意外地仰头看韩栋，渐渐绽开一个笑容：“啊，谢谢老板啊。免费吧？”末了还做了个调皮的眼神。

“嗯。”韩栋垂下眼，勾了勾嘴角，转身往厨房走去。

现在客人不多，黄茹茹还没下课，没来上班。苗淼坐着一时间有些无聊，打开手机刷微博，偶然心血来潮地输入了自己的笔名，发现搜索到的微博还挺多的。苗淼感觉开心极了。

但是有几条与其他内容不一样的微博出现在手机屏幕上，苗淼渐渐收起了笑容。

“那个什么鸡丝猫，好恶心，谁要看她画漫画啊。”

“网红都是靠出卖身体的吧，谁知道鸡丝猫到底是怎么得来的法拉利。现在网红真好赚钱。”

苗淼木着脸，将手机放进了口袋里，双手插着口袋仰头看挂在墙上的电视，电视里放着MC装疯卖傻，嘻嘻哈哈的综艺，苗淼看得津津有味。手在口袋里握着手机，手机滚烫滚烫的，提醒着自己的存在，苗淼很想再去看一眼但又强忍着情绪。

手机铃声突然响了起来，苗淼手忙脚乱拿出来一看，是个陌生号码。苗淼皱着眉头看了好久，鉴于最近诈骗电话太多，她一直等到对方停止呼叫都没接。然而不到半分钟，手机突然收到一条短信，正是刚才那个陌生号码发来的。

“你好，苗小姐，我是两天前坐你车到凤城公馆的SunF，能接一下我电话吗？我有事情找你。”

苗淼最害怕的就是这个了——载过的乘客又重新找上门来什么的。苗淼记性很差，根本没想起两天前去凤城公馆的SunF是哪位，她正想翻记录找一找那个人的联系方式和头像，手机又响了起来。

苗淼正想点开叭叭打车的APP，结果正巧摁到了刚切换进来的通话界面，接通了电话。

“哎！”苗淼瞪大了眼睛，手足无措。

接都接起来了，挂掉很不礼貌啊。苗淼沮丧着脸，欲哭无泪地接起了电话。

“喂……你好……”

“你好，苗小姐。”对方的声音很有磁性，带着点疏离感但是听得出来对方极力想保持友好的态度，然而仍旧带着遥远的距离感。

苗淼听到这个声音，大概有印象是哪位乘客了。又回忆起那位乘客的俊脸，苗淼不可遏制地脸红了——颜值高总能增加好感度的。

苗淼也摆正了心态：“你好，请问找我有什么事吗？”

“谢谢你上次的伞。”方来阳站在落地窗前，望着大楼底下的街道，阳光从远处一层层鱼鳞般的云中一束束直射下来，耳边听到女孩清亮的声音，渐渐与耳机里听到过的自言自语的碎碎念重叠在了一起。

“啊，不用谢，这是我应该做的嘛。”

“嗯，还是要谢谢。”方来阳不禁勾起嘴角笑了，眼里染上了一抹温度，“有空，能找个时间见个面吗，我想把伞还给你。”

“嗯？”苗淼没反应过来，愣住了。

这个时候，韩栋正好端上卤肉饭放到苗淼面前。苗淼点点头对韩栋示意感谢，喝了口红姜茶压压惊。

然后她找回自己的声音：“那个……那把伞很便宜的啦，就是送你的，不需要还啦。”

“还是要还你的，也要感谢你，第一次碰到这么好的司机。”方来阳认真地说道。

“可是……没必要吧。”苗淼尴尬地说道。

“要的，对我来说，这是很重要的事情，我不喜欢欠人情。”

苗淼见拒绝不了，只得自暴自弃地说道：“真的不用了，那把伞在小商品批发市场才卖五块钱一把，质量很差的，你还我我也不会继续用啊……”

“……”方来阳愣了愣，越挫越勇，“那请你吃顿饭以表感谢……”

“好吧，那还是送伞吧，吃饭就免啦。”苗淼苦着脸答应下来，“下午我到罗斯酒店门口，你如果顺路的话在那儿碰头，把伞给我就好啦——真的不需要太感谢啦，就是举手之劳嘛，一切为了五星好评！”

客套几句话之后，挂掉电话，苗淼感觉心脏都快炸了。

这是什么意思？被奇怪的人缠上了吗？白瞎了帅哥这么高的颜值了……

方来阳将手机放到一旁，坐到老板椅上，抱着胸苦恼：“我是不是太急了？”

在一旁干巴巴等了十几分钟交报告的陈铎，欲哭无泪地问：“方总，文件……”

“放这儿。”方来阳一个眼神都懒得给他，自己苦思冥想着，余光见陈铎还没走，不耐烦地问道，“怎么了？”

“你得签字啊……”

方来阳“啧”了一声，拿过文件翻开来，却迟迟没有往下看，反倒抬头问陈铎：“我是不是太急了？”

“啊？谁？刚才打电话的吗？方总你……是要追求谁吗？”陈铎一头雾水。

方来阳在进入公司前的事迹陈铎有所耳闻，据说是个前女友很多的富家公子类型，但是做了他助理之后，陈铎倒是没有见过方来阳跟哪个女孩来往特别密切，反而看他喜欢待在家里看电影看漫画，唯一交往有点特殊的……大概就是那位鸡丝猫了。

现在突然之间开始尝试约别人，似乎还失败了，陈铎特别想在公司同事群里八卦一番——你们最英伟、最多金，帅气、万人迷的方总——撩妹失败！

“不是。”方来阳打断了陈铎的内心戏，“就是上次那个网约车司机。对了，普通司机会见你要走一段路淋雨，就送你把伞吗？”

陈铎的大脑飞速运转，最后确认他说的那位司机是鸡丝猫，有些缓不过来：“应该……还是……会有的吧……”

“她送了把伞给我。”方来阳打开柜子，把一把小巧的铅笔伞放到桌上。

陈铎一看那伞，就算是没撑开也知道是五彩斑斓的少女风格。

“噗……”陈铎急忙忍住笑。

方来阳撑这种少女系的伞？

好想拍下来。

“我想还给她。”方来阳苦恼地说，“但是她似乎戒备心很重。”

“呃……”陈铎犹豫片刻，“她觉得不重要的话，不还也没事吧？”

“必须得还……我不喜欢欠别人人情。”方来阳皱着眉头。这是他的强迫症，必须得还掉，不然就浑身不适。

“而且……”方来阳轻声念着，刚出来两个字，就顿住了，抬头问陈铎，“你认识她吧？”

“啊？”陈铎浑身僵硬了。

面对方来阳锐利如箭，洞悉一切的眼神，陈铎整个心脏一紧，迫于领导的压力，无法克制地点点头：“呃……是的。”

要被迁怒了！陈铎满脑子都是这个。工资！他连两天都没撑下去的工资！马上就要一泻千里了！

“车子挑得不错，适合女孩子。”方来阳如是说，翻看了一下文件，签上自己的名字，“拿去吧。”说着，将文件轻轻扔到陈铎面前的桌面上，自己靠回椅背上。

嗯？陈铎的痛苦都没持续一秒钟，就结束了。

挑得不错？

方总什么时候这么大气宽容了？为什么感觉他还挺开心的?

像行尸走肉一样，木木地拿过文件，呆呆地离开总经理办公室，陈铎都没反应过来。他想不明白，为什么方来阳不责怪他居然还夸他车子选得好？！

上个月的画稿终于赶好了，苗淼给自己放了两天假，不打算画漫画了。虽然并不想去取伞，但是答应了别人的事情还是要做的。苗淼不情不愿地开着车来到了罗斯酒店门口。

停车场停车是要收费的，苗淼只好停在路边，打开窗往外张望寻找方来阳的身影，看了一圈没看到人，苗淼只好发了条短信给方来阳，询问他人在何处。

结果刚低头打字，副驾驶室的窗被轻叩了一下。苗淼抬头一看，一个人弯着腰往里面看，当然，从外面并不能看清车内情况，苗淼还是吓了一跳，半晌才看清对方是谁。

方来阳面无表情的时候看起来还是有点冷漠的，这种冷漠带着点强势和威严，让苗淼有点恐慌。

她放下车窗，对方来阳点点头："你好。"

方来阳挑起一边眉头，头微微往一侧倒，勾着嘴角打招呼："你好，苗小姐。"

"……呃，别叫我苗小姐啦，叫我苗淼就好。"总是被对方这样称呼，让苗淼浑身难受，她挠挠脸，示意道，"那个，这里不能停太久，谢谢你将伞送回来。"说着，苗淼伸手想要接伞。

然而方来阳并没有立刻把伞拿出来，反倒是不死心地问："我请你喝个下午茶吧？"

"不用了，我还要去接乘客呢。"苗淼撒了个谎。

方来阳明显有点失望，眉头轻皱，嘴角微抿。他抬起右手，将手上的伞递给苗淼："给你，真的很感谢你，苗淼。"

“哈哈，这是我应该做的啦。”苗淼客套地说道，“那这样，我先走啦。”

方来阳又喊住她：“苗淼，我能问个问题吗？”

苗淼点点头，疑惑地看他。

“以后如果我有需要，还能坐你的车吗？”方来阳如是问。

苗淼一愣，苦恼地说：“应该……可以吧？”只要有缘又派单到她那里……

方来阳点点头，虽然表情变化不大，但是明显感觉他眼睛都明亮了起来：“好的，那，再见了。”

“哦哦，再见。”苗淼挥手道别，眼看着前方十字路口维持交通的交警往她这个方向走来，急忙发动车子离开了。

方来阳微抬头，望着自己送的那辆白色车子缓缓驶远，穿过不远处的十字路口，淹没在川流不息的车流当中。

既然可以，那总会有机会的。方来阳这样对自己说。

“鸡丝猫……苗司机……嗬，有趣。”方来阳轻声笑道。

小兔趴在苗淼大腿上，打了个哈欠，两只笔挺的三角耳转了转，听着苗淼叽里呱啦地视频聊天。

“所以说啦，虽然人很帅，也是个好人，还一定要送回伞，但是真的很没有必要哎。”苗淼一手摸着小兔的头，戴着耳机跟发小图秋吐槽，“你不觉得很奇怪吗，我根本没说要还啊，都说了是送了。”

“会有这样的人吧，不肯欠人情。”图秋笃定地说，“那个人应该就是个比较我行我素的人，听你的描述，感觉城府不浅，淼淼你以后别接触了。你这人太单纯了，容易被卖。”

“喊，我都是网红了，就差开个网店了，我还单纯。”苗淼冲着摄像头翻了个白眼，反驳道。

图秋耸耸肩没说话。

耳机里传来一个粗犷的男人的吼声：“德玛西亚！”

“……”苗淼浑身一震，惊恐地看着电脑屏幕。小兔也敏捷地坐了起来，转着头找声音来源。

图秋急忙摆手解释：“不是不是，这是我的鹦鹉啦，它学游戏里的……真是，我把它关厕所去。”

“没事啦，就是吓了我一跳。你上次买的灰鹦鹉吗？都会讲话了啊，教得不错嘛。”苗淼羡慕地说道，“一个人没事干还可以跟鹦鹉对话，我家小兔只会睡觉、吃、摔杯子。”

“但是很吵啊，我有时候想做冥想都不行，还是养猫好。”图秋叹息道。

“嘻嘻。”苗淼笑道，“我跟你可以换换啦，你喜欢安静，我很话痨的比较适合养鹦鹉。”图秋是一名心理医生，比较喜欢安静，也不知道哪根筋抽了养了只灰鹦鹉，打破了她原先的生活习惯。

苗淼跟图秋又聊了会儿天，正好手机响了，苗淼匆匆跟图秋结束了聊天，拿起手机一看，是个陌生号码，但是……总觉得在哪里看到过。

金鱼记忆的苗淼又选择了无视陌生电话，等着铃声断掉。历史总是相似的，半分钟内，苗淼又收到了一条短信：你好，苗淼，方便接电话吗?

“……”苗淼皱着眉头，转了转眼珠思考半天想不出这个人是谁，反问对方，“请问你是哪位？”

过了好一会儿，苗淼才收到回复。

“上次还你伞的那个，我叫方来阳，你可以存一下我的号码。”

“……”苗淼看着短信愣了半天，默默地把手机号码存了进去。虽然她不知道存了有什么用。

苗淼刚把号码存好，手机又响了起来。苗淼刚换了个手机铃声，录的是小兔的猫叫声，一响起来，小兔就抬起了头转了转耳朵，应了一声：“喵——”

苗淼摸着它的脑袋，无奈地接起了电话：“你好，方先生。”

“你好，苗小姐。”方来阳的声音苗淼记忆犹新，很少能听到这么符合她喜好的声音，虽然苗淼并不想跟一个陌生人有过多的接触。

“苗小姐，抱歉打扰你了，我有一件事想拜托你。”方来阳礼貌地询问苗淼，“方便吗？”

苗淼噘着嘴，一头雾水。按道理说，无事献殷勤，非奸即盗，这人也没献殷勤啊，但是苗淼总觉得他还是不怀好意。

“什么事？”苗淼问。

方来阳的声音在安静的夜里，显得格外柔和，跟他本人的冷漠气质不太一样。

他的声音里带着商量的委婉语气：“是这样的，这个周末我和几个朋友商量着去郊游，自驾游，但是我车子出了点问题拿去修了，大家车子不够，所以我想能雇你当司机吗？雇一天的时间，佣金好商量的。”

“……”苗淼半张着嘴，有点匪夷所思，“那……也可以跟别人借吧？为什么一定要找我？”

“不好意思欠别人人情。也不是一定要找你，只是因为我从没打过车，你是我第一个接触的司机，只有你的联系方式，况且我很欣赏苗小姐的敬业态度。放心，很安全的，你只需要来回开一趟，中间可以跟我们一起玩，就当休息，油费和午餐都包了，就当交个朋友吧，可以吗？”方来阳说得逻辑很完整，给的条件也很诱惑，配上他低沉温和的声音，苗淼真的有些心动了。

她抿了抿唇，小心翼翼地带着好奇心问：“那……佣金……”

“你平常一天能赚多少？”方来阳问她。

苗淼平时三天打鱼两天晒网的，一天能有个六个小时在开车都累得要死了，一天能入个两三百都算她勤奋了。

她红着脸，将这个数字翻了一番：“大概……五百多吧……”纯粹是因为面子问题。

好在方来阳也不懂行情，大方地说道：“那，就出三倍的价钱，好吗？”

苗淼听到他这么实在，脸红得蔓延到了脖子。她羞愧地趴倒在桌子上，闷声说：“不用那么高……一……一千就好了……”

苗淼听到了方来阳鼻息间的轻笑声，很微弱但是安静得只能听到听筒里电流声的空气里，她清清楚楚听到了他呼吸中带着善意的笑。

“那就折中，一千二，如何？”

“嗯……好的。”凡事都要讲究知足，苗淼答应了下来，内心却因为自己开高了价格而羞愧到不行。

“那就麻烦你，周六上午九点，在凤城公馆北门来接我了，就是上次你开过的那条路，修好了。”这一次，方来阳很明确地说明了方向，顺便解释了一番。

方来阳这一提，苗淼就能回忆起那个雨夜送他去凤城公馆的一路，她那糟糕的车技让这个高富帅晕车了，对方还好心地打了五星好评，苗淼越发感觉对不起他了。

“那个……”苗淼小心翼翼地问他，“你，真的还愿意坐我的车啊？”

“嗯？”

“就是……我这个技术，就算不让你晕车，也可能把车开沟里去。开去郊区玩，我也不太认得路……”苗淼声音越说越低，最后声音都跟蚊子一样细微，“真的，没有顾虑吗？”

“呵。”苗淼听见对方从鼻尖轻哼出的笑声，然后听到对方的声音，带着无奈，“那也没办法啊，我会带足薄荷糖的，记得备塑料袋。”

“唉……要不算了吧，这一路万一很颠簸呢。”苗淼急忙说道。

“没事。”方来阳说，“上次只是没有心理准备。”

心理准备什么的……苗淼更加无地自容了。

“你放心吧，我不介意的。”方来阳说道。

苗淼只好低声保证：“我一定努力开稳。”

“加油。”方来阳不走心地鼓励了一句。

“对了。”苗淼说道，“那个，我换了柠檬味的车载香水了。”

“嗯？”苗淼突然来这样一句，方来阳没有反应过来。听出了苗淼语气里的小心谨慎，方来阳突然感觉心塌了一角。

他只是随便的一句话，这女孩居然还真的去照做了。

真的是……太可爱了。

果然是他喜欢的漫画家！

方来阳带着笑意，沉声应道：“好的，谢谢。”

挂掉电话，苗淼叹着气，肩膀一下子垮了下来。她把小兔抱起来举过头顶，又抱回脸旁想拿脸蹭小兔的脑袋，被小兔那前爪给抵住了。

“小兔啊，妈妈接了笔大生意，好慌啊，都不安慰我，”苗淼哭丧着脸，垂头丧气，“我可是……头一次要开出城啊……”

另一头的方来阳，很高兴地将行程安排到手机日历当中去。然后，他给陈铎发了条短信：“通知总经理室的员工，周六去方山玩，记得多带点好吃的。”

陈铎回得很快：“需要包车吗？要先交钱吗？”

“公司出，包车，我自己去。”

“一千二，五百。”方来阳坐到沙发上，刚洗完澡，头发还带着水汽，他低声念着这两个数字，末了笑了笑。

真是容易知足的人啊。

方来阳低着头思考了片刻，起身来到书房，从书架上取出一本崭新的漫画，这本漫画旁边还有两本一样的，但是新旧程度不太一样。方来阳拿的是一本没拆封的新书，上面印着五个圆溜溜的可爱漫画字体——《勇者闯猫城》，作者：鸡丝猫。

方来阳不知道想到了什么，轻笑了一声，将漫画放到了客厅的茶几上。

周六早上八点，陈铎睡眼惺忪地站在公司门口，等着总经理室的各位同事上小面包车。这是公司的车，加上司机可以坐八个人，刚刚好可以够总经理室的员工坐满。陈铎将开车的任务交给刚进公司的小郑，自己窝进了副驾驶室睡觉。

“哎呀，陈助，别睡呀，给我指方向啊，我不认识路。”小郑哭丧着脸拉着陈铎的袖子。

陈铎摆摆手：“导航导航。”

后座的女秘书凑上来神秘兮兮地问陈铎：“陈助，方总到底哪根筋抽了，突然说组织旅游，他自己人呢？”

“方总说自己去，要迟点到，不跟我们一道。我们先过去考察好地形，把野炊的东西都摆上，反正公费游玩，你们就开心点吧。”陈铎打了个哈欠，突然想到了什么，嘱咐所有人，“对了，方总特别叮嘱，到时候把他当普通朋友，别以上下级关系称呼。自然点。”

“这……领导在也自然不起来啊。”女秘书抱怨道。

“是啊。”小郑附和，“方总这么大排场，该不会是带女朋友来玩又怕自己没朋友才让我们冒充吧？”

“……就你聪明。”陈铎白了他一眼。

虽然真相是如此，但是……陈铎苦思冥想，怎么都觉得，老板这次并不是带女朋友来玩，而是……带偶像来玩。

所以——紧张。

周六天气晴朗，阳光很好，气温有点回暖。凤城公馆在山脚，就靠近郊区，比方来阳的公司离方山更近，方来阳准备得有条不紊。

风衣、食材、零食、登山靴、充电宝、阳伞、漫画……

方来阳来回数了好几遍，才将东西仔细地塞进包里，整理好，穿着一身休闲装，背上包出了小区。

“方先生，出去玩啊？”门卫大叔看见方来阳，热情地打招呼。

方来阳面无表情地点点头，一副领导视察的居高临下模样。

门卫大叔见怪不怪，继续问道：“怎么不开车啊？”这位大老板明明车库里有好几辆百万级跑车的，怎么徒步走出来了？

“有人接。”

方来阳如此回答，嘴角忍不住上扬。

门卫大叔从来都只见过不苟言笑的方来阳，还是头一次见到方来阳这副表情，目瞪口呆地看着方来阳从大门口经过，目不斜视地走到了马路边，笔挺地站着，等着人来接。

“中邪了？”门卫大叔一脸疑惑地自问。

一辆白色大众从路口拐了个弯，驶进了这条路，靠近方来阳的时候，缓缓停了下来，又是一个标志性的急刹车。

车窗摇了下来，露出了苗淼那张可爱的圆脸：“抱歉啊，方先生，久等啦。”

“没事，刚来。”方来阳摇摇头，打开了车后座，将包放了进去，自己坐到了副驾驶位置上。

刚一坐进去，苗淼就低着头开起了导航：“方先生，我们去哪儿啊？”

“方山。”方来阳说道。

“好咧。”苗淼将导航设置好，欢快地喊道，“出发咯！”

车子掉转了个方向，沿着导航的指示往方山出发。

去往方山要经过苗淼家所在的高新商务区，苗淼是个嘴巴闲不住的，一高兴就将自己的住所秃噜出来了：“方先生，你家离商务区很近吗，我家也在这附近。”

“你住商务区？”方来阳看她。

苗淼：“嗯，就在大学城附近呢，不过我家公寓楼那片区刚好是人烟最稀少的，图房租便宜，但是条件可好了。”

这一句话彻底暴露了她家的位置。还干着房地产事业的方来阳脑袋里迅速锁定了一栋酒店式公寓，确定她的确住在他家开发的公寓里。世界就是这么小啊。

驶过一个红绿灯路口，车子拐过一个弯往郊外驶去。

“这其实是我第一次开出城，我这驾驶技术，还真有点慌，方先生你真勇敢，”苗淼自嘲道，“敢坐我的车。”

“叫我方来阳就好。”方来阳说道，“但是我只认识你一个司机，没事，大不了过会儿我来开车。”

“那怎么行哎。”苗淼嘟囔着，“那我这佣金拿着多心虚。”

话虽这么说，结果不到十五分钟，方来阳又开始晕车了。苗淼余光瞥见方来阳手里紧攥着纸巾，捂在嘴边，脸色苍白，急忙靠边停车。车子一个急刹，震了震，停了下来。

那一刹那，方来阳感觉胃里一顿翻江倒海，很想让苗淼干脆一车撞在树干上算了。

“那个……方……方来阳先生，你没事吧？”苗淼一脸关心地看着他，“抱歉啊，我这车技一点进步都没有，我给你拿塑料袋啊。”

说着，苗淼去车后座拿塑料袋，被方来阳拉住了：“算了。”

“可是……”

方来阳抬起脸，脸色仍旧不是很好，眼眶通红，眼里还噙着泪光，一个长相出色气质绝佳的男人，这样看着自己的时候，苗淼内心是非常震动的，这种震动让她无地自容——都是因为她！

“没事。”方来阳见苗淼一脸沮丧，自责不已的模样，劝慰道，“要不我来开吧，我来开就不晕车了。”

“哎，这样不好吧……”自己身为司机结果被乘客嫌弃车技沦为乘客……这要是被同行知道了岂不是被笑死？苗淼下意识就要拒绝。

方来阳说：“大不了扣点佣金，你别难为情，毕竟车子是你的。”

“……”车子……是别人送的。

苗淼腹诽。

哎哟，这样一想，她更过意不去了。

“我们换一换，你先休息一下。”方来阳这一次语气里带着不容商量的态度，苗淼听得一愣，被他的气势吓到了，乖乖地下了车跟他换了位子。

方来阳坐进了驾驶室，动作娴熟，行云流水一般地挂挡打转向灯起步。

苗淼一边扣上安全带一边欲哭无泪地说：“我一定是世界上最失败的司机了。太对不起你了。”

方来阳听着她语气里的哭腔，笑道："就当是朋友一起出去郊游，没事的。"

苗淼撇着嘴，头靠在车窗上，看着窗外的景物以跟刚才完全不一样的速度飞快地滑过，而车子却仍旧四平八稳，开得很稳。苗淼感受到了差距，越加沮丧了。

方来阳亲自开车后，真的就不晕车了，脸上的血色立刻就恢复过来了。

苗淼更加沮丧了。她沮丧着沮丧着就睡着了。

方来阳听着车里跟上次乘车时放的同一个风格的日式摇滚乐，余光瞥见苗淼的脑袋歪向一边，摇摇欲坠，无奈地叹了口气，将音乐声音调小之后，长手一伸，把被苗淼吃进嘴巴里的头发给挑出来，别到了耳后。

这姑娘，跟只见过三次面的人出去，居然能心宽地睡着，胆子也是够大的。

果然是"勇者"。

方来阳轻笑一声，心情如同今天的天气一样，阳光明媚。

这一路，车内刻意调低的音乐，能依稀听见鼓点的节奏，身边女孩轻微的鼻息声，也不知道是不是她真的太累了，居然一直都没有睁开眼过，睡得很沉。方来阳怕她睡感冒了，调高了车内空调的温度之后，又将车停靠在路边，从车后座的包里拿了件冲锋衣，这是他怕弄脏衣服带的，没想到现在就要派上用场了。

将冲锋衣摊开来盖在苗淼身上，方来阳才重新开车。

车子靠近方山的时候，苗淼终于醒了。

身子一动就感觉到了身上盖着的衣服，意识渐渐回笼，等意识到目前的情况时，苗淼闹了个大红脸。

"啊……真的是，太抱歉了！我居然睡着了！"苗淼羞愧得要哭出来了，"让你开了一路车，还给我衣服盖，太谢谢你了，我真是对不起你。"

看苗淼一副眼泪都快掉下来的表情，方来阳忍不住想笑："好了，都快开到了，就别说废话了。"

“嗯……”苗淼垂着脑袋，无法反驳。

手里还抓着这件男式冲锋衣，感受到光滑的布料，苗淼感觉心跳有些发麻。说不清是越跳越快还是如何，但是她知道，心跳节奏乱了。

之前她还以为这个人是个奇怪的麻烦鬼，可是现在看起来，真的是个好人啊，太温柔细心了。苗淼垂着脸，却偷偷抬眼看方来阳。

方来阳认真地盯着前方开车，棱角分明的侧脸在东边上升的晨光里，显得格外柔和，像是一道闪电一样劈中了苗淼。苗淼感觉一股酥麻从脚底蹿起，蔓延至全身，直至脑门。

苗淼捂着胸口，感受到胸腔里泛起一股又甜又酸的滋味，垂着头有些惊愕。

天哪，她该不会是……

喜欢上这个人了吧?

• Chapter 4
原来是粉丝

一旦产生这样一种心理暗示，苗淼就感觉自己有些无法直视方来阳了。

她脸颊无法遏止地开始发烫，侧过脸面向另一边，眼睛有些闪躲着看车窗上倒映着的驾驶座上的方来阳的侧脸，有些模糊不清，但是举手投足之间都感觉到对方不一般的气度。

苗淼因为很宅，接触的人不多，男性接触得就更少了，更别提帅哥了。第一次跟方来阳见面的时候，苗淼心里面只有一个概念，这个住在凤城公馆的帅哥不仅帅还土豪！而现在带着怀疑自己是不是芳心萌动的心情再去偷偷观察方来阳，苗淼感觉自己就好像在雕刻一样。瞥一眼，记下他脸上的某个细节，放到心里开始雕凿的人像上。

这种感情不陌生，就在上个月，苗淼喜欢上当红的男子天团里的主唱，大概也是这份心情——苗淼这样盲目乐观地告诉自己。

方来阳直视着前方，专心地看着路况驾驶苗淼的这辆车子，根本没感觉到此时此刻，苗淼正遭受着精神上的强烈冲击。

他的眼神一直都属于很凌厉的那种，初次跟他接触的人往往都会有些惧怕。交往久了的朋友也不怎么敢开方来阳的玩笑。但是面对他一直很喜欢的漫画家鸡丝猫大大，方来阳的态度还算温和。

也因此，从最开始苗淼对方来阳就产生了一种错误的认识——方来阳，是个很温和的人。

两人靠近目的地时，方来阳侧过脸看了眼苗淼，提醒她：“快到了，别又睡着了。”

“没睡了……”苗淼心情复杂。

在方山脚下的停车场停好车，方来阳将车钥匙还给苗淼，走到一旁顺手给陈铎发了条短信：“人到齐没？”

虽然只是简单的四个字，但是给方来阳当了好几年的助理，陈铎第一时间就意会到其中包含的诸多暗语：“到齐了，在上山第一个凉亭等你。食材和炊具都安排好了，就等你了。请注意安全。”

发完短信后，陈铎都被自己的高情商给感动了。

方来阳瞥了眼短信，心中毫无波澜地收好了手机，还觉得陈铎回复的短信话太多，不够简洁。

苗淼还在一旁吭哧吭哧地将后备厢的登山包搬了出来。占了人家的便宜，她实在不好意思，知道方山是野炊的好地方，所以苗淼昨天晚上买了很多的零食以及——一筐冷冻生鲜。然而现在还是秋末初冬，温度凉中带暖，冷冻生鲜孜孜不倦地融化着，欢快地淌着水。

苗淼将登山包放到地上，伸手进去一摸，顿时哭丧了脸。方来阳踱步回来，看见她这副表情，疑惑：“怎么了？”

苗淼拉开拉链给方来阳看：“我买了一些冷冻的烤串，现在化了……包里都是水。哎呀……我还带了速写本想采采风的，全湿了……”她一边欲哭无泪地说着，一边把一本湿了一部分的速写本抽了出来。

方来阳看见她带的包，有些哭笑不得。他就背了个小包，轻便得很，反正其他东西，陈铎都会安排好，自己带一些需要的就行。但是他没想到，苗淼居然会带几乎她半个人这么大的登山包来。

方来阳故作惊讶地问她：“你还会画画啊？”

“啊……”苗淼点点头，“我……喜欢画画。就是玩玩啦。”苗淼谦虚地说道，捏着速写本抖了抖，两人就看见一滴滴的水珠从速写本上往下掉落，顿时相视无语。

方来阳摇摇头，将她手中的速写本拿过来，翻了几页，浸湿得还不算多，大部分都完好。这本子似乎是她平时记灵感用的，里面乱七八糟画了很多不明所以的东西，偶尔还会有几个花里胡哨的狂草字体，方来阳放缓了翻页的速度，看清了那几个字——鸡丝猫。

“……”方来阳不动声色地将本子还给苗淼，从自己包里翻找纸巾。

这只猫，大概是在练习签名吧。

方来阳低下头，作势拉背包的拉链，嘴角忍不住勾了勾。

苗淼把包拖到方来阳身旁，捏着速写本没湿的那几十页，问方来阳：“做什么？”

方来阳没回答她，而是抽出几张纸巾摊开来，然后伸手拿过速写本，在湿了的纸张之间，放上纸巾，将它合好后，塞进苗淼手里。

“啊……”苗淼看他迅速地做完这一切，讷讷地感谢，“谢谢啊。”

“上去吧，我助……朋友在上面等我们。”

方来阳指了指上山的台阶，苗淼点点头，拖着巨大的登山包想要背起来。

方来阳见状，眉头一皱，提醒道：“这包看起来比你还沉的感觉，小心点。”

“可以的！嘿咻，我力气很大的！”苗淼一边吹牛，一边将包背上，整个人顿时被压得矮了一厘米似的。肩带翻了个面卷在她肩膀上，她反手想去纠正，却根本纠正不回登山包的肩带，只好蹦了一下，想让包跟着她一起弹起来，好把肩带整理好。

结果这一跳，重心就失衡了，苗淼被登山包带着向后倒去。

“啊！”苗淼胡乱挥动着双手想抓住什么。

方来阳往前一步，一手拉住苗淼的右胳膊，另一手提住了登山包，稳住了苗淼的身形。

苗淼感觉自己的肩膀一轻，刚才被登山包压着喘不过气来的压力都消失了。她忍不住舒了口气，难为情地说道：“失误，失误啊。”

“我来吧。”方来阳无奈地说道。

“嗯？”苗淼疑惑地看着他把自己的包卸下。

“拿着。”方来阳把那个小包塞到苗淼手里，苗淼急急忙忙抱住。

然后，方来阳托着登山包，将肩带拉起来：“左手。”苗淼乖乖地把左手取出来。

“右手。”

苗淼点点头，听话地把右手脱出。

苗淼意识到他下一步的行动，急忙说道：“我自己背可以的。”

方来阳不为所动地背上了那个巨大的登山包。

苗淼捂着脸，感觉自己实在是太失职了。往山上走的途中，一直都在捶胸顿足地表示自己实在是不应该。

“我是你今天雇的司机哎，结果车子是你开的。想着表达感谢带了那么多吃的，结果背包的人是你。我真是罪人。”苗淼背着方来阳的包，手里拿着速写本，语气黯然地念叨着。

方来阳走在苗淼前面两级台阶，走几步就要停下来等苗淼慢吞吞地追赶。听到苗淼的话，他扭头安慰她：“没事。”

对方不介意，苗淼可不能不介意啊。她气喘吁吁地爬着台阶，压根没有心情再去观赏什么好风景，手里的速写本都仿佛成了累赘，唯一的用途只剩下扇风纳凉了。

“我……我觉得我需要锻炼身体了。”苗淼大喘着气。

方来阳：“有自知之明挺好的。”

“……”苗淼弯下腰，撑着膝盖，抬头看上方的方来阳，被酸痛的膝盖折磨得她感觉对方此时此刻的脸，似乎没有那么令人悸动了。

方来阳突然往下走了一级台阶，伸出了右手。

“嗯？”

他轻轻松松地抽走了苗淼夹在胳膊底下的速写本。

“加油。”方来阳丢下两个字，然后往山上继续有力地迈进。

苗淼歪着脑袋，心情复杂。

他是怎么知道她现在连这本子都拿不动了的？

抱着说不清道不明的情绪，苗淼总算是挣扎着爬到了第一个凉亭，方来阳公司的同事们都毕恭毕敬地背着大包小包等在那里。苗淼以为他们只是方来阳的朋友们，心里很愧疚。

“都怪我，这么迟才到，让你的朋友们都等久了。”靠近凉亭的时候，苗淼这样对方来阳说。

方来阳并不想让苗淼知道是自己故意错开的时间，面不改色地说：“他们不介意的。”

陈铎远远就看见方来阳上来了，让总经理室的同事们都背上包准备继续赶路——他们要到山顶才能开始摆东西烧烤野炊。

方来阳走进凉亭，陈铎就迎上来问：“方……”

第二个“总”字刚要脱口而出，陈铎就感觉被方来阳狠狠地瞪了一眼，那一眼仿佛饿虎扑食一样凶狠，吓得陈铎喉咙一卡，急忙换了个称呼：“阳子啊，你好慢啊，大家都等你呢。”

方来阳微眯起眼，眼神里饱含了对“阳子”这个昵称的不满意。但是话已经说出口了，陈铎没办法改口了。小郑在陈铎身后偷偷拉陈铎的衣角，低声问：“陈助，你怎么了？”

“闭嘴，跟着我喊。”陈铎说完回头悄悄使了个眼色。

小郑不明觉厉，跟身旁的同事们交换着眼色。

方来阳没再理会他们，而是带着苗淼介绍：“这是陈铎，其他人都是他的朋友。陈铎，她叫苗淼，这一次送我来的司机。”

苗淼：“……”

陈铎：“……”

两个人面面相觑。槽点太多，实在不知道该从何吐起好。

“呵呵，这些都是你的朋友啊……”苗淼不尴不尬地打了个圆场。

方来阳看了眼陈铎，还想说什么，被陈铎用哭丧着脸的表情给制止了，他挑了挑眉，没说话，陈铎急忙接过话茬：“哈哈，阳子跟我关系比较好啦，平时工作太忙，今天是我硬拉着他一起来玩的。苗小姐不要拘束，大家认识了就都是朋友嘛。”

陈铎这个助理能受到方来阳的重用，除了工作能力强、服从意识好之外，就是他交际能力也很厉害。方来阳从小就不喜欢跟别人打交道，做事情一直都由着性子来。能跟一家又一家大公司的老板打好交道，谈下生意，陈铎功不可没。

小郑拉着一个年龄稍长的女秘书悄悄问：“方总让我们不要用上下级称呼他，是不是就是因为这个小姑娘啊？”

女同事白了他一眼：“少瞎想，演好戏。”

小郑一愣，挠了挠头。大家都各怀鬼胎的……真有意思。

一群人又各自寒暄几句，又开始往山顶进发。

苗淼的体力实在是吃不消，她上一次做这样长时间的剧烈运动，还是大一体育课期末考试跑八百米，她跑完直接昏过去了。现在她感觉自己每登一级台阶，脚心都仿佛有针扎一般，脚踝像是绑着千斤重的沙袋，每一次呼吸都感觉自己下一秒就要断气了。

小郑跟苗淼年纪相仿，对苗淼这种长得可爱的同龄小姑娘天然带有好感，跟在她旁边，关心道：“苗淼，你还行吗，要不要我陪你先休息一下？”

陈铎回头看了眼他们俩，又看了看身旁平视前方，面无表情的方来阳，心里有些打鼓。他摸不太清楚领导的心思，只知道此时此刻领导的脸上有些阴云密布的信号。

正巧到了半山腰，有一个大的平台供大家休息，还有摆烧烤的架子。

方来阳突然就发号施令：“行了，今天就爬到这里吧，吃完午饭谁还有体力就自己再去爬山顶吧。”

陈铎看了眼手表，才十点半，这个时间……午饭？

但是方来阳这样说了，陈铎也无法反驳，用商量的语气询问同事们是否就在这里休息，摆烧烤，大家都心知肚明，憋着不讲，脸色都憋难看了。

“啊？不是要去山顶吗？”苗淼疑惑。

小郑拍拍她肩膀：“哈哈哈，估计你撑不到山顶，就在这里休息吧。”

“……”苗淼无法反驳，一抬头，就见方来阳看着自己这边，眼神里带着点什么意味，还没仔细去看清，就听见小郑轻咳两声，嘟囔着什么走开了。苗淼疑惑地看着他的背影，怎么看怎么感觉他像是落荒而逃。

方来阳朝她招招手，苗淼走过去：“叫我？”

方来阳点点头：“把包放下吧，我们休息一下。”

苗淼看着方来阳的“朋友们”开始忙活着摆烧烤架、生火、串蔬菜，微皱眉头，有些过意不去：“那我也去帮忙吧。”

“不用。”方来阳拉住她胳膊。

“可是……”

“你就好好休息吧，我包里有书，无聊的话你可以看看。”方来阳说完，脱下外套，挽起休闲毛衣的袖子，跟在一个秘书身后去洗菜。

苗淼愣了半晌，看着方来阳修长的手指熟练地掰开小青菜的根部，仔细地清洗，低垂着的脸被垂下的刘海微微盖住，看不清眼睛，但是紧抿的薄唇告诉苗淼这个人做事情很认真。虽然……看他旁边的那位大姐似乎有些惊慌失措的样子。

苗淼看了一会儿，觉得有些无聊，找出铅笔，在速写本上飞快地打了个底，画了个男人的面部轮廓出来。苗淼看了第一眼，发现自己画得太好看了，不敢看第二眼，就心虚得没敢继续画下去。苗淼抬头看了看四周没人注意到她，急忙打开手边的包，把速写本塞了进去。塞速写本的时候，手摸到了另一本东西，苗淼一愣，想到刚才方来阳说的，无聊的话可以看书。

她将那本书拿了出来，顿时感觉整个人都仿佛在火上烤一样，臊得坐立不安。

那是一本漫画书，封面可爱Q萌，上面画着一只Q版灰色的美国短毛猫，上面五个大大的、圆乎乎的字体加一个阿拉伯数字——《勇者闯猫城2》。

什么鬼啊！

苗淼感觉手里的漫画仿佛在燃烧，烫到了她的手。这本书看起来已经有些旧了，被翻看了很多遍的样子。

一想到这本漫画的主人是哪位仁兄，苗淼就感觉更加羞耻了。为什么这位看起来是高智商精英的高富帅，会看她这种幼稚的卖萌漫画啦？！一定是他家里有小姑娘或者小孩子喜欢看安利给他而已！要是让他知道自己就是这本漫画的作者……天哪，她还是别活了。

好奇心作祟，苗淼还是翻开了封面瞄了一眼，看到扉页上空白一片，顿时松了口气。幸好他没买到特签版的。

“你在看？”方来阳的声音在脑袋顶上传来。

苗淼整个人一震，浑身鸡皮疙瘩都立起来了。

她扯开一个尴尬的笑容：“啊……无聊看一看……没想到，方先生你也会看这种漫画哎……”

“叫我名字就好。这部漫画画得很不错。”方来阳坐到她身边，手里拿着一块手帕轻轻擦拭着双手，然后将袖子理好，动作优雅轻柔，手指仿佛在跳舞一样。

苗淼看着他的动作和通身传达着成熟、成功、上流社会的气质，还是无法想象他会看自己的漫画。

“哪……哪里好了？看起来就很幼稚。”苗淼不遗余力地自黑。

方来阳摇摇头，反驳道：“不幼稚。虽然画风很可爱，故事也很简单，但是里面传达着很多成年人才懂的道理。”

“……”苗淼挠挠头，怎么也想不出自己画的东西里哪里有内涵了，“什么道理……”

“我们作为人，似乎天生就有着主宰世界的权利。但是这部漫画却把这种角色给调换了过来，猫是世界的主人，人类被圈养着。有一天，作为野生人类的主角，失去了双亲，被亲人抛弃了，决定一个人到被称为天堂的猫城闯荡，寻找归宿，开始冒险的故事。这个设定就很独特了，我感觉作者一定是个内心很坚强乐观的人。”方来阳低声说着，“你可以看看，我很喜欢这个漫画家。”他的声音低沉带着磁性，像是大提琴的琴声，诱哄着漫画的原作者去看自己的漫画。

“咳……”苗淼红着脸，不好意思地摸了摸滚烫的脸颊，“这……这样啊，好有意思哦，哈哈哈。”

“第二部我买了三本。”方来阳突然说道。

“咳咳咳咳。”苗淼惊得被自己口水呛到了。

“一本没拆封，一本特签，这本专门拿来反复看。”

“……呵，呃……跟我追星的时候一模一样呢。”苗淼忍不住感叹。

亏她刚才还庆幸他没有自己的特签版，没想到这个人只是拿来珍藏，手里这本是身先士卒的阅读本。

苗淼不知道该如何面对眼前这个不知道自己身份的粉丝了。

万一掉了马甲，那情景，应该会特别特别尴尬吧？至少自己会很尴尬啊，自己这么废材，除了画画什么都不会，他一定会非常失望的。

山腰的风景也很不错，此时虽然是冬天，但是因为这座山都是松树居多，还是郁郁葱葱的模样。苗淼坐的位子一转身能看到半座浮城，方来阳想到了什么似的，讨要了苗淼的手机，然后招来了陈铎。

“怎么了？方……阳子？”陈铎生火生得满头大汗，小跑过来，满手都是煤炭的乌黑。

方来阳皱紧眉头，嫌弃地看了他一眼：“找个手干净的过来。”

陈铎看着自己的手，不好意思地摩挲着，眼见着帮忙处理食材的小郑经过，急忙拉住他：“来，方……阳子找你。”

小郑嫌恶地往后跳了两步：“陈哥！手脏死了！我刚买的羽绒服啊！”

“回头帮你洗。阳子找你。”陈铎不耐地说道。

小郑眨了眨眼睛，走到方来阳面前：“方……”第二个字刚要出口，就被身后的陈铎拧了下腰。小郑急忙一缩身，换了个称呼，“老方啊，有啥事啊？”

“……”陈铎在身后不敢直视方来阳。

“给我们拍张照。”方来阳把苗淼的手机递给小郑。

“好嘞。”小郑接过手机，往后退了几步，嘴上还颇为专业地指导pose，“对对，再靠近一点，可以的话揽肩也行。”

“揽肩就不用了吧……”苗淼冲小郑不好意思地笑道。

话还没说完，苗淼就感觉右肩突然被一只有力的手掌扣住了，苗淼惊讶地往另一侧靠了靠，回头就见方来阳目不斜视地盯着正前方的镜头，手牢牢地揽住苗淼的肩膀。

苗淼还没问话，方来阳嘴巴动作幅度很小地低声说道：“看镜头。”

“哎？”苗淼瞪大眼睛，一扭头忙摆手想喊停。

“好！”小郑高呼一声，一手竖了个大拇指，“表情超级自然！”

“……”自然个头。

苗淼接回手机，看着手机上的照片无语。照片上，高大英俊的男人，冷漠淡定，嘴角微微勾起，缓和了他冷冽的气质。他左手揽着一个娇小的女孩，扎着一个丸子头，圆圆的脸，瞪着圆圆的大眼睛，嘴也半张成一个“O”字形。缩着肩膀，两手张开五指举在胸前，似乎在制止着什么。他们身后是远方繁华的城市背景。

看上去的确是一张有趣自然的合影。

但是苗淼很想删了。

“传给我。”方来阳在一旁说道，及时地制止了苗淼内心的想法。

……合影的另一方既然提出这种要求了，她总不能拒绝吧。无奈地互加了微信，苗淼将照片传给了方来阳。

方来阳拿着手机欣赏着照片，赞道：“拍得很不错。”

小郑被领导夸了，心情好得要飞起来，爽朗地拍着苗淼的肩膀笑道：“苗小姐，你真是我的福星！”加薪有望了！

苗淼：“？？？”

接下去大家一起热火朝天地开始进行烧烤聊天的活动，苗淼一直都心不在焉，也不好意思跟方来阳说话。方来阳注意到苗淼的恍神，勾了勾嘴角，没有说话。

吃完午饭大家休息了一会儿，一部分人开始往山顶爬。苗淼不敢高估自己的体力，又因为情绪复杂，感觉自己浑身力气都被掏空了一样。

方来阳见她有气无力的，贴心地说道：“送我回去吧。”

“嗯？可是……你朋友们还没回来。”苗淼抬起头，睁大眼睛问他。

方来阳见她故作精神的表情就觉得又无奈又好笑，他只不过是想向偶像表示崇敬之心，但似乎搞砸了，现在苗淼这副模样明显受到了非常大的冲击，整个人都萎靡了。

方来阳耸耸肩：“没事的，我跟陈铎说一声就好。我有些累了，我们先走吧。”

累？

苗淼打量着方来阳——腰板挺直，脸上神采奕奕的，一点儿也不像是累了的模样。反倒是她，现在已经丢了半条魂了才对。

不过提前回去也好。苗淼撑着身子站起来，拍拍自己的腰背，伸了个懒腰。

“好吧，我们回去吧。”

苗淼那一大包食材中午被优先瓜分掉了，因此回去的山路，苗淼轻松地背上了自己的背包，感觉自己的精神在一点一点恢复，心情也逐渐好起来。

直到走进停车场，她才感觉自己又活过来了。

苗淼开开心心地打开车门，要坐进驾驶室内，被方来阳从身后给拉住了：“我来开车。”

“哎？”苗淼惊叫一声，“不是吧，来的时候已经是你开了哎！”

方来阳挑眉：“我刚吃了一堆烧烤，现在很反胃。”

言下之意就是……如果再由你来开我估计直接能把胃吐出来。

苗淼嘴角一抽，尴尬地收回已经伸进车内的右脚，默默地绕到副驾驶室那头上车。

方来阳在苗淼看不见的角度轻笑了一声。

方来阳开车很稳，苗淼吃了午饭又昏昏欲睡的，在车上没聊两句话，就迷迷糊糊地睡过去了。方来阳一看苗淼又是懒洋洋的跟只猫一样，叹了口气，再次将车内温度调高了两度。

苗淼一睡就睡到了刚好进城，已经靠近她家附近了，苗淼感觉自己失职极了，一个劲地道歉：“对不起，我又睡着了，又让你一个人开了一路，我真的是……天哪我还开什么车，一头撞死好了。”

“没事。”方来阳摇摇头。

苗淼将脑袋轻轻撞在车窗上，生无可恋地叹气。方来阳余光瞥到她，似乎都看见苗淼嘴里吐出来的蓝色幽魂了。

“请一定要让我把市区内的这段路开好。”苗淼信誓旦旦地请求方来阳。

方来阳将车停靠在路边，扭头见苗淼的眼神里满满的都是大义凛然，笑着摇摇头：“好吧，你来开吧。”

苗淼欢呼一声，颠颠儿地跟方来阳换了个车座，开始执掌方向盘。

方来阳很庆幸自己现在已经消化得差不多了，只要再忍耐十分钟就能够结束了。虽然苗淼的车技的确有所提高，但是刹车时候的冲击力还是让本来就有些晕车的方来阳给颠得反胃。

车子在凤城公馆大门停下，苗淼还很热心地跑去开车后座帮方来阳拿他的包。

方来阳下了车，拿出手机问苗淼：“你支付宝账号是多少？”

“嗯？”苗淼把包拿出来，关上车门，疑惑地看他。

“车钱。”方来阳已经开好APP就等输入苗淼的账号了。

苗淼吓得后退了两步，急忙摆手：“我没有那个脸皮跟你要钱啦！”

“那我微信发你也行。”方来阳完全没理会苗淼的话。

苗淼深刻地感受到方来阳这种一旦做了决定就完全不会被外界所改变的性格，嗫嚅半天，小心翼翼地说：“我真不好意思……”

“这是我们一开始就谈好的，做生意要有契约精神。”方来阳摆出商人诚信那套来。

苗淼立刻被镇住了，支支吾吾：“那……就打个折吧……八百……”

“一千。”

“嗨呀，怎么有你这样的乘客啊，还想着多付钱的？！”苗淼恨不得拍大腿，恨铁不成钢地喊道。

“好吧。”方来阳被她的语气逗笑了，“随你，账号给我吧。”

方来阳的语气里带着让人误会的宠溺，苗淼脸立刻就发烫了。她低下头，打开手机，轻声说：“你……你手机拿过来……我扫你二维码……”

方来阳从鼻腔里轻声“嗯”了一下，将手机递给苗淼。苗淼飞快地扫了二维码，然后看着方来阳修长干净的手指在他手机上轻轻地输入数字，转账，随后感觉到自己手机收到信息振动的声音。苗淼感觉脑袋“嗡”的一声，炸开了。

完了，这下欠他欠大发了。

为什么她的这位土豪粉如此喜欢她，而她又如此不厚道！这让作为爱豆的苗淼如何面对粉丝期盼的目光啊？

苗淼带着自责的心情回了家。

到家的时候，苗淼见楼下面馆还开着，黄茹茹双休日在上班，苗淼摸了摸胃部，感觉空荡荡的。中午心不在焉，都没吃多少东西。

她下了车，背着巨大的登山包进了面馆。

黄茹茹一见她这身行头就吓了一跳，跳到她身旁打量她：“你这万年不运动的人，居然还穿了运动裤运动鞋，这什么包这么大？”

郑林天端着碗筷从一旁走过，添了句：“没见识，这叫登山包。”

“……”苗淼无语，在老位置坐下。

黄茹茹嗅到了八卦的气息，还想跟在她身后询问，被韩栋给喊住了：“3号桌结账。”

“哦……”黄茹茹身子一顿，只好先去忙工作。

韩栋拿着小本子走到苗淼那桌：“要吃什么？”

“唔……现在才三点……太早了。清淡点，来碗青菜汤面吧。”苗淼还想留着肚子吃正式晚饭。

韩栋记了单子，点点头，往厨房走去。

郑林天正好把碗筷放到洗碗池里，耳朵一直竖着，见韩栋进来了，凑过去问：“师父，喵姐点了什么？”说着，他探头探脑地看韩栋抄的单子，瞥了一眼，“哇，青菜汤面！我来做吧师父，我保证完成任务。”

郑林天跟韩栋学厨两年了，韩栋的厨艺虽只学了个七七八八，一碗青菜汤面当然不在话下的，他只是不想洗碗，外加想借跟苗淼邀功的工夫探听八卦而已。

没想到韩栋却拒绝了他：“我自己来，你去洗碗。”

“别呀……”郑林天哭丧着脸哀求，被韩栋一个平静无波但是暗藏警告的眼神给震慑住了，他急忙回到洗碗池，“好好好，我洗碗。”

他手上忙活着洗碗，脑袋却一直抬着看韩栋，想不明白这么简单的一碗面为什么师父不给他做偏偏要亲自下厨？结果刚一看韩栋用的汤底他就惊住了。

韩栋没有将面放在最普通的汤水中煮熟，而是直接开了个小灶，将面放进了面馆三年里从没断过火的鸡肉高汤里煮，青菜都是用牛肉汤煮熟的，然后他还炒了一点牛肉丝。最后的面汤还是用鸡肉高汤和牛肉汤调出来的。

郑林天看得目瞪口呆：“师父……你这哪是青菜汤面啊……你也太偏心喵姐了吧……”

“多嘴。”韩栋面无表情地瞥了他一眼，亲自将面端了出去。

黄茹茹结完账就来跟苗淼唠嗑了，苗淼简单地把今天的事情讲了一遍，郁卒地捶胸顿足：“我是不是太不地道了？”

“他……是不是对你有意思啊？”这是黄茹茹唯一能想到的理由。

苗淼一愣，红着耳根扭捏：“怎么会啦，我们才见第三次面而已？他那种高富帅，难道不是应该配网红吗？”

“咦，你不是吗？”黄茹茹一语道破真相。

苗淼黑了脸：“我才不是网红，人家网红一年挣上千万，我就这几块钱版税。”

“哎，好想看见你说的那个方老板知道你就是他喜欢的漫画家之后的表情哦，一定很有趣。”黄茹茹双手托腮幻想着，半晌，幻想不出什么东西，抓着苗淼的胳膊问，“不行，想象不出，他长什么样子，你给我看一下。”

苗淼正想把他们俩的合照找出来给黄茹茹看，突然想起自己还画了个方来阳的轮廓，当即翻找起来：“我今天偷偷画了个素描草稿，给你先看看。”

“你今天还去采风了啊？”黄茹茹一边等一边说。

苗淼嘴里应了一声，手在宽大的包里翻了好久，都没找到她的那本素描本，一头雾水：“怎么回事……我速写本呢？”

“面。”正巧韩栋端了面出来，摆到了苗淼面前，高汤香浓的味道钻入苗淼的鼻腔内，瞬间就转移了苗淼的注意力。

苗淼看着这碗仿佛打了追光，香气四溢的青菜汤面，咽了咽口水，那面明显非常入味，青葱如玉的青菜旁边还码了一点牛肉丝。

她抬头问韩栋：“怎么还有肉丝？”

“多出来的。”韩栋解释。

苗淼不疑有他，拿起勺子喝了口汤，感觉自己的所有味蕾都仿佛做了一遍按摩一样，舒爽得苗淼从脊梁骨上升一股电流，酥酥麻麻，一直到脑顶，浑身的鸡皮疙瘩都起来了。

“太……太好吃了！”苗淼简直要哭出来了，“老板，你怎么能连青菜面都做得这么好吃？”

黄茹茹最了解店里的菜色了。从韩栋端面上来时，她就感觉到这碗面的不对劲，她看一眼韩栋，再看一眼面，接着又看一眼恨不得抹眼泪的苗淼，再看一眼韩栋，结果被韩栋瞪了一眼，急忙收回了视线。

“好吃就好。”韩栋点了点头，回了后厨。

黄茹茹盯着那明显颜色不对的汤底，一脸的莫名其妙。

苗淼口味很重，什么都吃，但很少会点这么清淡的青菜面。敢情以前一直都是开着小灶的，只是今天这加了料的青菜面跟店里普通的清汤寡水的青菜面差得太远才被她一眼看出来了。

店里的青菜面虽然也好吃，但真的是清汤寡面，汤底都是透明干净得跟白开水一样。而这碗汤底……明明是最合苗淼口味的牛肉汤调出来的。再加上这肉丝，这面带着金黄的成色，用脚指头想都知道韩栋是怎么煮面的。

黄茹茹捂着额头，发出一声叹息。

怪不得苗淼会这么喜欢他们面馆……谁给开这么好的小灶，都会喜欢啊。

可是，她的老板啊，靠这种默不作声的方式追女孩子，是追不到的啊。黄茹茹兔死狐悲地想着。

回到后厨的韩栋，一回想刚才苗淼那仿佛感激涕零的夸张表情，忍不住一笑，摇了摇头。

没有一个厨师会不喜欢听到别人对自己厨艺的赞美。而苗淼，显然是最不吝啬夸赞的食客。每次看见苗淼吃到美味，脸上绽开的幸福笑容，韩栋就觉得自己的心脏暖暖的，仿佛也被填充进了幸福的满足感一样。

他希望能一直看见苗淼如此满足的笑容。

三年前，韩栋身上只揣了一张 50 万存款的银行卡，只身来到浮城。

在寸土寸金的浮城，想要开一家店，50 万是远远不够的。韩栋只好在当时刚开发的高新商务区找了个店面盘下来开面馆。那个时候的汇都公寓才刚交房，可以说，韩栋大概是第一批住户。

作为一个地地道道的首都人，在万里之外的南方开一家面馆，那种寂寞和压力可想而知。从筹备到开店之后，采购、做菜、跑堂、买单、洗碗，一切事情都由自己包办。

刚开始那一个月，韩栋差点就放弃了自己远大的离家出走之旅。

刚开始，也没有什么生意，韩栋就已经觉得很累了。直到过了一个月之后，韩栋的手艺被附近在各大建筑工地干活的农民工们口口相传之后，灾难来了。

韩栋累得苦不堪言。但看着一个个背井离乡来浮城打工的农民工，在吃到他做的饭菜之后，都一脸满足的幸福模样，嘴里还说着有机会要带老婆孩子一起来吃他做的菜，韩栋又特别满足。

为了能让自己坚持下来，韩栋在网上贴了张招兼职的启示。

启示刚贴出去一天，第二天就下了场倾盆大雨，雷鸣声伴随着照亮天际的闪电，狂风剧烈鼓动。

韩栋的小店已经没人能来了，韩栋看着玻璃门都被吹得猎猎震动着，实在担心风太大把玻璃震碎了，正打算收摊关门。结果就从马路对面跑过来一个湿透了的人，那人真的就是从水里捞出来一样，浑身都湿淋淋的。

韩栋还没反应过来，那人就一下蹿进了韩栋的小面馆，整个人蹲下来，蜷缩在门边瑟瑟发抖。

韩栋盯着那狼狈的人半晌，才认出来这是个小姑娘，及肩的头发耷拉着，紧紧贴在脖子根，黑色的T恤也湿淋淋地贴着身体，半张脸埋在胳膊里，盯着门外的大雨，眼神哀怨。

韩栋见她完全没有注意到这里还有个大活人，实在忍无可忍了，只好开口问道："请问，需要帮助吗？"

那小姑娘这才抬起头来，头发里蓄的水一下又流到了眼睫毛上，她忙抹了把脸，这才看清眼前还站着个高个子的大男人，背着光，看不太清脸，但是声音很好听。

女孩摸了摸胳膊上的鸡皮疙瘩，点点头：“能……来碗姜汤吗？”

她实在是倒霉，从学校出来，准备去超市买几袋每月必备姨妈巾。结果倒好，到了半路，不仅姨妈巾没买到，还屋漏偏逢连夜雨赶上了雷阵雨。可恨她刚来例假，现在只感觉浑身都疲软无力，随时能疼晕过去。

韩栋被她问蒙了。

他这是面馆，根本没有什么姜汤。不过，反正姜也足够，给她煮一碗也可以。

韩栋应了下来，让她在椅子上坐一会儿。

没想到小姑娘摇摇头：“我……蹲着就好了。”蹲着，肚子会减轻些疼痛。

韩栋哪知道这个。只觉得，这小姑娘白白净净的，圆圆的小脸看着也很可爱，但是真是个怪人。点了点头，他就进后厨去煮姜汤了。

最后，姜汤是连着干毛巾一起送来的。

那女孩子蹲在地上，肩上披着条毛巾，一身狼狈，捧着碗姜汤，小心翼翼地喝了口。

韩栋坐在一旁看着她。

只看见她脸上从前一刻的惨白如雪，瞬间像是被点亮了一样，眼睛都开始放光，她双手捧着碗，对着韩栋绽开了一个大大的笑脸，就像太阳花绽放一样，眼睛都笑眯眯的。

“老板，这汤真好喝！”

韩栋愣了一下，心里感觉痒痒的。他忍不住想，不就是一碗普通的姜汤吗……全天下不都这样煮。而且为了节省开销，他买的还是便宜的生姜。

女孩不怕烫地两三口就解决了姜汤，然后张大嘴巴哈着气，似乎在缓解生姜的辣劲。

韩栋看得有趣，忍不住勾了嘴角笑了。

女孩子声音清脆地一再赞叹：“老板，你人又帅，手艺又好，人还善良，我以后要经常来你们店吃饭！”

韩栋点点头：“欢迎。”

最后韩栋也没收女孩子的钱。那姑娘身上压根就没带现金，只带了手机出来，扬着手臂就要跟韩栋扫支付码，韩栋哭笑不得，最后还是拒绝了。

那场雨来得快，去得也快。

喝了姜汤之后，女孩子就像满血复活一样，脸色变得红润，活蹦乱跳地就跑走了。

韩栋抬头看女孩子跑走的方向的天空，挂了道圆弧状的彩虹。在阳光下，熠熠生辉。

这个小插曲，就像一颗小石子砸在湖泊里一样，泛起一道小涟漪，便飞快地消失。但是石子，终究是落在了水中。

对于女孩子说的那些话，韩栋并没有当真。

一个月后，他招到了一个流里流气、没个正形的毛头小子当学徒，说是从家里溜出来要去新东方学厨师的。结果逃到半路饿了，在韩栋的面馆吃了碗面，当即决定不去新东方了。

“师父就是新东方的祖师爷！”郑林天是这样说的。

又过了三个月，韩栋又招到了个还在读大一的女大学生，叫黄茹茹，兼职跑堂、收银。性格泼辣、活泼，同样的年轻，偶尔能让韩栋想起那个暴雨偶遇的姜汤少女。

他的面馆，这才终于顺顺当当开起来，名气也越来越大。

韩栋的面馆正式营业一年后，汇都公寓里的住户越来越多。

附近的大学，送走了最新一届的毕业生。而汇都公寓，也迎来了新一批刚入社会的青年。

面馆的生意更加红火了。

直到有一天，一辆小面包车载着一堆画具、猫粮和猫舍等物品停在公寓楼下。

郑林天还趴在玻璃门上，看猫咪的主人拎着笼子上楼，对黄茹茹说道：“我们这栋楼，还允许养宠物的？”

黄茹茹想了想，点头：“好像是这样，所以前两天不还有住户说，附近要开家宠物店。”

“哎哟，我也想养宠物，想养匹狼！”

韩栋在郑林天脑袋上敲了个栗暴：“你先把自己养好吧，快去干活。”

黄茹茹和郑林天立刻作鸟兽散，投入工作中。

接近午饭时间，客人渐渐多了起来。

韩栋亲自端了碗牛肉面上来，想在收银台看一看上午的收益情况。

玻璃门上，黄茹茹刚装上的风铃被人推响了。

一个穿着蓝色牛仔裙的女孩子，走了进来，一张小圆脸上，一双大大的眼睛炯炯有神。

她脸上是能感染所有人的灿烂笑容，对着面馆的三名工作人员说道：“你们好，我刚搬来住在楼上，我叫苗淼，我是来吃午饭的。”

说着，她将视线转移到韩栋身上，与韩栋对视，笑道：“老板，以后多多关照啊。”

韩栋眨眨眼睛，心中止不住地诧异，许久，他才微微勾起嘴角，点点头：“欢迎光临。”

他没想到，姜汤女孩，真的来了。

不。她不应该是姜汤女孩，应该是彩虹女孩才对。

她一笑起来，整个世界都亮起来了。就仿佛，他开这家面馆，全是为了等待这个女孩的出现。

苗淼在面馆磨磨蹭蹭到晚饭的这个空当，另一头的方来阳洗了个澡，穿着件宽松的浴袍就坐到了沙发上。室内开着中央空调和新风系统，温度宜人，方来阳给自己倒了杯红酒，一边看着金融新闻，一边小酌，心情莫名愉悦。方来阳看不进去新闻，脑袋里全是他逗弄苗淼时，苗淼一脸受到惊吓不知所措，又故作镇静的模样。苗淼那时候可能还在想，万一他知道她就是自己喜欢的漫画家，他会是什么表情吧。

方来阳轻笑一声，他倒是能想象得出来，她如果知道自己不仅是送车的那位粉丝，还早就知道她的身份时，该会是怎样的表情。一定比今天的还要有趣可爱。

脑袋里偷偷幻想着，笑声里却越发带着平时从未有过的温度。

方来阳把自己今天带去的包拿出来，准备把那本漫画放回书架上，结果却摸出了一本眼熟的画册。

这是……苗淼的速写本?

怎么会在他包里?

方来阳疑惑地看着速写本，已经干了的那几页纸还发着皱。方来阳没有再翻开来，而是上网搜了一下纸张湿了之后发皱的解决方法，将那几页纸重新蘸湿压平，放进了冰箱里。

下次见面再还给她吧。

方来阳盘算着。

● Chapter 5
我失恋了

听广播说，新年过后，浮城要开始推行网约车新规。苗淼上网查了一下新规的要求，对照着自己的条件，这才松了口气。至少自己还是可以继续干这行的，还能继续赚外块攒钱还车钱。

然而苗淼查了查自己的银行存款，发现积蓄并没有增加，存着的钱，大头都还是漫画的稿费。也不知道什么时候才能还得上车钱？但是走一步算一步吧，苗淼最大的优点就是乐观了。

当乐观的苗淼看到储藏柜里只剩下最后一罐猫罐头的时候，整个人汗毛都立起来了。她急忙去查看猫粮，发现猫粮也只剩下最后一顿了。

“喵……”小兔优雅地翘着尾巴，踱步到她身边，尾巴绕着她的小腿，转了一圈，毛茸茸的脑袋贴着苗淼的小腿蹭了蹭，又转了转耳朵，它静静地盯着她手中的猫粮看，无声地催促铲屎官快点投食。

苗淼紧张地问道：“小兔呀，那个……妈妈最近忙着赚钱，忘记给你买吃的了，不介意的话，跟妈妈一起吃楼下面馆？”

小兔眯了眯眼睛，轻哼一声，尾巴不耐烦地摇了摇，扭头就跑走了。随后它爬上了立式空调的顶部，像巡视自己臣民的王者一样，居高临下地看着愧对自己的铲屎官。

这是被拒绝了呀。

苗淼只好把最后一顿猫粮和着猫罐头搅拌好放到食盆里，招呼小兔来吃。小兔跑过来，喉咙里发出愉悦的“咕噜”声，苗淼伸手摸它脑袋，也没有不开心。

苗淼抱歉地对它说：“我去买你的口粮，很抱歉哦，是真的忘记了，不是有意的。妈妈最爱你了呀，来么么哒！”说着，苗淼作死地想抱起小兔亲一口，被小兔收着爪尖拍在了脑门上挡住了她的骚扰。

“喵——”小兔不耐烦地叫唤着。

苗淼失落地放下它，小兔立刻又埋头吃饭。

她盯着小兔满足地“咕噜咕噜”的吃相，一下子安静下来，脑袋又不受控制地想到方来阳。方来阳在阳光下的侧脸，嘴角的微笑，还有他提到“鸡丝猫”的时候，双眼带着光的样子。

如果这就是两情相悦的话……那得多美好啊。

苗淼忍不住胡思乱想，两颊绯红，她鼓着脸，摸了摸小兔。

“我又瞎想什么，才不是两情相悦呢。他只是喜欢‘鸡丝猫’而已……”思及此，苗淼心里一阵失落。

“不想了！”苗淼拍拍脸，从地上爬起来，整理了一下行头，还没吃午饭呢。她也不化妆，素面朝天地背着个小挎包就出门了。

猫粮太贵了，苗淼打开手机里的计算机盘算了一下，发现买了猫粮之后，这几天她估计就只能啃啃馒头过日子了。苗淼忧伤地叹了口气，开车去超市，顺路买点食材平时可以下厨对付一下。

苗淼买完东西，打开了叭叭打车打算接两笔单子再回家。她正准备把东西放到后备厢里，叭叭打车 APP 就派了个单子来。

这家超市很大，在快速路立交桥边上。苗淼的车子停在路边的收费停车位上，边上违章停着辆出租车，等待超市的顾客出来就可以拉客。出租车司机正开着窗在车里抽烟，吞云吐雾的，耳尖地听见了站在车旁的苗淼手机上传来的“铛铛”两声，眼睛瞬间危险地眯了起来。

苗淼把后备厢关上，准备绕过车旁边挡路的出租车上车，就听见出租车司机趴在窗口上喊住她，嘴里轻佻地问：“喂，小妹，你开叭叭的啊？”

苗淼一愣，回头看那司机。一个胡子拉碴的黑皮肤大叔，从车窗外看他个子应该不算高，但明显很健硕，此时此刻正面色不善地盯着自己。苗淼抽了抽嘴角，心里发慌，不知道为什么这位大叔突然要问她这个问题。

苗淼往后退了一步，靠在车上，紧张地反问：“为什么这么问？”

苗淼这副态度，明显地表现出了她的胆怯和戒备，让这位黑皮大叔更加有底气教训叭叭司机了。他把香烟头往车窗外一扔，开了车门下了车，绕过车头靠近苗淼。

苗淼很想说：大叔你乱扔香烟头是要被罚款的。但是一看到这位黑皮大叔朝自己靠近，她开始害怕起来。

苗淼的心脏像是被人用手用力地捏紧了一样，紧张害怕，她右手往右边挪了挪，够到了驾驶室的车门把手，准备随时见机行事，一有不妙就立刻打开车门上车。

“就问问，小妹你长这么可爱，还要开车啊？辛苦不啦？”黑皮大叔微笑着问，苗淼却直觉他可不见得心情有多好。

苗淼听说过很多传统出租车司机和她这种赚赚外快的网约车司机之间会因为争抢生意而闹矛盾，但没想到今天居然会被人堵上门来。出租车司机不满自己生意被抢，总是对网约车司机有抱怨，苗淼以前打的也遇见过出租车司机抱怨生意被抢。但是她从没遇到过什么坏人，这还是第一次遇到主动上来怼人的司机。

现在这光天化日的，苗淼倒不认为对方会对自己做什么，可是还是很害怕啊，这黑皮大叔一下车，身材果然健硕，比她高了半个头，不算高但是毕竟是个大男人啊。心里到底还是有些害怕，苗淼感觉自己晚上都要做噩梦了，她这小破胆儿的。

苗淼咧了咧嘴，尴尬地说道：“呃……还……还好吧。”

“辛苦还开什么车啊，嫁个有钱公子哥不就好了，哪用得着抛头露面啊。”黑皮大叔仍旧是那副看起来温和的表情，苗淼瞬间汗毛都竖起来了。

苗淼不赞同他说的话，只是闷声闷气地反驳：“女孩子还是要独立……”

“你爸妈都放心你出来啊？”

“……”苗淼脸上客套的笑僵住了，整张脸都垮了下来，脸色非常不好。

黑皮大叔还在问：“你一天能赚多少钱啊？还不如嫁个有钱人日子过得舒服吧？”

这么不尊重人的话说得让人特别不高兴。

“……这个，跟大叔你没关系吧？”苗淼直接黑了脸，但是秉着多一事不如少一事，苗淼尽量让自己的语气委婉。说完，她就想打开车门上车。

没想到那个黑皮大叔居然抢先一步上前，大手一把摁在苗淼的车门上，将才将将开了条缝的车门又给关上了。

苗淼感受到了对方的巨大力气，心一下子开始打起鼓来。她不愿意跟别人正面起冲突，特别是一看就知道自己弱势的情况下。可是她连躲都没法躲，心里的闷火不由得越发燃烧起来。

“大叔，我还要去接乘客，请让我上车。”这时候的苗淼还能心平气和地与对方礼貌地讲话。

可是那大叔看到苗淼轻声细语、惴惴不安的模样，开始得寸进尺起来。

他作势想抢苗淼的手机，嘴里说道：“接什么客人，你这种外行就别凑热闹了，把那乘客电话给我，我去接。”

苗淼被他突然伸过来的大手吓了一跳，往后退了两步，拔高了音调问道：“你做什么？”

苗淼对他的行为感到非常恼火，脸色也沉了下来，狠狠瞪着他。

被苗淼这样瞪着，黑皮大叔顿感不悦：“我不就是帮你忙吗，看你小姑娘年纪轻轻的还要载乘客。”说着，他还要伸手讨要乘客的电话。

“这是我接到的单子！你凭什么要抢单子！”苗淼喊道。对这种伸手觉的行为，苗淼第一次感觉气得肺要炸开来。

“好好的生什么气啊？知不知道尊老爱幼啊？年纪轻轻的这么没礼貌？”黑皮大叔明显知道苗淼对自己有忌惮，嘴里的话更加没谱起来，“你爸妈怎么教你的，真没教养。”

周围渐渐有人注意到这里的冲突，三三两两的路人在不远处停下脚步，窃窃私语地盯着这边看。

听到这个大叔说的话，苗淼心里瞬间燃起一把火，直接冲到了大脑，让她厉声反驳：“到底谁没教养啊！滚！”说着，就要拎起自己的背包，张牙舞爪地想冲上去赶黑皮大叔走。

左侧突然伸过来一只胳膊，大手摁住了她的包，顺势将她搂进了一个宽厚温暖的怀抱里。

苗淼只感觉眼前一黑，还没来得及反应，就听见一个熟悉低沉的声音冷冰冰地问道：“这位先生，请问我的女朋友哪里冲撞到你了吗？”

黑皮大叔看着眼前高大英俊的男人，心里犯怵。他开了十几年出租车，什么人没见过，一眼就看得出来眼前这个面色不善，浑身穿着考究的年轻人绝对不是他惹得起的，急忙摆摆手，讪笑：“哦，没事，就是看同行想聊一聊而已。”

他说得轻巧，苗淼心里还冒着火呢，一手捏着拳头就想反驳，被方来阳一把摁住了，顺便将苗淼拳头摁住不放。

苗淼感觉对方温暖的大手包住自己的拳头，一股股热流从双手接触的地方传来，苗淼仿佛听见了自己脉搏跳动的声音，一点一点地牵动着她的心脏，直到整个大脑。她能听见她越发急促剧烈的心脏跳动，和方来阳低沉磁性的声音，以及他胸口随着说话的微微震动。

“她不是你的同行。”方来阳另一只手微微扣着苗淼脑袋，苗淼立刻抬头看他，正好见方来阳微笑着低下头，两人的视线撞在一起，苗淼脸腾地就红了，听见方来阳问她，“对吧？宝贝？”

“……”苗淼倒吸一口冷气，胸口感觉到微微的抽痛，仿佛要炸开了一样。

她讷讷地点点头。

黑皮大叔被这对小情侣给亮瞎了眼，暗道自己踢到了一块铁板，踹疼了自己的脚。算他自己倒霉，黑皮大叔小声唾骂了一声扭头就要上车。

方来阳淡淡地喊住了他：“先生，留步。”

“还有什么事啊？我着急拉客人。”黑皮大叔不耐烦地问。

方来阳勾了勾嘴角，指了指黑皮大叔的身后：“违章停车，先生还是得遵守交通规则。还有，请不要乱扔香烟头，污染环境。”

“……”黑皮大叔暗骂了一句粗话，走到车边将香烟头捡起来，狠狠地瞪了眼扭头看过来的苗淼，苗淼此时此刻有人撑腰，立刻狐假虎威地反瞪他一眼。

黑皮大叔一愣，正想说话，就被从他身后走来的交警给拍了拍肩膀：“同志，违章停车，条直接交你手里了，十五日之内请及时到银行交罚款。多谢配合。”

苗淼见状忍不住“扑哧”一声笑了出来。黑皮大叔接过罚单，扭头瞪她，苗淼得意地指着自己的停车线，眉飞色舞，黑皮大叔黑着脸扭过头，只感觉自己今天倒霉至极。

他原本见这小姑娘好欺负想挽回自己出租车司机的面子，没想到居然是有高富帅撑腰的。

出租车开走了，苗淼早就离开了方来阳的怀抱，红着脸感谢：“真是多亏了你。刚才吓死我了。”

方来阳挑挑眉，不赞同地看她：“刚才如果不是我制止你，你真的要拿个小皮包就去砸人？”

苗淼抿着唇，不好意思地扯了个笑容，捏着手指回答：“那个……有冲动想付诸实践……而已……啦……”

“人家那么壮的大男人，你一个小姑娘，也不怕吃亏？”方来阳皱眉，感觉心里莫名烦躁不舒服。

苗淼挠挠头，见方来阳似乎真的因为她的冲动而不悦了，急忙赔着笑说道：“谢谢你啦，你看我这不也没事嘛！我是真的生气，那人嘴真贱。”

“他说你什么了？”方来阳在远处只是看到两人起了冲突，于是急匆匆将车靠边停了，自己一路小跑过来，正巧看到冲动的苗淼准备冲上去，现在还心有余悸。但是他并没有听见两人在吵什么。

苗淼噘着嘴，想想刚才的事情也是哭笑不得：“也是很搞笑啦……就是他见我是开叭叭打车的，觉得我抢人生意了，不高兴想教训我几句。我脾气也是好的啦，一般不会生气，谁让他……”话说到这儿，苗淼突然顿住了。

方来阳疑惑：“他说什么了？”

苗淼咬着唇，一想到刚才那男人的话，还是感觉委屈，眼眶有些泛红，她把脸撇到一旁，闷闷地补充：“谁让他说我没教养的。”

方来阳一愣，还想问，就被苗淼转移了话题：“咦，还没问你，怎么在这里呢？”

“来超市买食材。”

苗淼笑道：“大老板也自己做饭啊？”

“我喜欢自己动手。”方来阳勾勾嘴角，问苗淼，“你呢？是送乘客到附近？”

“不是啦，来买猫粮的，再不买猫主子就要上房揭瓦了。”苗淼苦笑地调侃自己。

方来阳挑眉，在直播里见过很多次苗淼的小兔了，大多数粉丝都当自己是云养猫，可喜欢小兔了。他明知故问，故作惊讶：“你养了猫？”

“对啊，美短，性格挺高冷的，但是很乖，很可爱。”

“什么时候让我见见？”方来阳认真地说道。

苗淼惊讶地看他，没想到看起来比较冷漠的方来阳，居然会对毛茸茸的猫感兴趣。这种跟喜欢的人有相似的爱好，让她觉得开心，这说明，他们俩可以有更多的话题可以谈论。

手机突然响了起来，传来小兔嗲嗲的猫叫手机铃声，苗淼一愣，随即想起了早被她的金鱼记忆抛到了太平洋的乘客，急得整个人都跳了起来，急忙接起了电话。

“喂喂？您好您好，啊啊啊，对不起对不起，刚才发生了点事情一直没有联系您，实在非常抱歉！真的非常抱歉！什么？要退单？好的好的，可以可以！真的非常对不起！”苗淼冲着电话那头来兴师问罪的乘客态度良好地认错。

方来阳看着苗淼点头哈腰的模样，忍不住轻笑了一声，电话那头的人又看不见她的动作，他反倒看了个全，苗淼此时此刻就像个急着跳脚的小猫一样，想扒拉到那根逗猫棒。

想想刚才苗淼恼火的模样，也极像只猫咪爹了毛，压低了脑袋准备上前给敌人致命一击。

不得不说，真的很可爱。

但是方来阳此时的表情却仍旧是那副冷淡，平静无波的样子，不过如果仔细察看的话，就能发现方来阳微微勾起的嘴角，带着一个温暖的弧度。

苗淼这单生意算是黄了。她现在也没心情再接乘客了，处理好之前那笔单子之后，快快地叹了口气，回身见方来阳正看着自己，小脸一红，带着点羞涩地问他：“今天真的谢谢你了。你有时间吗？要不，我请你吃午饭吧？！”

方来阳：“可是我吃过午饭了。”

“……呃……”苗淼可没有吃午饭，没关系，她再接再厉地邀请男神，没错，在刚才，她已经决定，将方来阳视为自己目前为止唯一的男神了，“那下午茶也行！”

“可是……两点都不到，肚子还不饿……”

“我请你吃甜品吧！请一定要接受我的报答！”苗淼抬着头，眼睛闪着光，期待地向方来阳发出第三次邀请。

方来阳被她看得有些发毛，但是看见苗淼像只小猫讨吃的一样可爱的表情，心下一软，他点了点头，答应了下来，完全忘记了今天下午答应了陈铎要去审核新店的设计方案。

超市一楼就有家甜品店，苗淼以前在那儿买过抹茶千层，味道还不错。苗淼见橱窗里摆了最近网上爆红的豆乳盒子，心下有些好奇，就点了一盒，又点了杯奶茶，转头问方来阳吃什么。

方来阳其实很喜欢吃甜品，而且自己也爱烘焙西式甜点，甚至可以说是拥有喜欢一切可爱事物的少女情怀，但是鉴于他不仅是个大男人，而且他的长相比较冷傲，生人勿近的气质，更是让他一直不好意思表现出来自己喜欢吃甜品。

他早就看中了看起来就很不错的巧克力千层，却仍旧端着架子："我也不知道吃什么，对这些甜东西不是很了解。你帮我看看吧？"

"哦，上次我吃过那个抹茶千层，挺好吃的，要不点那个吧？"苗淼指着巧克力千层旁边的绿色的抹茶蛋糕说道。

方来阳很想说自己不喜欢吃抹茶，但是看着苗淼闪着光的希冀眼神，顿时说不出话来了，只好点了点头。那一瞬间，方来阳感觉苗淼的眼里满满是安利成功的得意和喜悦。

算了……粉丝心理，苗淼喜欢的东西一定不会难吃。方来阳再看了眼巧克力千层，遗憾地收回了视线。

两人找了靠窗的座位坐下，聊了会儿苗淼养的猫和苗淼的叭叭打车职业生涯，方来阳一直都很好地把握了度，没有问及苗淼的本职。两人聊得很尽兴。

苗淼心里无比雀跃，少女心萌动，每当方来阳附和她的话，或者因为她的话而笑的时候，她的心脏都会微微一疼，随即就是无边的甜蜜和喜悦。方来阳笑起来，嘴角的弧度真好看。

苗淼低下头看着自己点的豆乳盒子，借由头发遮挡自己忍不住的偷笑，嘴里故作无奈地抱怨："为什么这个会爆红呢，很一般啊……啊，我真不喜欢豆乳的味道。"

方来阳做过豆乳盒子，见苗淼实在不喜欢吃，一手随意地托住脖子，歪着脑袋看苗淼："下次我请你吃豆乳盒子，保证好吃。"

苗淼眨眨眼，嘴角还带着奶油："哪家的？"

"嗯……"方来阳另一只手修长的手指轻轻敲击桌面，沉吟道，"朋友自己做的，手艺很不错。"

苗淼看着冬日阳光透过落地玻璃洒在方来阳微垂的眼睫毛，在方来阳的眼睛下方留下一个好看的阴影，她的心脏像被一个小锤子轻轻地、有节奏地敲击着。

她恍了恍神，急忙收回注意力，开玩笑："女朋友哇？"

千万不要承认，千万不要承认。苗淼在心底不断祈求着。

"不是，不过比这个还亲近。"方来阳勾了勾嘴角，神秘兮兮地说道。他自己，当然比女朋友还要亲近了。

苗淼嘴角的笑顿时僵住了。比女朋友还亲近，还说得这么神秘兮兮的，不是妻子也是个未婚妻了……

苗淼心情像是坐了过山车一样，现在已经到了谷底，冲向了水池，溅了一身的水，快呼吸不过来了。

这算什么……苗淼喘了口气，在心底问自己。这就真喜欢上了？现在还嫉妒了难过了？

也不能这样啊。苗淼振奋精神，笑着对方来阳说道："那我真是期待！"

毕竟男神肯定都是别人的嘛。

虽然这个男神还是自己的读者。

"对了，下次顺便托'他'做些鱼饼干吧，给小兔当零食。"方来阳说道。

苗淼迟疑地点点头："好……好啊。谢谢啊。"

"还有，上次你落了速写本在我包里，我今天没带，下次一并还你。"方来阳想起速写本，提醒苗淼。

苗淼被他一提醒，顿时想起来那本失踪的速写本，她还找了半天，怎么也想不起来丢哪儿了，没想到居然落在方来阳包里了。

一想到那速写本里不仅有她闲来无事画的漫画线稿、设定，和她的签名练习，最可怕的是，还有她偷偷画的方来阳的速写！天哪，要是被方来阳看到了，她不仅掉马甲，还要被方来阳知道她心里那点小九九。她不活了！

“原来在你那儿啊，什么时候能还我呢，我比较急用。”苗淼一边说着，一边仔细观察方来阳的神色。确认方来阳应该没有翻速写本后面的内容看，没发现猫腻，她这才松了口气。

“那……有时间再约吧，或者同城快递也可以。”苗淼不敢再看方来阳。

对他有好感，而对方喜欢身为漫画家的苗淼，她却瞒着对方，还被方来阳关照很多，已经够愧疚了。现在知道了对方还有个未婚妻级别以上的伴侣，自己这份心情，完全可以胎死腹中了。

为了不让自己越陷越深，苗淼真的不想再见到方来阳了。最好连拿速写本的时候都不要见到。

“为什么还要同城快递？下次我连同蛋糕和鱼饼干一起给你送来就好了。约个时间地点。”方来阳说话一向都是带着不容置喙的语气。苗淼知道他只是在疑惑，但是却不知道怎么拒绝他。

“呃……下周吧。这周我还有点忙。”也不过五六天的时间而已，苗淼还是想冷静一下。

方来阳点了点头：“电话再约。”

两人吃完甜品又聊了一会儿，就分手道别。方来阳注视着苗淼低着头上车的背影，敏锐地察觉到苗淼情绪上的波动。她似乎从刚才开始就一直有心事。

方来阳还没来得及叫住她想再问问，手机却突然响了起来制止了他。

方来阳无奈地接起电话，刚“喂”了一声，就听见电话那头的陈铎火急火燎地喊叫着：“方总！方案呢！说好的审核方案呢！明天就要送去市场部了啊！”

方来阳几乎都能想象得到对方急得跳脚的模样了。这在知道鸡丝猫的漫画之前，是时常发生的事情，那时候的方来阳对待公司内部的事务，基本上是能拖就拖。

陈铎真的特别感谢苗淼女士，而此时此刻的方来阳却又将审核方案的事情给拖延了，他最害怕方来阳回到重度拖延症的阶段，此时此刻心脏都快停跳了。

“别急，马上回公司。”方来阳不耐烦地回道，末了，还指责陈铎，“这么不冷静，怎么工作？”

“……”生怕领导回到扶不起的阿斗状态的陈铎，顿时感觉自己是皇帝不急太监急了。

给这样一个我行我素，霸道高冷的老板当助理，陈铎觉得寿命都要短十年。

一想起上次去方山旅行，为了在苗小姐面前不暴露方来阳没有朋友的事实，自己喊领导为“阳子”而被领导扣了今年的年终奖，陈铎顿觉一肚子委屈。希望领导能够跟苗小姐在感情上有发展，这样他就可以跟苗小姐搞好关系，有个靠山，以后就不至于随便被扣奖金了。

此时此刻的陈铎并没有意识到，他的顶头上司方来阳，也可能会因为自己的助理跟苗淼关系太好，而扣助理更多的奖金。特别是在一个明星被经纪人戴了绿帽的八卦新闻爆出来之后，方来阳会更加警惕。

苗淼一路几乎是恍惚地开车回的家。

作为一个吃货、饕餮，一份甜品、一杯奶茶并不足以抚慰她此时此刻因为伤心而越发空虚的胃。

苗淼回了家，把小兔的口粮、零食和自己买的其他食材一一整理好，立刻就飞奔下了楼，跑到面馆里，“嘭”一声趴在平时坐的墙角桌子上，哭丧着脸。

现在不是饭点，黄茹茹在上课没来面馆。郑林天正跷着脚蜷缩在收银台前的椅子上看视频，见苗淼冲进面馆无精打采地趴在桌子上，急忙关了视频，跑过去关心：“喵姐，咋了？”

苗淼撇着嘴，白了他一眼：“女孩子的事情你少问。”

“哎呀，我是关心你吗？”郑林天戳戳她的胳膊，“我们都这么熟了，总不至于都跟茹茹聊心事不跟我聊吧？把我当你闺蜜吗？”

郑林天双手一直不停歇，时不时就整理自己新染的红头发，一根根头发都喷了啫喱，笔直地冲天直立，看起来特别有杀马特贵族范儿。

苗淼盯着郑林天新染的小红毛，扯了扯嘴角：“你先把你这头红毛给染回去再说，你是‘葬爱家族’的吗？”

“不要！今天刚染的，多帅！”郑林天两手抱住脑袋。

“老板就没骂你？作为一个厨师还染头发。”

“戴了厨师帽谁看得到啦。”郑林天犟着脾气找歪理。

后厨门口出来个高大的男人，沉着嗓子附和苗淼：“苗淼说得对，你把头发染回去。”

郑林天哀求着：“师父，我头发花了两百多大洋呢。可心疼了。”

“味道太重，影响味觉，看起来还脏兮兮的。你头发也太长了，太容易掉，会被顾客投诉的。过会儿带你去剃个板寸，最适合厨师。”韩栋冷着脸。

郑林天哀号，跑过去抱住韩栋的腰：“师父啊，你板寸别带着我也板寸啊，你天生丽质，剃板寸也迷人，我不行啊，我头型尖锐啊！我不要当劳改犯！”郑林天哀求的同时不忘拍马屁和自黑。

“滚去炖鸡汤。”韩栋捏着他的手，远离自己的腰，黑着脸往后厨一指。

郑林天顿时垂头丧气，哭丧着脸拖着步子进了后厨。没办法，一日为师，终生为父，更何况这个师父还铁面无私。

在和韩栋擦肩而过的瞬间，郑天林却抬起眼冲韩栋使了个眼色，右手微微举起，暗暗握了个拳头，小声说道：“师父加油！”

韩栋无可奈何地瞪了他一眼，郑林天耸了耸肩，做了个贱贱的表情，躲进了后厨。

“炖好汤，带你去剃头。”韩栋在他身后补刀。

“啊——”郑林天在后厨里发出一声撕心裂肺的哭喊。

苗淼心下一颤，挠了挠脸：“会不会太过分了？”

韩栋脱下厨师帽，塞进腰带卡住，走到苗淼座位对面坐下：“他这性格不磨一磨，以后出师了要吃亏。”

韩栋比郑林天大了十岁，身上有很多故事，见过的世面也广，苗淼相信韩栋的决定，点了点头。

“要吃什么？”韩栋从口袋里拿出那本小本子，如往日一样地询问。

每次韩栋跟苗淼的对话，都是从这四个字开始的。苗淼一听见这句话，就感觉如同回了家一样温暖，顿时眼眶都泛红了。

一想到自己无疾而终的感情，又没了胃口，她抽了抽鼻子，苦笑一声：“老板……我没胃口……唉，本来来的时候都想好要好好吃一顿的，我还没吃午饭呢。”

韩栋皱起了眉，将小本子和笔放到一旁，认真地询问：“发生什么事了？”

“没什么……”苗淼飞快地眨掉眼里的酸涩，韩栋的声音带着抚慰的能量，苗淼叹了口气，自嘲道，“就是失了个恋嘛。”

“……”韩栋眉头皱紧，再缓缓松开，手指微动。

苗淼抬头看了眼韩栋，发现他眸色深沉，神色不明地盯着自己，急忙笑道：“哎呀，就是有点好感啦，我跟那人没可能啦，开个玩笑，不算失恋。别这样看着我，哈哈。”

苗淼说得轻巧，声音也轻快，但是韩栋仍旧盯着苗淼，然后说道：“我请你吃麻辣鸡丝盖饭。”

“哎？”苗淼一愣，还没来得及问为什么，就见韩栋已经站起身离开了。

面馆里就她一位食客，苗淼一头雾水地等了没几分钟，热腾腾、分量十足的麻辣鸡丝盖饭就上来了。

韩栋还送了碗暖烘烘的萝卜炖排骨汤：“萝卜清热，防止上火。”

苗淼点点头，抽了双筷子：“谢谢！那我开吃了！”

今天的麻辣鸡丝盖饭，比以往吃到的还要辣，还要重口。苗淼是很能吃辣的人，但这次却在浓郁的鸡肉味中，被辣得眼泪鼻涕流得止都止不住，一张一张纸巾不停地抽出来，擦眼泪擦鼻涕，盖饭吃了半碗下去，纸巾也堆成了一座小山。

搭配的萝卜炖排骨汤也喝光了。韩栋见状立刻又去盛了碗汤，然后仍旧坐到对面看着她吃。

苗淼挣扎着吃光了又辣又美味的重口麻辣鸡丝盖饭，最后一口气抽了三四张纸巾狠狠抹了把脸，抽了抽鼻子，眼眶里还带着泪，眼前一片模糊。

但是心里却意外好受很多，仿佛刚才那碗麻辣鸡丝盖饭，将她心中的失落和不甘心全都逼成了眼泪，尽情地借着这股子麻辣流淌了出来。其实本来并没有那么伤心，暗恋失败这种事情总是常有的嘛。但是，重口的麻辣鸡丝盖饭仿佛一针强心剂，让她失落的感觉更加强烈了。

苗淼发呆了好久，最后视线逐渐清晰之后，盯着面前堆成了山的纸巾堆，顿时不好意思地笑了：“天哪，用光了你们一整包纸巾。”

“没事。吃完了？”韩栋问。

苗淼点点头，韩栋仍旧是那副面无表情的木头脸，眼神中没有什么感情波动，看人也不带情绪，嘴唇紧抿，下巴上长出了点胡楂。正如黄茹茹所说的，老板其实是个帅哥。

苗淼忍不住笑了，韩栋的心思藏得实在够深的：“谢谢老板，我心情好多了。”

“好吃吗？”韩栋却这样问。

苗淼一愣，末了绽开了一个如往常一样，笑弯了眼睛的灿烂笑容：“嗯，好吃。果然还是老板做的饭最好吃了。”

用美食来安慰人，帮人排解情绪的老板，真是世界上最好的厨师了！

苗淼心情愉悦，盘算着要送点什么礼物来感谢老板平时的关照。

郑林天趴在后厨门旁，偷偷盯着韩栋的背影，心想：师父这一招，也只有喵姐这么能吃辣的人理解得了。换个人绝对以为师父是在整人，当即甩了脸不可。

可是……喵姐这么迟钝的一个人，哪里知道师父的心思啊？

郑林天为韩栋的木讷，捏了把汗。

苗淼吃光了饭，感觉整个人舒爽无比，心情好了很多，将盘子上最后一粒米也给舔干净了，擦了擦眼角被辣出来的泪珠，问韩栋：“老板，多少钱？”

“说了，请你的。”韩栋把碗筷收起来，起身往后厨走。

苗淼又道了声谢：“谢谢老板，那我就不客气了。我先走了。”

韩栋背对着她应了一声，往厨房走去，苗淼看他进了后厨，背起包也离开了面馆。

郑林天眼巴巴地看着韩栋进来，韩栋将手里的碗筷往他手里一塞：“去洗。”

郑林天一愣，垮着脸接过碗筷，一边冲水一边跟韩栋说：“师父，你这样追女孩子是追不到的。”

“……”韩栋呆了一下，扭头看他，“谁说我要追苗淼的？”

“你看，我都没说是谁你自己就对号入座了。”郑林天笑嘻嘻的。

韩栋无奈地摇了摇头，没说话。

“师父，你这样真的不行的。又不告诉喵姐自己的感情，这些给她开小灶的行为她也不会知道的。”郑林天语重心长地说。

韩栋盯着“刺刺”冒着气的高压锅，面色沉静，沉默了半晌，才问郑林天：“很明显吗？”

“嗯？”

“我喜欢……她。”

“因为很不明显所以你要再明显点啊！如果我不是你徒弟，谁看得出来啦！喵姐很迟钝的啦。”郑林天套着手套摸着下巴，结果摸了一下巴泡沫，急忙拿水冲掉，用袖子擦着下巴，想了想笑了，“不过喵姐的确很可爱啦，我能理解师父你这种大叔情怀啦，这种小姑娘软软的就很想抱在怀里嘛。”

韩栋沉了脸，面色不善地盯着郑林天：“哦？”

郑林天被他盯得背脊发凉，急忙否认：“没有没有！我没有这种想法！师父你别误会！我喜欢黄茹茹那样子的！”

话音刚落，就听见店里传来黄茹茹跳脱的声音：“老板！我来上工啦！”

“……”韩栋眼里带着笑意看着郑林天，郑林天黑了脸，抽了抽嘴角。

“呵呵……我，就打个比方……”

苗淼回了家，抱着小兔趴在床上，揉着它背部柔软的短毛，惆怅地诉苦：“小兔……我最近啊，喜欢上了一个人。”

小兔缩着四肢，趴在苗淼的胸口，眯着眼睛根本没在听她唠叨，但是并不妨碍苗淼的自言自语。

“他是个特别温柔的人，看起来挺高冷的，但是他啊，人特别善良，还喜欢我的漫画。”苗淼撇着嘴，“可是为什么他有恋人了啊？小兔啊，你说我是不是应该为了排解情绪去画画啊？”

“喵。”小兔转了转耳朵，眯着眼睛，轻唤了一声，打了个哈欠。

“好的！那我就不去画画了。”苗淼握着拳头，自欺欺人地拖延，跟自己说，“以后一定要减少跟方先生见面的机会！把自己的心情调整好再说！”

苗淼一直都是个很乐观的人，面对自己为难的事情，又很懂得适时地掉头或者绕路。她一直谨记父母的教诲，一定要牢记，自己过得开心才是第一位，任何的不高兴和烦恼，都要第一时间排解掉，以让自己享福为人生的第一目标。

所以，苗淼从来不为难自己，既然还没恋爱就失恋了，她就决定回避与方来阳的碰面，多找点其他的有意思的事情去玩玩，绝对不沉浸在这种负面情绪中。

• Chapter 6
我是一阳来复

苗淼有气无力地宅在家里三天，也没怎么画画，更没有想起来自己还有两千张明信片要签绘。每天睡到大中午，下楼到面馆吃顿韩栋开小灶的加料午饭，跟黄茹茹聊聊少女心事，下午又睡个午觉，到了晚上，却精神得不得了，双眼放光地看各种漫画电视剧，玩游戏玩到凌晨。

如此恶性循环了三天之后，苗淼感觉自己原本就缺乏锻炼的身体，有些吃不消了。

黄茹茹看在眼里，盯着苗淼黑青的眼底发愁："淼淼，我感觉你最近很憔悴啊。"

苗淼摸了摸自己的黑眼圈，噘着嘴不解："可是我明明每天都睡了超过十二个小时啊……"

"你这是睡太多了吧……"黄茹茹无语，给她举了个例子，"你这个人啊，太迷糊了。就拿你开车赚钱这件事来说吧，原本是多一笔收入的好事，可是你也不算算自己每天在外面吃各种美食的开销。还跟我抱怨自己积蓄没增加，那是必然的结果好吧。"

"我从高中就没怎么学过数学了哎……"苗淼狡辩道，"口腹之欲是人最基本的需求，再说我整天开车是体力活，真的很饿的。”

黄茹茹满脸黑线地看着她说瞎话，最后无奈地叹了口气。

“算了，随你。”黄茹茹掏出镜子给苗淼看自己的脸，“但是女孩子一定要注意保养啊，你看看你这黑眼圈，额头上还长痘痘了。”

“……反正也不急着找男朋友什么的……”苗淼自暴自弃地趴在桌子上，闷声闷气说道。

黄茹茹瞥了眼后厨门口露出来的厨师服衣角，微微一笑，放开嗓门说道：“淼淼，你不要在一棵树上吊死啊，要相信比那位方先生优秀的还大有人在啊！”

苗淼把脑袋换了个方向，闷声闷气地说话：“我知道的啦，就是现在放纵一下下而已……”

“买单！”黄茹茹刚想说话，店内的一位客人就打断了她的话，黄茹茹急忙应声，抱歉地看着她。苗淼摆摆手，黄茹茹这才点了点头，扭头立刻投入工作去了。

苗淼直起身，叹了口气，一想到自己的速写本还在方来阳那里，就感觉焦躁得很。那速写本像个定时炸弹一样，万一方来阳心血来潮地打开来一看，发现里面画了他自己的速写画像，她心里那点小九九不就昭然若揭了吗？

天呀，羞死了！那得多丢人啊！

苗淼一想到会发生这种事情，就捂着脸欲哭无泪，想撞墙。

脑袋里逼着自己不要再去想这种糟糕的后果，反倒让她越发坐立不安，最后忍不住给方来阳发了条微信过去：“方先生，最近有空吗，关于上次说的速写本，可以麻烦还给我吗？”

两人这三四天，根本没联系过。

虽然苗淼经常会盯着方来阳的朋友圈出神。而方来阳的朋友圈也只发过一张英国大本钟的照片，还是一年前传的，可见这人根本就不玩朋友圈。然而苗淼感觉自己仿佛是个痴汉，仍旧想窥探对方的生活和内心，时刻在幻想万一方来阳发了新动态上来。这种情绪伴随着胆怯和战战兢兢，让她一步都不敢迈出。

苗淼还从来没有类似的感情经历，因此应付得特别糟糕。

而现在，也不过是给了苗淼一个正当的理由去联系方来阳，而且她决定拿回速写本之后就再也不联系方来阳，彻底断绝自己的痴心妄想。

没想到这一条信息发过去后，方来阳许久都没有回复。

苗淼等了十几分钟，感觉自己特别傻，于是开始浏览微博转移注意力。刷了半天微博后，她实在忍不住，发了条微博吐槽自己："期待别人秒回的我真是个白痴。"

苗淼已经有快五天没更新微博了，这一更新，迅速得到了广大粉丝的评论点赞，一阳来复更是神速地抢到了沙发："秒评！"

果然只有粉丝才是真爱。苗淼捂着额头无奈地笑了，又下意识地在评论里翻了翻，臆测方来阳是不是也关注了自己的微博，偶尔还会像一阳来复一样，在自己微博底下评论。这样一想，她就感觉自己的脸开始发烫。

"饭要冷了。"韩栋的声音响起来，苗淼一惊，抬头发现韩栋就站在自己面前，低头看着自己。他背着光，看不清脸上的表情，晦暗不明的。

苗淼急忙点头："对对，玩手机差点忘了吃饭了。老板提醒得对。"

韩栋看了眼苗淼，张了张嘴想说些什么，最后还是闭上嘴，回了后厨。苗淼看着他，疑惑不已。

方来阳一直没有回复信息，苗淼等得心焦，到最后，不免开始猜测他不回消息的原因。大概方来阳贵人多忘事，已经忘记自己这个萍水相逢的小司机了。这样一想，苗淼更加觉得悲哀了。

"秒回很重要吗？"方来阳问陈铎。

刚结束跟客户的午餐会议，方来阳喝了点酒，由陈铎开车送回家。方来阳看着手机上的那条微博有些不解。

陈铎很奇怪领导为什么会问这句话："因人而异吧。有些心思细腻的人会以为，如果那个人很久没回信息的话，那就有可能是那个人讨厌自己。”

方来阳点点头：“嗯，有道理。”不知道是哪个人这么可恶，不秒回苗淼的信息，他都秒评她的微博的，十条微博，九条沙发都是他的。

陈铎看了眼后视镜，提醒方来阳：“方总，刚才刘总说加你微信了，你看看通过好友申请没？”

“嗯。”方来阳的微信关了消息推送，每天只是定时上去看看朋友圈，收收客户的信息和红包而已。陈铎这一提醒，方来阳也没拖沓，打开了微信。

一打开微信，苗淼的那条信息就蹦了出来，他瞬间愣住了。

苗淼吃完午饭回家准备撸小兔的毛的时候，接到了方来阳打来的电话。

“方先生……你好。”苗淼礼貌而疏远地接起电话。

方来阳的声音带着点不解：“苗淼，叫我名字就好。刚才有客户，没及时看到你的信息。”

“啊……没事的。”

方来阳：“明天有空吗？请你吃饭，顺便把速写本还你。”

“不用请客啦。你同城快递寄过来也没事的。”苗淼心虚，实在不敢见到方来阳。

“要请的，你上次请我吃甜点了，我……从我朋友那儿拿了几个豆乳盒子，还有上次说的要给你家猫做的鱼饼干。明天一并带给你。”方来阳不容拒绝地说道。

苗淼嗫嚅几句，完全不知道该如何开口推辞，方来阳干脆地把碰头的地方以及餐厅都一并告知了，苗淼只好答应了下来。

挂了电话，苗淼还觉得脸有些烫，抱住小兔想将它举起来。然而小兔的身子却跟条弹簧一样无限拉长，四肢却有力地牢牢粘在地面上，形成了一个“凸”字。

“哎呀，小兔呀，妈妈心脏都快炸开了，你就不能让我抱抱你吗！”

“喵——”

“陈助理，掉头去沃尔玛。”方来阳挂了电话，吩咐道。

“是。”陈铎急忙减速掉头，顺口问了句，“需要买什么东西吗？”

“……嗯。”方来阳含糊地应了声，托着腮靠着车窗，“豆乳粉、低筋面粉之类的……”

“……”啥？陈铎莫名其妙。

方来阳皱着眉头，脸上的表情严肃得很，仿佛在考虑事关公司生死存亡的商业政策一般。

谁也不知道，他心里在发愁的是——不知道一个晚上……来不来得及完成。

次日一大早，苗淼抱着壮士赴死的决心，打扮了一番。

因为已经决定好要出门，她干脆打算早上出门，先接两单生意，好歹赚点油钱回来。

以往苗淼都很小心地停下来再打开手机的叭叭打车 APP 开始接单的，但是今天苗淼也不知道哪根筋突然抽了，为了省时间，她一边开车一边看手机。

原本车速还比较慢，结果苗淼余光瞥见前方没有红绿灯的十字路口，一辆白色甲壳虫向左拐过来，就近在眼前，因为刚才分神，也没听见车鸣笛声。苗淼心下一慌，脚下一顿，没有减速，等踩上刹车的时候，已经来不及了。

“嘭”的一声，车子直接撞上了前面甲壳虫的后侧方。车速并不是很快，但是撞上之后发出的那一声响，还是让苗淼整个人都吓得魂飞魄散。

那瞬间，苗淼完全是蒙的，脑子一片空白。

她本身胆子就小，最怕遇到这种事了。眼见着甲壳虫的司机下了车走过来，苗淼更是吓得动弹不得。

那个司机好壮硕啊！一米八多的彪形大汉，为什么会开一辆甲壳虫？！她还以为开着一辆白色甲壳虫的应该是一个可爱的小姑娘，她也不至于这么紧张。为什么会是一个彪形大汉啊？！

苗淼内心呐喊着，却没有人听到。

壮汉司机在苗淼的驾驶室外，敲了敲车窗，苗淼受到惊吓猛地一颤，瞪大眼睛，扭头看向他，缓缓放下车窗。

“下来。”壮汉勾了勾手，示意她下车。

苗淼背脊一凉，急忙慌张地打开车门。然而实在是被吓得腿软，下车那瞬间，脚刚一落地，她整个人都摔到了地上。

“啊！”

伴随着尖叫声，苗淼摔坐在地上，因为一只手抓着壮汉的衣角，才没有导致整个人四肢着地。苗淼抬起头，委屈万分地盯着壮汉，眼里蓄满了眼泪。

“……”壮汉看着脚边白白嫩嫩的小姑娘，内心很委屈。明明是他的车被撞了，怎么她反倒像是受伤的那个，不会是碰瓷吧？

“你怎么了？”壮汉拉着她胳膊问，想将她扶起来。

苗淼感觉到脚踝钻心地疼，急忙喊道：“别碰我别碰我！啊啊！疼！”

“……”原本还想发难的，现在看到苗淼这副样子，壮汉实在说不出话来了。

这让他该如何是好，看这小姑娘他也不能发脾气，只好先联系保险公司，然后打电话给交警了。

方来阳还在上班，原本打算等到中午，提前半小时下班，换身衣裳再去赴约的。结果上午就接到苗淼的电话，听着声音，似乎还抽着鼻子，带着委屈。

“方……方来阳，我不能赴约了。”

方来阳整个眉心都皱了起来：“为什么？你怎么了？”

“我……我、出、车祸了。”苗淼支支吾吾地回答，方来阳一愣，正想问，苗淼就打断了他的话，“不过我没事，真的，你不用担心。”

“你现在在哪儿？”方来阳整个眉头皱成了“川”字，心情异常烦躁。

“没事，你真的不用担心，我能处理好。”苗淼生怕方来阳会过来，急忙制止。

“你在哪里？”方来阳又问了一遍，声音低沉许多。

苗淼：“不用……”

再次听到苗淼的拒绝，方来阳心里更加焦躁，仿佛燃了一把火一般，他一字一顿，严肃地问道：“我问，你现在在哪里？”

“……”苗淼被方来阳的语气吓到了，愣了片刻才回答，“高新商务区的事故处理中心……没关系我真的没事的，你不用过来……”

话还没说完，就听见方来阳匆匆丢下俩字：“等我。”

然后只听见“啪——嘟嘟嘟嘟——”几声，电话断了。

“等我”？苗淼盯着切换回屏保的手机屏幕，睁大了眼睛，反复琢磨这两个字的意味和语气。等他过来？不不不，她现在不敢见他，搞不好一见到他整颗心脏都要跳出来了。

刚才听见方来阳那霸气侧漏的语气，苗淼都快心律不齐了，整个人都像在火上烤一样，臊得慌，要是见到真人那还得了。

苗淼发了好久的呆，被交警大哥喊回了神：“喂，小姑娘，你脚怎么样了？”

“……”苗淼抬头看了看他，又低头盯着自己的脚踝，尝试着稍微移动一下，立刻就感到钻心的疼痛，“啊……”

“……要不你先去医院吧，大概扭到了吧？”壮汉司机在一旁说道，“你这伤也不是开车伤的，车险也报不回来。”

“咦？车险？”苗淼疑惑。

“……等等，你没叫保险公司派人来？”壮汉司机这才发现苗淼没理赔师跟着就直接一起到事故处理中心来了。

“什么意思？还……能报销？”苗淼一脸懵逼。

“……当然，你有保险的话。你先确认一下……你有上保险没。”壮汉司机彻底无语了。

空气突然间凝固了。苗淼跟壮汉司机两人，和和睦睦地大眼瞪小眼了片刻，然后各自扭开了头。

“没……保险的话会怎么样？”苗淼轻声问。

“我车的损失，都得你自己掏钱赔。”

“有保险的话……”

“保险公司赔。”

“哦……”苗淼陷入了沉思。

“小姑娘，你们协商好了吗？”交警大哥在一旁问。

壮汉司机跟他的理赔师谈了几句，回头跟交警大哥说道：“她好像除了强制险没有上其他的车险。要不我担一部分责任吧，毕竟我是转弯，应该让直行的。”壮汉司机以为苗淼的沉默是因为她没有其他车险，误解了。

“我刚才看监控，她那时候在看手机，开车玩手机属于危险驾驶，过会儿还要给她开罚单。责任应该全由她担。”交警大哥解释道。

苗淼一听还要开罚单，悔不当初，哭丧着脸：“我错了，我真的错了。我以后再也不敢了。”

交警看到小姑娘可怜巴拉的模样，于心不忍，然后戳刀子：“扣了分你应该以后就长记性了吧？”

“长了长了，我现在长了八个心眼了。”苗淼猛点头，沮丧道。

“行了，没出大事都算好的了。你们商量一下吧。”交警大哥摆摆手，“责任怎么判定。”

苗淼委屈地撇着嘴，看着自己的行驶证，一想到自己的钱袋子还没鼓起来又要瘪下去一大截，就感觉心脏一抽一抽地疼。

“啊！我好想哭啊！”苗淼叹了声气。

“你是应该哭。”从大门传来方来阳无奈的声音，声音里还带着急促的喘气声。

苗淼抬头看过去，方来阳正快步走过来，胸口剧烈地起伏着，脸上带着点红润，看上去应该是跑了一段路。他黑色风衣里，一身考究精致的正装，西装革履的，一看就是还在上班，但此时此刻衣角和头发都带了点狼狈的凌乱。

苗淼惊讶道：“你怎么这么快就过来了？”

方来阳走到苗淼面前，叹了声气：“放心吧，没违反交通规则。”怕交管所附近没车位，方来阳将车子停得比较远，然后一路跑过来的。

“那就好……”惊讶过后，苗淼感觉心脏跳动越来越快，甚至能清晰地感受到心脏的律动，她双手握拳放在膝盖上，低下头微微晃动着身子故作轻松。

方来阳理了理衣领，轻轻拍了拍苗淼的脑袋，低声问：“人没事吧？现在情况怎么样了？”

苗淼感觉脑袋上的触感异常清晰，抬头看他，摇了摇头：“没什么事……其实现在我也不太清楚……大概是我全责吧。”说着，苗淼的声音都低了下去，心虚得紧。

知道苗淼这种随遇而安的迷糊性格，方来阳也没指望她搞清楚状况，将视线转移到在一旁偷偷打量自己的壮汉司机身上。那凌厉的视线一移过去，壮汉司机就被惊得往后退了一步，人高马大的身子还抖了一下。

“是跟他撞了？”方来阳问苗淼。

苗淼点了点头。

方来阳叹了口气，问壮汉：“这位先生，跟我讲讲什么情况吧？”

“你们什么关系？”壮汉疑惑地打量两人，“夫妻？男女朋友？小姑娘，你男朋友挺帅的嘛。”壮汉司机体现出了符合他开甲壳虫的少女心性格，八卦地问道。

苗淼脸腾地红到了脖子根，感觉脑袋都要冒烟了，急忙抬头否认：“不是不是，他就是我朋友，朋友而已。”

方来阳没回话，兀自说道：“我来代她处理吧。”

说着，方来阳跟着壮汉一起去交警大哥那里处理事故去了，苗淼完全变成了一个外人，置身事外一般，看着他们讨论责任判定和赔偿的事情。其间似乎发生了一些争辩，方来阳还回头看了她好几眼，直盯得苗淼心里发毛。

末了，方来阳回到苗淼身边，坐下来，语气里满是无可奈何：“谁说你没上保险的？”

“嗯？有吗？”苗淼疑惑地挠挠头，尴尬地扯出一个笑脸，“哎呀，不瞒你说，车子是别人送的，我也没仔细看过那一堆发票文件，只是拿来开而已……也不知道到底有没有保险，怎么联系保险公司什么的。”

方来阳轻笑一声，轻声说了句：“说起来还都怪我了……”

“嗯？你说什么？”

“没事。你心也真是大，就这样还敢出来当网约车司机。”方来阳摇摇头。

苗淼突然意识到什么，奇怪地问他：“咦，你怎么知道我有上保险？”

方来阳沉默片刻，转头深深地看着苗淼，苗淼眨眨眼睛，被他盯得感觉浑身都在发烫，视线更是不知道该放到哪里才好，咬了咬唇小声说道：“怎么了你……”

“苗淼……”方来阳深吸一口气，长长舒出来，“以后你一定要意识到交通安全的重要性，也要意识到好好保护自己，要对得起送你车的人。”

“嗯，我已经明白了，我现在都不敢开车了！”苗淼猛点头。

“你不开车，不是白费了我的一番好意了。”方来阳听到苗淼的话，勾了勾嘴角，调笑道，“我可不想你再吃猫食。”

一听这话，苗淼脑子顿时转不过弯来，彻底蒙了：“啊？”

方来阳沉声，缓缓地说道：“苗淼，车子是我送的。”

“啊？”

“我就是一阳来复。”

“啊？”

方来阳，是送她法拉利的土豪一阳来复？

苗淼眨了眨眼睛，终于反应过来，整个人跳了起来。

“啊啊啊！”

然后脚踝的扭伤让她重重摔在了地上。

“哎哟我的脚……”

方来阳赶紧起身将她扶起来坐回椅子上：“哪里疼？”

方来阳将苗淼的裤脚往上一撩，就看见苗淼的脚踝肿得跟个馒头一样，立刻沉了脸：“你说你没事的？”

苗淼心虚：“呃……嗯。是……没什么事啦……”

方来阳这一天被苗淼整得心脏仿佛坐了过山车一样，气闷地叹了口气，伸出一根手指轻轻一戳肿起来的地方，苗淼立刻疼得“嘶”了一声，缩回了脚。

“这叫没事？”方来阳冷冰冰地嘲讽。

“……是……没什么事。”苗淼说完，紧紧抿着嘴，无言以对了。

“唉……真不知道你是怎样一个人生活下来的。”方来阳感慨道。

苗淼不敢直视方来阳，也根本没在意方来阳在说什么，满脑子都乱糟糟的，还在回想刚才知道的爆炸性消息。

方来阳就是一阳来复。也就是说方来阳很早就知道她就是鸡丝猫了，居然还瞒着她，要不是她出了交通事故处理不来，他压根不会说出来的吧？既然都瞒着她看笑话了，怎么不继续瞒着呢？果然只是想看她出丑吧？

明明说是自己的粉丝，为什么还要做这种事情？

方来阳没注意到苗淼低落的情绪，对苗淼说了句稍等，就过去处理事故去了。苗淼发着呆，根本就没注意到，方来阳直接掏出了一沓现金。

“我在外面看到车子的情况了，这些钱大概够了吧？”方来阳语速有些快。

“不找保险公司？”壮汉司机还比较好讲话，疑惑地问他。

方来阳摇头：“她受伤了，等理赔师太慢了，这样快点。”

“哟，小伙子，真够疼女朋友的啊。”

方来阳严肃着脸认真地回答：“她不是我女朋友，是我偶像。”

“……？”

“车子是我送的，所以我来处理也比较合适。”

“……？”

这个世界发生了什么？壮汉司机感觉太魔幻了。

交警喊住了方来阳：“那先生，把事故责任书给那位小姑娘签一下字。还有把罚单给她，开车玩手机，扣三分，罚两百，让她记得十五天内去缴清。”

“现在就处理掉吧。”方来阳接过责任书和罚单，回到苗淼那儿，他赶得急，一身的西装还没来得及换下，胸口正好别着支钢笔，一并递给了苗淼，“在这里，还有这里签个名。把行驶证和驾驶证交给我。”

苗淼脑子仍旧乱哄哄的，机械地服从他的指令，方来阳接过证件，拍了拍苗淼的肩膀：“等会儿就回来，你休息一下。”

苗淼垂着头没回话。

方来阳飞快地处理好一切回来，在不远处就看见苗淼心情低落地一直保持着垂着头的姿势，终于察觉到不对劲了。

他快步走上前，低下头，细细观察苗淼的脸：“苗淼，怎么了？”

“啊……”苗淼木讷地应了声，视线中出现了方来阳的脸，瞬间清醒过来，“啊，没事。你办好了？”

“嗯。”方来阳站起来，“我送你去医院。”

“哦……”苗淼点点头，单脚用力想站起来。

方来阳却摁住了她，背过身去蹲了下来，两手向后张开：“上来。”

“不用了。”苗淼看着方来阳的后脑勺，心情复杂，“你扶一下我就好了。”

“上来。”方来阳催促她。

苗淼犹豫地环顾四周，发现没有人注意到，脚踝仍旧不能动弹，她一咬牙，伸手抱住方来阳的脖子，整个人趴到了他背上。

方来阳两手托住苗淼的大腿，稳稳地将她背了起来。

苗淼将头靠在方来阳的肩膀上，盯着方来阳鬓角的碎发和微红的耳尖，心里忍不住有些酸涩。双手抱着方来阳的脖子，一动都不敢动。方来阳托着自己腿的手更像是正在发烫的烙铁，让她难以招架。

“你吃这么多，为什么还这么轻？”方来阳微微扭头问她，苗淼感觉贴着他背部的胸口，随着他说话的节奏震动着。

“一直都这样，医生说我体虚，吸收差。”苗淼小声地在方来阳耳边说，“有胃病的关系吧。”

方来阳应了一声，没有再说话。到了车前将她放下，再扶上车。

“坐我车去医院吧。”

“嗯。”

方来阳坐到驾驶室里，没急着开车，而是先给陈铎打了个电话，苗淼离得近，隐约能听见对方的声音。

“喂，方总。”

方来阳看了眼导航里最近的医院：“陈铎，过会儿来三院找我，苗淼出了事故，你拿车钥匙去高新商务区的事故处理中心提车，送到4S店修理一下。修好后再送到汇都公寓。”

“好的。苗小姐受伤了？”

“扭伤了，不能开车，你速度快点。”方来阳瞥了眼苗淼，苗淼正竖着耳朵听着，被抓了个正着。

“好的。”

方来阳挂了电话，问苗淼：“去三院看伤可以吗？”

“嗯，可以的。”

“等等！”苗淼突然惊觉过来，“你怎么知道我家在汇都公寓的？我没讲过吧？”

“你上次说，你家住在高新商务区比较偏，靠近大学城的酒店式公寓，只有汇都公寓了。”方来阳解释道。

“……你怎么，对这片这么熟……”

“因为，汇都公寓是我们公司的房产项目。”

“……”真是踢到铁板了。苗淼无奈极了，“真是有缘，呵呵。”

方来阳点点头，启动车子出发去医院。

一路上，苗淼的情绪都很低落，一直沉默不语，方来阳瞥了眼她，最后实在放心不下，问道："有什么话要对我说吗？"

"……呃……陈铎，是你的……"

"助理。"

"哦。"苗淼应了声，又不说话了。

她就觉得他俩的关系有点奇怪，上次去方山玩，方来阳跟个领导一样，对他那些所谓的朋友一点都不客气，其他人也都放不开战战兢兢的。看来那时候其他的人都是方来阳的下属。这个人，为了跟她有更多的交往，也是够拼的。是没朋友吗，还要找公司员工来冒充朋友。

不得不说，鸡丝猫小姐猜得很对。

反倒是方来阳先受不了这个气氛，问道："苗淼，有什么话都可以问我。"

"你为什么要告诉我……"苗淼低下头，声音有些失落。

"你说我是一阳来复的事情吗？"方来阳微皱眉头，"我以为我们是朋友了，有些事情，瞒着也不好，而且你现在出了事故都不会处理，我很担心，车子是我送的，我也有责任。"

"……瞒着……也没事。"苗淼含糊地说了句。

方来阳没听清楚："嗯？什么？"

"没什么……"苗淼强颜欢笑，问他，"你什么时候知道我是鸡丝猫的？哦……也对，车子是你送的，你应该一早就知道了。"

方来阳没解释他是因为苗淼话痨自己透露出的信息，不然他都能想象得到，苗淼会羞愤欲死。

"说真的，最开始收到法拉利的时候，我吓死了。"苗淼转移话题，"不过我到最后也没看到那辆法拉利长什么样。"

"下次去我家你可以看看。"方来阳轻笑一声。

"不用了吧。"苗淼挠了挠脸，"看了也不可能是我的。"

苗淼的言下之意是，他们两个本就是两个世界的人，还是不要再有过多的交集，也不需要去拜访方来阳的家。

方来阳做事情一向比较自我、强势，但不代表他听不出别人话里有话，心里突然就特别不舒服，脸色都有些沉了下来。

苗淼还沉浸在自己的低气压中，为了调节情绪，继续转移着话题：“对了，话说，你瞒着我的时候，会不会觉得我很蠢啊……”

“有时候是不聪明。”方来阳直白地讲道，“但是跟直播和微博上没有区别，跟想象中一样。”甚至要更好。方来阳没有说出后半句。

“我是不聪明啦，不然也不会去学画画，以前数学物理都是班级倒数的。”苗淼笑了笑。

“现在的你很好啊，我喜欢你现在这样子，改变了我很多。”方来阳盯着正前方的路况，目不斜视。

苗淼却感觉心漏跳了几拍。如果去掉干扰项，只剩下“我喜欢你”这四个字该多好。

但是现在苗淼已经明白一件事情了。

“为什么要送我车？我帮了你什么忙要送这么大的礼？”这一直是苗淼心中最大的疑问。

方来阳沉吟片刻，回答道：“我有个亲哥哥，比我大五岁。很多方面都很优秀，人品也很好，很温柔，所有人都喜欢他，从小到大，长辈都耳提面命要我向他学习，拿我跟他比较。但后来，他却去当了医生，没有继承家业，继承家业的重担交到了我的手上。”

苗淼认真听他讲下去。

“从小到大我一直拼命追赶他的脚步，向他学习，最后却变成我要去代替他做自己不想做的事情。而家人却都很谅解他，继续对我高要求，要我学好管理，以后让公司发展更好。大学的时候我就很消极，失去了自己人生的目标，完成不了理想，让我很颓废，表面上我乖乖听父母的话，学习、工作。但是事实上，我的情绪一直很糟糕。好不容易挨到硕士毕业，进了公司，我的这个性格却改不过来了。仍旧是消极面对工作，拖延一切事务，虽然没有出过什么错，但是却不能带领公司发展。”

方来阳的声音很平静，明明是令人很无奈的事情，却说得没有一点情绪，苗淼却感觉到了他心里的不甘。

苗淼叹了声气，安慰道：“没出错就行了呀，我连连载漫画的时候都会出现各种Bug呢。你现在很棒，是个成功人士！”

“那是遇到你之后。确切地说，是遇到你的漫画之后。”方来阳声音里带了丝温暖，“三年前，我偶然在微博上看到你的漫画，开始追你的漫画。我感觉到你漫画里带给人的正能量，后来你开始直播画漫画，我也跟着看。不知不觉就跟着你的直播一起开始处理工作，久而久之，就改掉了以前拖延的毛病，还谈成了几笔重要的合作。所以我很感谢你。”

苗淼不好意思地说道：“那也不至于送法拉利啊，太夸张了。”

“要送的。”方来阳认真地说道，“我改了毛病之后，至少给公司带来了五个亿的净利润，公司股价都涨了20%。”

“……那也是你自己有经商天赋啦。”苗淼哭笑不得。

“不，是因为你。”方来阳扭头认真看了眼苗淼，再次确认，“是因为你，从来没有人，能如此贴近我的心。”

“……”苗淼深吸一口气，感觉自己差点晕厥过去，忍不住开玩笑道，“你别这样说，我差点以为你在跟我表白了，哈哈哈。”

“我是在表白。”方来阳收回视线。

苗淼一愣，整颗心都提到了嗓子眼，紧张到不行。

“我是你的粉丝。”方来阳补充道。

“……啊……哦。粉丝啊……”心脏摔落回原位，但是多了几道细微的裂痕，说不清是苦涩还是酸楚，微不可察但是又如鲠在喉地难过。

整理了一下这种情绪，苗淼努力让自己露出一个大大的笑脸，将眼里热乎乎的水汽逼回去：“哈哈，我说你为什么对我这么好，原来我是你的爱豆哦。”

“嗯，大概吧。”虽然他自己也搞不清楚。方来阳想，苗淼既然这样说，那就是了吧。

原来，他最多也不过是粉丝心理的喜欢而已。她却早就是少女情怀的暗恋了。

还是算了吧，收起这种不必要的情绪。苗淼飞快地眨了几下眼睛，让眼底的酸涩稍微减淡，自然而然地转移了话题："对了，说到你哥哥，他现在是医生啊？"

"他叫方来光。"方来阳说道。

"……"

苗淼震惊到说不出话来。

方来阳口中的完美兄长居然就是国内首屈一指的神经外科医生。

"怎么，你认识？"方来阳感觉到苗淼的惊讶。

苗淼长长地叹了口气，犹豫道："以前……有过接触。这个世界真小啊。"

这个世界的确小。

为什么那天雨夜，偏偏就是方来阳的单子被派送到了苗淼手机上呢？一圈轮过来，粉丝居然还是和爱豆有了现实里的接触。

而爱豆，我们的鸡丝猫女士，却早已经芳心暗许了。

● Chapter 7

我养了只掉毛猫

“单纯的肌肉挫伤，用云南白药喷一喷，静养一段时间就好，不用太担心。”

医生推了推眼镜，看着透视片诊断道。

苗淼点点头：“只能养着？那得多久？我还能开车吗？”

“开车？你自己看看你右脚还能踩刹车的话，那无所谓啊。至于要多久，因人而异吧，小年轻可能明天就消肿了。”这位中年医生，眼睛小小的，讲话毫不客气。

苗淼动了动脚踝，感觉到钻心的疼痛，不好意思地笑了笑：“我会好好养着的。”

“好了，让你男朋友快点回来吧，付个钱怎么这么久还没回来？”医生摆了摆手，喊道，“下一个。”

苗淼也觉得奇怪。刚才医生开了药之后，方来阳就去拿药了，苗淼则留在医生这里听医嘱。但是方来阳去了大半天都没见人回来，苗淼就这样跟医生聊了很久。

一直占着座位也不好意思，苗淼撑着桌沿，金鸡独立蹦跳着打算腾位子给下一个患者。

她小心翼翼，用尽全力，好不容易蹦到门口，就被方来阳给扶住了。

苗淼抬头看向方来阳，发现他脸上满是不赞同："怎么不等我来？"

"啊……不知道你什么时候来，想着可以给后面看病的人腾位子。"

方来阳微皱眉，不赞同地说道："那可以给我打电话。"

"……太麻烦你啦。"苗淼干笑。

方来阳转过身，背朝苗淼，弯下腰："上来。"

"不用了，你扶我就好。"

这回方来阳没坚持要背她，压根就没给苗淼反应的时间，直起了身子，直接一手抓住苗淼的胳膊往自己脖子上一绕，双手一勾，将苗淼整个人都抱了起来。

"啊！"苗淼惊呼一声，整个人失重，吓得急忙双手搂住方来阳的脖子。

"放我下来吧！"苗淼央求着，方来阳板着脸默不作声，装作自己听不见，大步往楼梯走去。

周围的人都向两人投去好奇的目光，让苗淼更加臊得慌。

然而方来阳却完全不受外界干扰，目不斜视地自顾自走上楼梯，往三楼的内科门诊部走去。

"咦？你往三楼走去做什么？"苗淼开始察觉不对劲，缩在方来阳怀里奇怪地问。

"给你挂了个消化道的门诊号。"方来阳沉声回答。

"……等等。"苗淼有些缓不过神来，"挂消化道的号做什么？"

"你有胃病，去看看。"

"……"苗淼又感动又好笑，"这胃病哪里是看一次就好的啦，我这是多年老胃病啦。家里都有药的，如果胃病犯了吃药就好了。"

方来阳皱了眉头："还是去看看吧。"

"不要啦！肯定是要做胃镜的，我现在不想做，太难受了。"苗淼一想到做胃镜的痛苦，整张脸都皱了起来，咕哝着。

方来阳低头看了她半天，最后叹了口气，妥协道："那好吧。"

"嗯嗯！谢谢你，这么关心我。"苗淼如释重负，长舒了口气。

方来阳摇了摇头，表示这是应该的。

"哎，你药取了吗？"苗淼见方来阳手上空空的，疑惑地问。

方来阳解释道："取了，放车里了，不然不方便抱你。"

苗淼点点头，感觉耳尖有点烫。他真的是心思很细。怪不得他去付个钱花了这么久。又是挂别的门诊的号，又是回车上放药的。

回到车上，方来阳将医生开的膏药和喷雾拿出来，跟苗淼详细讲了用法，并一再叮嘱要遵医嘱，这才开车送苗淼回家。

"今天多谢你了。"路上，苗淼再次表示感谢。

方来阳只是点了点头，突然想起来一件事："抱歉，我赶得太急，说好带的甜品和速写本都没带来给你。"

"啊……没事……反正最近我也出不了门，以后再说吧。"苗淼反而因此松了口气，其实苗淼心里决定以后尽量不跟方来阳来往了，就算那个速写本不要回来也无所谓了。

"嗯。"

三院离苗淼家很近，车子很快就开到了公寓楼下。方来阳将苗淼扶下车，锁好车正想继续抱苗淼上楼，被苗淼立刻婉拒了。

"别！我朋友在这面馆里，她会送我上去的！"苗淼指着一家面馆说着，生怕方来阳又要抱她上楼，要是被认识她的人看见，得多尴尬啊，都不知道如何解释。她顾左右而言他地转移话题，"对了，陈铎先生把车子送去检修了？什么时候能修好？"

成功被苗淼转移了话题，方来阳回答道："到时候他会送回来的，放心。"

苗淼点点头。车子正好停在面馆门前，苗淼大声喊黄茹茹的名字。黄茹茹听见苗淼的声音，透过玻璃看见了她，立刻应声出了面馆。

"淼淼，叫我做什么呀？"黄茹茹小跑过来，在看到苗淼身侧的方来阳时，脚步一顿，脸上露出了惊艳的表情，睁大眼睛，回过神来后就不断向苗淼使眼色。

是这个人吧？黄茹茹的眼神里如是说。

苗淼装作自己没看懂她眼神里的意思，翻了个白眼："茹茹，这位是方来阳，我的朋友。方来阳，这是我闺蜜，黄茹茹。"

极少见到气场这么强的高富帅，黄茹茹整理了一下自己的刘海，热情地冲方来阳伸出手，友好地说道："方先生你好。"

方来阳瞥了眼她伸过来的手，却并没有丝毫要握手的意思，只是对黄茹茹表情冷淡地点了点头，只言片语都不愿意多给。

场面一度很尴尬。黄茹茹只好讪讪地收回手，在自己衣服上摩挲着，心想，苗淼这个暗恋的对象可真是高冷，一点都不好相处，还是老板好。

苗淼却突然拍了拍方来阳的肩膀，对他笑着说："嫌弃茹茹刚洗完碗哦？"

黄茹茹一愣，原本很尴尬的场面，被苗淼一说，却意外地化解了。黄茹茹的确刚洗完碗，手还有点湿漉漉的。

方来阳摇摇头，对苗淼一本正经地说道："男女授受不亲。"语气虽然冷但是透着柔和。

苗淼笑了笑，对黄茹茹眨了眨眼睛，黄茹茹感激地点点头。

苗淼对黄茹茹委屈地撒娇："茹茹，我脚扭了，你扶我回家好吗？"

黄茹茹一愣，看向苗淼的脚："怎么了？怎么扭的？"

"说来话长。唉，是方先生送我回来的，医院已经去过了你不用担心，就是扭伤而已。"苗淼对黄茹茹说道，然后扭头对方来阳说，"方来阳，那什么……你先回去忙吧，我都到家了，不用担心了。"

方来阳皱了皱眉头，盯着黄茹茹打量，黄茹茹被他看得心里发慌，急忙拍胸脯："方先生你放心，我保证让苗淼安全回到家！"

方来阳仍旧皱着眉头，但是点了点头，跟两人道了声别，上了车，发动了车子。黄茹茹见他上了车，就扶着苗淼往公寓大厅走去。

方来阳开着车缓缓驶上车道，想再看一眼苗淼，结果透过车窗看见那家小面馆里走出来一个高个子的年轻男人，那男人长得不错，似乎在哪里见过，而且气质不像是会开这种小面馆的小老板。

那个男人喊住苗淼闺蜜，似乎要她回去工作。黄茹茹解释了一下苗淼的情况，那男人就走到两人身边，低头对黄茹茹说了什么，黄茹茹点了点头，将苗淼交给了那个男人，匆匆忙忙跑回面馆去了。

方来阳心里涌上一丝不悦的感觉，车子已经以极慢的速度行驶在右车道上了，方来阳只好加速，开车回公司。

为什么会这么不高兴？

方来阳对自己很不解。

那个男人……那个似乎在哪里见过的男人，他看苗淼跟看黄茹茹的眼神不一样。那种眼神……让他很不舒服，甚至于他全身的尖刺都竖了起来，感觉到了敌意。

为什么呢？

方来阳决定回去问问陈铎。

“谢谢你啊，送我回家，送我上电梯就好啦。”

韩栋扶着苗淼，慢慢地往电梯走去，苗淼一瘸一拐地蹦着，等到电梯口的时候，已经气喘吁吁了。

“怎么伤到的？”韩栋问她。

苗淼简单地复述了一遍事情经过，叹了口气：“真是麻烦，不能开车，出门也不方便。”

韩栋看着苗淼叹息的表情，沉默半晌，说道：“有需要可以找我。”

苗淼不好意思：“你要开店，那么忙……”

“阿天已经可以独当一面了，交给他可以的。”

苗淼眨了眨眼睛，感觉他说的话似乎也挺有道理，而且韩栋的面馆就在楼下，有什么事情还挺方便。但是她可是完全不信任郑林天的能力的，就算郑林天厨艺得到了韩栋的真传，但是郑林天这个小孩做事情可毛躁了。

电梯到了一楼，电梯门打开，苗淼原本不好意思让韩栋继续送自己，然而韩栋已经一声不吭地跟着上了电梯，苗淼也就没再坚持，对韩栋说了声谢谢。

“我家在 18 楼。”苗淼指了指按钮盘。

韩栋点了点头，摁下楼层：“我知道的。”

“哦对，你们经常送外卖。”苗淼吐了吐舌头笑道。

电梯开始上升，苗淼感觉到失重的感觉，紧紧扶住电梯内的扶手，靠着墙，看着对面如同镜子一般的轿壁倒映出的自己。

头发乱糟糟的，眼睛红肿，还有黑眼圈，小圆脸都瘦削到露出尖下巴了。原本是一身漂亮的粉色呢大衣，还有一圈毛茸茸的白色毛领，现在衣服上不知道在哪里沾了白色的毛，看上去就是毛领掉下来的。

这件是新衣服啊！Snidel 的啊！难道她网购买到假货了吗！

天哪，她看起来太狼狈了！

苗淼瞪大眼睛，脑子里乱哄哄地回忆刚才跟方来阳相处的时候自己是怎么样的——大概比现在好不到哪里去。

老天爷呀，她不活了。苗淼将侧脸贴在墙上，欲哭无泪。

“脏。”韩栋指了指她的脸，提醒道。

苗淼急忙收回脸颊，干咳一声。

“刚才，那位先生就是你上次说的，失恋的对象吗？”韩栋做了充分的心理准备，在电梯数字显示 5 的时候，开口问道。

苗淼愣住了：“啊……你看到啦？”她低头苦笑一声，“哈，是他啦。是不是看起来跟我完全是两个世界的人？我是不是就像一只癞蛤蟆一样，想吃天鹅肉？”她自嘲着。

韩栋脸上表情仍旧是那副木木的，波澜不惊，然而眉心却微微收紧，眸色渐深，带着些许不赞同。

“你值得更好的。”韩栋回忆了一下刚才那男人的脸，确定自己认识他，鬼使神差地添油加醋说道，“他配不上你。”

“咦？你光看长相，怎么看也是我配不上他吧！范冰冰这样的行吧？不行不行，范冰冰年纪比他大好多。而且他很有钱哎，这两栋楼就是他公司开发的。你说我这一穷二白的，长得又不好看，拿什么去吸引人家……”苗淼越说越气馁，整个人看起来都变成灰色了，“而且他似乎还有女朋友，还会做甜品，很贤惠的样子……”

韩栋皱了皱眉头：“方盛集团？”

“嗯？”

“他是方盛集团的总经理？”韩栋问苗淼。

苗淼一脸呆愣：“我……不知道啊。方盛……哦哦，对，汇都公寓就是方盛开发的。嗯，哈哈，我这人，就是英雄不问出处。”苗淼干笑几声，越发感觉自己跟方来阳之间的差距之大犹如天堑。

电梯“叮”的一声，到了 18 层，门开了。

韩栋吐出一口气，抿着嘴，伸手摸了摸苗淼的头发：“你很好，很可爱，他配不上你的。”

苗淼脸一红，扭捏道：“哪有你说得这么好。”

韩栋看着苗淼通红的脸颊，忍不住勾了勾嘴角，然后扶着苗淼出了电梯，苗淼指着走廊左侧尽头：“我家在 1801。”

韩栋点点头，扶着她过去。

“呼，你说，女生会做甜品，很重要吗？”苗淼看韩栋和方来阳差不多年纪的样子，随口一问。

韩栋：“不是每个女孩子家里都有烤箱的。”

冷不丁听到韩栋讲了个相当于冷笑话的回答，苗淼笑开了：“哈哈哈，对！我家就没有烤箱！我买不起啊！”

苗淼的性格一直都是这样乐观开朗，而且特别有朝气，还爱笑。苗淼最开始吸引韩栋的，就是她的笑脸。韩栋一直都这样冷漠、木讷不爱讲话的性格，冷不防有个自来熟，带着好奇和善意面对所有陌生人的女孩，年纪还比自己小了六岁，下意识就多照顾几分。

久而久之，就成习惯了。

想到郑林天的建议，韩栋扶着苗淼的手微不可察地抖了一下，腮帮子一紧，下定决心似的，他说道：“苗淼……我有话要对你说。”

“嗯？”苗淼侧过头看他。看到韩栋面无表情的脸上罕见地出现了严肃认真的表情，她也不禁受到感染，停下步子，转过身来，肃穆地看着他，“什么话？”

韩栋深吸了口气，心脏在胸腔内快速地跳动着，似乎再快一点，就能跃出胸口。此时此刻的他已经听不见走廊那头电梯运转的声音，听不见自己呼吸的声音，也没发现走廊里声控灯已经熄灭，耳畔全是自己剧烈的心跳声。

“苗淼，我……”他舔了舔干涩的唇，低声开口。

“啪！”巨大的鼓掌声让韩栋惊得瞪圆了眼睛。

黑暗的走廊里，声控灯亮起，又是一片明亮，将韩栋难得的惊讶表情，展现给世人看。

苗淼双手拍得掌心发红，她有些吃痛地摩挲着双手，嘟囔着：“灯怎么熄了？好了，你继续说吧。嗨呀，老板，你这表情好可爱啊！”

韩栋瞪圆了眼的惊讶表情跟平时反差太大，苗淼这一嗓子喊得韩栋耳根子都红了。他轻咳一声，说不出话来。

“你刚才要说什么？”苗淼疑惑地问。

一鼓作气的情绪被打断了，想要重来是不可能了。

韩栋微微垮下肩膀，无奈道：“没什么。就是想说，我店里有烤箱，有空给你做甜点。”

“好的！”苗淼点头。

韩栋正对着苗淼，在灯光下，苗淼看清了韩栋白色厨师服身上毛茸茸的绒絮。

苗淼脸色大变：“老板！你衣服上！都是我毛领掉的毛！”

“哦。”韩栋处变不惊地点头，“我回去会换的，不让它们掉到锅里。”

苗淼点点头，突然想到一件事，双手抱头做崩溃状。

“我的天哪……那……方来阳的大衣，材质似乎是容易起静电的……还是黑色的！天哪，那不得全是白毛了！”她一定要去给那个卖家差评要求退货！

韩栋内心哭笑不得。

“阿嚏！”方来阳打了个喷嚏，浑身颤了一下。

“方总，要将空调温度调高点吗？”陈铎将咖啡端到办公桌上，关心地问道。

方来阳点点头：“刚才出门太急，忘记戴围巾了。风灌进去着凉了，你给我泡杯姜茶压一压寒气。”

“好的。”

“对了。”方来阳揉了揉太阳穴，指着总经理办公室门口旁衣架上的黑色风衣说道，“那件风衣，替我送干洗店去。”

“好的。”陈铎找了个纸袋，将风衣取下，看到风衣上的惨状，惊讶道，“方总，你上午去做什么了，衣服上怎么全是白毛？”

“大概是抱了只掉毛的白猫吧。”方来阳垂下眼，脑袋里又浮现出回来时候的景象，心里不悦，“你查一下，汇都公寓楼下的面馆老板，是什么身份。”

“好的。”一连被吩咐了四件事，陈铎仍旧很有耐心，“请问还有什么吩咐吗？”

“哦。我饿了。”方来阳松了松领带，起身往门口走，“你忙去吧，我去食堂吃午饭。”

“……”

望着方来阳无事一身轻的轻松背影，陈铎欲哭无泪。

他为什么还不能涨工资，天底下到哪里找他这么尽心尽职的好助理！

苗淼伤了脚，最开始几天都出不了门，都是郑林天和黄茹茹轮流送饭上楼的。每顿外卖都特别丰盛，蔬菜、肉类、鸡蛋一应俱全，美味价低，苗淼对韩栋厨艺的推崇又上了一层楼。

闲着没事，她天天开着直播画漫画赶稿，嘴里絮絮叨叨着对韩栋厨师的仰慕之情。

“我希望永远跟他做邻居！这样就可以一辈子吃到老板做的饭菜了！人又帅，又温柔，重点是厨艺好，卖得还便宜！唉，你说这么优秀的一个人，怎么就找不到对象呢？听说他都三十了！”苗淼拿着电触笔挠头，嘴里嘟囔着。

小兔在电绘板旁边无聊地打了个哈欠，爪子垫在身下，垂着脑袋眯着眼小憩。

苗淼抬头看向直播用的电脑屏幕上“噔噔噔”地飞快刷出了清一色的统一评论：“那你们在一起不就好了。”

“……什么鬼！”苗淼一愣，哭笑不得，“不可能的啦，我配不上他的。”

说着，她神秘兮兮地说了句：“老实说，我觉得老板身家背景一定不平凡，那气质看起来就是豪门子弟，而且据说他是一级厨师，红案白案，西餐中餐都会。”

“人家那么厉害，所以说，像我这样的小透明，配不上的啦。”苗淼摆摆手，将口罩扶正，眼睛笑成一道月牙。

观众们这回很实在，刷评论都是一溜的：“有自知之明真不错。”“好姑娘，知道不能耽误人家。”“老透明的心声，比心。”

苗淼还没佯装生气呢，小兔突然蹦过来，抱着苗淼的脑袋开始往上蹬，踩得苗淼的口罩差点歪了。苗淼急忙扶着口罩，双手将脸蒙住，任由小兔蹬鼻子上脸。

小兔爬上苗淼的脑袋，踩着爪子下热乎乎软软的头发，爪尖勾乱了苗淼的发型。

苗淼气得伸手去抓它："你做什么！嫌我这几天都在家碍事吗！"

小兔腾的一下，灵巧地往旁边一跃，跳到电脑桌角，撞到了一沓高高的纸堆上。

"别！"当意识到那是什么的时候，苗淼想要制止却已经来不及了，眼睁睁看着小兔撞到纸堆上，将那堆东西，撞翻在地，掉得七零八落。

"啊！小兔！你是我祖宗！"苗淼双手捂着脸，欲哭无泪。

电脑屏幕上，评论风向从"都说脑袋是 CPU 散热大，猫喜欢"，瞬间转变为"发生了什么看不见""脑补一定发生了一个很美丽的故事""无论发生什么，小兔永远是我们的爱豆，猫猫请善待你祖宗"。

摄像头拍不到那个角落，苗淼叹了口气，感觉身体被掏空。看着小兔翘着尾巴，轻巧地跳起来，自行将书房门打开，然后优雅地离开房间，苗淼气不打一处来。

摄像头正好可以拍到书房门，看着小兔一气呵成地开门，观众们都惊呆了。

"小兔成精了！"

"猫猫，搞不好小兔真的是你祖宗。"

"厉害！66666！"

苗淼气不打一处来："厉害什么厉害！两年前就会开门了，今天不知道哪根筋抽了专门演给你们看的！来来来，给你们看看它刚才做了什么！"

说着，苗淼将摄像头拿起来，挪到正对着那堆散落的东西的地方，有气无力地说道："看到了吧？两千张《勇者闯猫城 3》的特典明信片，我才签了五六七八张呢，本来叠得好好的，现在我得捡死了。还得数一遍……两千张啊我怎么数！四舍五入就是一个亿啊！我现在可是瘸子！瘸子！"

观众的评论，一水的幸灾乐祸以及——

"猫猫……我记得两个月前，你就说你在签绘了。"

"五六七八张？所以是签了五张还是八张？四舍五入将近一个亿呢！"

还是有一些粉丝头脑清晰地发现了拖延症苗淼的拖延症状的。

苗淼瞥了一眼众多评论，眼尖地发现了一条名为“义薄云天”的观众发来的评论：“很好，猫猫，感谢你的勤奋。”

那是许凌云的号！

苗淼脑袋“duang”一下就宕机了，脸色煞白，在猫嘴巴口罩下看不出什么变化。

她这算是被抓现行了吧？

她抽了抽嘴角，当机立断，抱拳冲观众们做了一个揖：“我怕新年的鞭炮声太响，你会听不到我的祝福！我在这里，向大家拜个早年！祝大家，新年快乐！”

说完，不等观众们反应，就说了声“直播到此结束”，立刻关闭了直播。

“呼……离过年还有一个半月，不算太早吧……嗯，不算太早。”苗淼安慰自己。

苗淼还没高兴太久，手机立刻如催魂曲一样，“喵喵喵”地响了起来。苗淼一看来电显示，就知道自己小命休矣。

“喂……”苗淼战战兢兢地接起电话。

“我亲爱的鸡丝猫大大。”许凌云阴阳怪气地说道。

“……对。我是你们，敬爱的……鸡丝猫大大。”苗淼赔笑。

许凌云的语气陡然一转：“请问到底是五张还是八张呢？需要我帮您签吗？”

“不用！不用！”苗淼身子一抖，急忙发誓，“我一定在这几天就签掉！”

“不行，人家不相信呢。”许凌云娇笑道。

苗淼鸡皮疙瘩抖了一地，更是觉得毛骨悚然：“那……许姐你要如何？”

“给我滚公司来签！不签完别想回家！反正你瘸了！我们不送你你别想回家！”

“你这是侵犯我的人身自由！”苗淼立刻反驳。

“哟，你还知道法律啊！你的合同精神呢！我们口头协议也是有效的！你说好上个月把明信片签好交给我的，现在捡齐了吗？需要我帮你捡吗？”许凌云可不是吃素的，说得苗淼面红耳赤。

“我错了嘛。”苗淼立刻认错。

“后天周五，我不忙，我上班前绕路来接你，带好你的那堆明信片。安安心心给我签上八个小时。不签完咱们加班。”许凌云下最后通牒。

“好的嘛……”苗淼弱气地答应下来。

挂了电话，苗淼感觉自己又可怜又委屈，发了条哭哭唧唧的微博。

“被小兔害惨了。刚才 @ 编辑义薄云天在看我直播，然后打了电话给我，后天要绑架我去公司签绘特典。我好惨嘤嘤嘤。”

一阳来复又抢到了沙发：沙发。不同情，应该的。

苗淼：“……”

看到这个昵称，苗淼心情非常复杂，仍旧无法将这个脑残土豪粉的名字和方来阳对上号。而且……原来方来阳今晚也在看直播，在他面前丢了这么大脸，真是……好气哦，可是还要保持微笑。

下面的评论，统一保持了一阳来复评论的队形：“不同情，应该的。”

苗淼盯着微博评论半晌，切换到联系人，给黄茹茹打了个电话：“茹茹，我要一份夜宵，麻辣鸡丝米线，变态辣。”

黄茹茹：“大姐，今晚我有课没上班。”

“好气。我现在感觉我就是个笑话。”

“？？？”

今晚的方来阳没有在直播上送礼物。他心情有些复杂，或者说，不悦的负面情绪居上。

他跟苗淼在这一周每天都有互发信息，多半是在聊苗淼的伤势和车子修理的情况。但是方来阳却明显感觉出来，苗淼很客气，甚至态度很疏远。她不怎么愿意跟自己聊天的感觉。

方来阳很担心，猜测是不是苗淼对自己就是一阳来复这件事情还是感觉硌硬。

一想到这，他头一遭觉得惴惴不安。

而晚上的直播更是让他心头无名火四起。

苗淼一整晚的直播都在夸那个韩栋。

韩栋……国内知名的餐饮连锁机构，三味坊的继承人。隔壁的A市唯一一家米其林二星三味西餐厅就是三味坊旗下的。

没想到被餐饮界誉为厨神的三味坊传人，居然会甘愿窝在这个犄角旮旯开一家名不见经传的小面馆。

而一想到韩栋看苗淼的那个饱含情愫的眼神，再听到苗淼对韩栋的推崇，方来阳就觉得气闷。

苗淼难道也喜欢那个韩栋吗？他们是两情相悦吗？该死，那些没眼力见儿的观众居然还调侃他们俩在一起。

把他放在哪里呢？！

方来阳突然愣住了。

等等，不对不对。关他什么事……作为粉丝，不应该……为苗淼有心上人而开心吗？

不……更加不开心了。厨艺好就这么重要吗？苗淼就这么喜欢吃？……好像，还真的很喜欢吃……

方来阳捂住脸，无声地长叹一口气。

自己到底怎么回事啊？

第二天，苗淼的闺蜜图秋来看苗淼，顺便带了个起司蛋糕。因为图秋经常来苗淼家里玩，也跟黄茹茹认识，苗淼就把黄茹茹也喊到家里来了。

图秋懂点推拿，一边帮苗淼做了个腿部按摩，一边还数落苗淼：“我说吧，就你这车技还当网约车司机。你现在档案上有记录了，到时候网约车新规一出来，你估计就不能干这行了。”

苗淼委屈极了，皱着张脸：“方来阳说私了了呀……”

“你不是都被扣分了吗？还危险驾驶。厉害了。”

“嗷……”苗淼哀号一声，“赔了钱又瘸腿，我怎么这么倒霉？”

“倒霉？还行吧。”图秋耸耸肩。

黄茹茹在一旁跟图秋告状：“秋秋姐，淼淼被骗了。”

“什么骗了？”

“她在网上找代购买一件Snidel的大衣，结果是高仿。那传说中的狐狸毛领掉得满天都是，似乎还把淼淼的男神的大衣都粘了一片。”黄茹茹笑嘻嘻地说道。

“喂！这有什么好说的！”苗淼气恼。

图秋问：“退货没？”

“……他们说我诬陷，他们良心正品代购，价格还很实在……不肯退。”苗淼小声地说道。

图秋一拍桌子：“我这暴脾气，你怎么这么好说话，手机给我，我帮你解决！”

图秋的性格强势，苗淼不敢不从，急忙把手机解锁交给了她，图秋一拿到手机就开始飞快地找到卖家开始理论，脸上眉飞色舞，好不开心。

苗淼盯着她半晌，最终还是觉得不忍直视。她正想将脸转过来，图秋突然喊住了苗淼：“淼淼，这个方先生找你。”

苗淼一愣，急忙接过手机。方来阳的微信，苗淼备注的是“方先生”。苗淼一看，方来阳发了条信息过来：“腿好点了吗？”

苗淼感觉心脏上像爬过蚂蚁一样，心焦又急切，但是偏偏很不想回他。

“嗯，好多了。”

“那就好。”方来阳回得很快。

苗淼不知道再回复什么了，正想将手机还给图秋，就见方来阳又发了条信息过来。

“今天被人拉去相亲了。”

“……”信息量太大，苗淼一时间反应不过来。

什么意思？相亲？方来阳不是有女朋友吗，相什么亲？

苗淼怔愣良久，才问："所以呢……"

方来阳："我嫌麻烦，雇了个送外卖的帅哥去代替我相亲了。"

"……"苗淼无言以对。

"那个帅哥比我帅多了，还是混血儿。"方来阳又补充了一句。

苗淼："对方大概会很生气吧。"

"反正不知道是谁。"方来阳发了一条之后，紧跟着又发了一条信息，"车子前几天就修好保养好了，什么时候给你送回去？"

苗淼不想见他："没事，等我伤好了再说吧。"

"明天真的要在陆世文化那儿签一整天明信片？"

"……对的。"

"嗯。"

方来阳发来这一个字，就再也没有新消息发过来了。

苗淼将消息给图秋和黄茄茄看，图秋很肯定地对苗淼说："这男的没女朋友，苗淼你多虑了。"

"怎么会……他上次说的，他有个比女朋友还亲密的人甜品做得很好。"苗淼狐疑。

图秋耸耸肩："没准是他妈妈呢？"

"……"她怎么觉得并不是这样的。

明明方来阳提到那个会做甜点的"亲密的人"的时候，脸上带着神秘而暧昧的笑，那明明就是想到自己恋人的表情。

"而且，他多半对你有意思。"图秋断定，"请相信我这位伟大的心理医生。"

图秋这样一说，苗淼更加不相信了。

"单身24年，被男人视为可怕女魔头的心理医生吗？你的恋爱雷达确定不是山寨的？"苗淼眯着眼怀疑地看着图秋。

"那你说，他怎么还要去相亲？"图秋问。

苗淼一时语塞："可能……他家人不知道？"

图秋恨铁不成钢地看着她，不想与她费口舌，愤恨地拍着黄茹茹的肩膀："茹茹，上！"

黄茹茹一愣，手足无措地犹豫再三，尴尬地说："淼淼，其实我觉得，不要在一棵树上吊死，没准你身边还有更好的选择呢？"她可是坚定的韩栋老板支持者。到时候成功了，她可以要求涨工资的啊。

苗淼压根没在听她讲什么，图秋气得拍黄茹茹的手背："我让你分析这个姓方的是不是喜欢苗淼啦。"

"哎呀！你别瞎说了！"苗淼被图秋说得心烦意乱，打断她们，说道，"就算有，那也只是粉丝心态的喜欢啦。我又不是第一次单恋别人了，你们不用安慰我啦。"

图秋挑挑眉，没好意思给她陈列她所谓的以前的单恋对象——从李佩斯到汤姆·克鲁斯再到胡歌。这还是图秋第一次从自己闺蜜嘴里听到一个现实可靠点的单恋对象名字，虽然两人的家庭背景和社会地位差得有点远。

但是那也不代表没有机会啊！

"既然喜欢了，就要勇敢追求！"图秋握拳。

苗淼黑着脸："你自己找到一个对象再来对我说教吧。"

黄茹茹还不死心，在旁边插嘴道："淼淼，你不觉得会做饭的男生就挺好的吗，你这么爱吃。"

屋内吵闹不休，乱成一锅粥。小兔从客厅角落的楼梯爬上了二楼，灵巧地打开了书房门，溜了进去。

猫心不可测。

它盯着苗淼花了一个多小时才整理好的明信片塔，感觉爪心蠢蠢欲动。小兔压低了前半身，纵身跃到人体工学椅上，再跳上书桌，踱步到明信片塔前，乖巧地坐着，上下打量明信片塔。

够高，够笔直。很好。

长长的尾巴轻轻绕过身体，小兔伸出爪子，往明信片塔拍去。

“哗啦啦——”

苗淼感觉背脊一寒，耳尖地直起了腰，惊呼：“什么声音？！”

“咦？有声音吗？”

其他两人没感觉。

苗淼感觉那股寒意从背脊蔓延到了全身，直往心脏钻去，透心凉。她突然意识到了什么，整个人都跳了起来。

“不好！”一边喊着，苗淼一边如离弦之箭往二楼冲去。

“小兔！我晚上要吃猫肉火锅！”苗淼吼道，左脚跨上了台阶，全身力气都落在了伤到了的右脚上。

“苗淼！你腿！”

“啊——”

肉体摔在楼梯上的声音。

• Chapter 8
情敌相见

被小兔这么一闹，苗淼腿伤又加重了。本来眼看着已经可以下地走几步了的，现在又变成动弹不得的状态了，脚踝遭受二次伤害之后，肿得更加厉害了。

连明信片都是图秋和黄茹茹帮忙捡的。小兔被关到笼子里关禁闭了，它还特别不高兴，一直“喵喵喵”抱怨个不停。

苗淼仿佛能听得懂猫语一样，瘫坐在沙发上，跷着条残腿，拍着扶手吼：“你还不高兴！你摔东西高兴得很吧！阿妈赚钱给你买猫粮容易吗！这都是钱啊！”

小兔凄厉地吼道：“喵！”

“别说什么好玩！”

“喵！”

“别说什么天性！”

“淼淼笔名叫鸡丝猫啊。”黄茹茹第一次进苗淼在二楼的书房，看到苗淼的笔名和作品，很惊讶，“的确像猫咪一样，怪不得能跟小兔对话。”

“你听她瞎叫唤。”图秋做了个嫌弃的表情，“她其实就是大脑没发育完全，智商有点问题。”图秋指了指太阳穴。

屋子里比刚才还要吵闹，苗淼气呼呼地鼓着脸。黄茹茹跟图秋下楼带晚饭上来后，苗淼还没有消气，吸溜面条的时候，都怒不可遏地瞪着笼子里狂躁抑郁的小兔。

图秋去围观了黄茹茹跟她说的老板韩栋，一开始图秋还无感，直到吃了口韩栋煮的大排面，顿时瞪大了眼睛，双眼放光，给黄茹茹使了个眼色。

“如果苗淼不喜欢那人，那老板，可以可以。”图秋偷偷跟黄茹茹咬耳朵。

黄茹茹比了个“OK”的手势，两人相视一笑，皆是狡诈的笑容。

苗淼还在生气中，压根没理会她们俩在玩猫腻。

正吃着饭，许凌云打了个电话过来，语气很急：“苗淼，对不起，明天早上不能来接你了，我儿子发烧了，我得照顾他，明天下午才能去上班。”

“嗯嗯，没事的。”苗淼放下筷子，深表理解，末了问道，“那我们过几天再去公司签吧。”

她本以为可以逃过一劫，没想到许凌云斩钉截铁地吼道：“不行！一定要去！我就算拜托到主编那儿，也要把你押送到公司去签！明天签掉！年后就要铺货了好吗姐姐！长点心好吗！”

“……”苗淼抿着嘴，面色呆滞。

许凌云这一吼，声音很大，手机漏音，让旁边的两人都听了个正着。她俩互相使了个眼色，等苗淼仿佛深受打击一般，挂了电话，立刻开问。

“淼淼，发生什么事了？”

“明天责编不来接我，但是我也得去公司，她同事可能会来吧？”苗淼哭丧着脸。

“别那么麻烦啊，要不我送你？”图秋假装好人说道。

苗淼立刻回绝：“别了，你那么忙，也绕远路了。”

“那怎么办，麻烦别的编辑很不好意思吧？”图秋苦着脸，说出苗淼的心里话。

苗淼点头赞同。

这时候图秋偷偷给黄茹茹使了个眼色。

黄茹茹做恍然大悟状，一拍手："对了！淼淼，老板不是有车吗，让他送你，而且面馆开店是十点钟，你不是说你九点前就得去公司吗，我跟郑林天看着，迟一点也不碍事的。"

苗淼呆呆地看着黄茹茹，发现这理由无懈可击，想了想，不好意思地说道："那……问问老板吧。真是不好意思。"

"哎呀，没事，老板很善良热心的。"黄茹茹跟媒婆甩手帕一样，翘着兰花指摆着手。

苗淼点点头，重新开始吃晚饭，心情明显沉重了一些。

黄茹茹凑到图秋耳侧小声问："怎么样？"

图秋点点头，比了个"OK"的手势："就是演技差了点。"

黄茹茹给了她一个白眼。

黄茹茹很积极地帮苗淼打电话给韩栋，将事情一说，韩栋很爽快地就答应了下来，还表示自己可以准点接送。苗淼很感激，挂了电话还在感谢韩栋。

黄茹茹拼命地鼓吹："你看，重要时刻还是我们的老板最棒！又是邻居，又是朋友，还很靠谱。Perfect！"

苗淼点头。

次日，黄茹茹和郑林天监视着韩栋换了套帅气的外套，才把韩栋放出门去接苗淼。

"师父，你如果穿着厨师服去送喵姐，是给喵姐丢人啊。"郑林天如是说。

韩栋很不高兴："臭小子，厨师哪里丢人了？"

"不是啦，你看你这厨师服上面洒了汤了。"

黄茹茹双手捧心，目光炙热："老板，果然人靠衣衫马靠鞍，你换了套衣服，帅得没天理了。"

韩栋不习惯别人夸他，耳尖都有点红了，轻咳一声，向上指了指：“我去接她了。”

两人一脸殷切地点头：“加油！”

“……”虽然不知道哪里可以加油的，但是韩栋姑且受着，莫名其妙地说了声感谢。

苗淼一早就准备好那一沓明信片和其他必需品，装在一只巨大的亚麻材质的购物袋里，单腿站在玄关等着。

她扎了条马尾，懒得化妆，素颜着，戴了副黑框眼镜，看起来更显嫩了，说是刚读大学都有人信。

但是她心情还是很不好。明信片被她捆成了一扎，以防再被小兔推倒。昨晚小兔因为被关禁闭，一直叫唤个不停，苗淼怕影响到邻居，只好将它放了出来。结果一放出来小兔就躲到衣柜上面赌气去了，一副“我虽然犯了错误但是铲屎官不准责怪我”的模样。

苗淼跟它气了一整晚差点没睡着。

韩栋摁门铃的时候，苗淼立刻就打开了门，扶着墙跟他打招呼：“早呀，老板。”

韩栋点点头，低头看她脚：“还不能走？”

“怪小兔啦，太坏了。我已经穿好鞋了，帮我提一下袋子好吗？”苗淼把购物袋交给韩栋，然后扶着墙，蹦跳着出了门。

韩栋一手挎着袋子，另一手搀扶着苗淼，小心翼翼地终于将她送上了车。

黄茹茹和郑林天看着两人正常地上车走人，恨铁不成钢：“老板怎么会扶着她出来？”

“师父真的是木头吧？”

“苗淼可是春心荡漾地跟我说，那个方先生公主抱送她上车的。”黄茹茹扶着额头地对比。

郑林天一脸不忍直视："这……毕竟是靠天赋的。"

韩栋不爱说话，他的一切行为都让人感觉刚刚好，但又很没有存在感。一路上都是苗淼自己嘴巴停不下来地找韩栋聊天，而韩栋这个闷葫芦，也只是两个字两个字地往外蹦，回应苗淼。苗淼居然还不觉得累，硬生生跟韩栋尬聊了半个小时，直到到达陆世文化公司大楼。

韩栋把苗淼送到漫画部所在的办公室，问了来接苗淼的时间，就赶回去开店了。苗淼很感激韩栋，表示第一本签名样书要送给韩栋，韩栋罕见地笑了笑，就离开了。

当然，韩栋回去之后，被黄茹茹和郑林天各种嫌弃看不上眼的后话，我们就不多加赘述了。

苗淼只签绘了五六七八张——具体其实是五张明信片。而为了以防万一，许凌云又多加了五十张明信片，所以总计两千零四十五张明信片还要签。许凌云喊了同事们，轮流坐班监督直到她抵达公司。

这一天，是非常漫长的。

在写完两支签字笔之后，整个漫画部居然找不出第三支黑色签字笔之后，苗淼盯上了许凌云桌子上放着的 24 色装的水彩笔。

"那是我儿子的！"许凌云吼道。

"回头送你儿子一套斑马的 48 色套。"苗淼摆摆手，示意许凌云帮忙递过来，"让我人生有色彩一点吧。"

许凌云翻着白眼把水彩笔扔给了她："省着点用。"

"好的。"苗淼点点头，然后用红色水彩笔，在下一张明信片上，画了一只火烈鸟，然后签上了自己的大名"鸡丝猫"。

"喂！不是让你省着点用吗！"

"我不用心签绘，读者怎么会买我的漫画呢？"苗淼一脸认真，"我们要有匠心，匠心知道吗？"

许凌云嫌弃地抖了抖肩，跑隔壁办公室去，不想再看到苗淼这令人无力吐槽的签绘。

苗淼乐得清闲，没人监督她就可以随心所欲了。于是开始在明信片上，开始写“1号，其实你不是1号，我只是现在才想起来要计数”。

……

“55号，我的责编真的是个剥削农奴的地主阶级。”

……

“590号，我换支金黄色的写，看得清吗？”

……

“1407号，啊，我看到太阳快下山了，好饿，只差最后十几张了！”

……

除开在食堂蹭了顿午饭的时间以及午休，中间苗淼几乎就没有休息过，连上卫生间都只去了两次。但是当看到胜利的终点就在眼前的时候，苗淼感觉自己浑身都充满了力量，签绘得更加卖力，神速地签完了剩下的十几张明信片，喜滋滋地交给了许凌云。

当许凌云仔细抽查了几张苗淼签绘的明信片之后，气得脸都青了：“你这签的都是些什么鬼玩意儿啊！你的匠心在哪里？你的良心不会痛吗？”

苗淼捂着胸口，回给她一个“良心这种东西我没有”的表情，大言不惭地说道：“拜托，写字比画画累多了！我一张明信片写那么多字，很体现我的诚心和匠心了好吗！你看，黑色和蓝色的水彩笔已经没墨了。”

“……”许凌云懒得反驳。难道她还得感谢苗淼把自己儿子的水彩笔写得没墨吗？

她把这沓特典明信片摞好，打包放到一边，恶狠狠地说道：“到时候书上市了，读者们吐槽可不关我的事！”

“不可能！你看，这么接地气的签绘独此一家了。”苗淼做乖巧状，“我的粉丝们都可乖了，肯定心疼我这么努力。”

“嘁。”许凌云翻了个白眼。

看了看手表，已经到了下班时间了，苗淼接到韩栋的电话，说已经快到公司了，她开始整理自己的东西，在许凌云的搀扶下，慢慢下了楼准备在楼下大厅等。

没想到当她走到大厅的时候，透过大厅的玻璃门，看到大厅门口站着两个身高相仿的高大男人，在大眼瞪小眼。

若是不知情的人看到，还会以为他们正在互相深情地凝视对方。

这是……发生了什么事？方来阳为什么会在这里？

今天一整天方来阳都很犹豫，他不知道要不要主动去找苗淼。他在微博上知道苗淼要去陆世文化签绘明信片的事情，这段时间没有见过苗淼，他总是有种很渴望见到苗淼的冲动。而苗淼又一直不冷不热的，让方来阳特别焦虑。

心情一旦糟糕下来，他周身的气场便开始呈现低气压的状态，直接倒霉的就是陈铎以及总经理室的各位员工。

陈铎顶着巨大的压力，为了同事们询问方来阳："方总，最近有什么烦恼吗？"

方来阳只问他："用什么样的借口，不显得突兀，还可以顺理成章地跟对方见面？"

陈铎："？？？"

"嗯，你太笨了，不问你。"方来阳嘲讽。

陈铎："……"他真的很想辞职哎。

既然走不进领导的内心世界，陈铎还是尽职地当好助理："方总，上次苗小姐那辆车，什么时候将它提出来送过去？"

"……"方来阳一愣，眼睛一亮，却仍旧高冷地瞥了眼陈铎，嘴里却说道，"嗯，你也是有点用的。"

"……"

方来阳心里带着点忐忑，更多的是愉悦和轻松，去公司旗下的4S店提了苗淼的那辆白色大众，顺便帮苗淼换了个柠檬味的空气清新剂，还换了套纯羊绒的车内坐垫和腰垫。一路上驾驶着自己送苗淼的这辆车子，感觉这辆车子从里到外都代表了自己的心意，心里得意得很。

脑袋里幻想着时隔快十天，重新再见的苗淼惊喜开心的笑脸。

这种像个青春期少年的悸动和激动，在车子即将抵达陆世文化大楼的时候，到达了顶点，方来阳不确定自己见到苗淼第一句话应该说什么，或者他压根就不想说什么，只要看一眼苗淼就好了。

为什么会有这种情绪呢？

方来阳正疑惑着，直到停好车，走到大厅门口，看到了正站在大厅门口等待的韩栋。那颗心突然就冷了下来。

韩栋为什么在这里？

韩栋也看到了方来阳，两人各怀鬼胎地互相打量着对方。明明对对方的身家背景都一清二楚，父辈甚至交往密切，但是偏偏都按兵不动，略带敌意地看着对方。

方来阳和韩栋同时在心里吐槽："这个家伙果然很讨厌。"

双方都处在按兵不动的状态，面面相觑地瞪视了两分钟，就听见苗淼的声音从大厅里传来。

"方来阳、老板，你们俩在干吗？"

方来阳和韩栋扭头，看向苗淼，见她正单脚站着，被一个三十岁左右，富有知性气质的女人扶着。方来阳率先走上前，一边跟苗淼打招呼，一边作势接过扶着苗淼的任务。

"好久不见，苗淼，我本来想把你车送回去的，正好路过，就来看看你签得怎么样，顺路好送你回家。"方来阳睁着眼睛说瞎话。

许凌云呆住了，看了眼方来阳，又瞥了眼往她们这边走过来的韩栋，呆愣地问苗淼："他们谁啊？"

"你好，我是方来阳，或者，你可以叫我一阳来复。"方来阳猜出了许凌云的身份，带着公式化的微笑，做自我介绍。

许凌云瞪大了眼睛，倒吸一口冷气，扭头看向苗淼，手捏紧了苗淼的胳膊。

苗淼头疼地介绍道："她……她是我的责编，许凌云。咳，许姐，回头再跟你讲事情经过啦，你先上楼吧。"现在情况很复杂，她脑仁疼。

许凌云的眼神里满是拒绝，但是韩栋已经到苗淼身前了，两个高大的男人目光如炬地盯着苗淼，许凌云敏锐地察觉到此地不宜久留，急忙听从了苗淼的话，对着三人道了声失陪，赶紧上了楼，远离这个是非之地。许凌云经常去苗淼家，也在韩栋的面馆吃过饭，因此跟韩栋还算点头之交。

苗淼是很慌张见到方来阳的，可是方来阳似乎根本没有感觉到苗淼对他的复杂感情，居然突然出现在她面前，还跟韩栋对上了。不知道为什么，这个时候的苗淼心里很慌乱。

"苗淼，这位是……"韩栋轻轻瞥了眼方来阳，问苗淼。

韩栋明明知道方来阳是谁，却偏偏装不认识，苗淼也觉得怪尴尬的，含糊地介绍："我朋友，方来阳先生。"紧接着，她干脆对着方来阳，顺便将韩栋也介绍了，"方来阳，这是我楼下面馆的老板，韩栋，厨艺可牛了。"

"嗯，我知道他。"方来阳勾了勾嘴角，挑衅般地说道，"三味的厨神。"

此言一出，苗淼一头雾水，韩栋的眼神却顿时变得犀利，眸中带着敌意和探测，紧紧审视着方来阳。方来阳侧着脸，微微抬起下巴，不理会韩栋锐利的视线，而是对苗淼说道："苗淼，既然我都把你车开过来了，要不我送你回家吧？"

"啊……"苗淼为难道，"这样你回家也不方便，不用啦，老板送我回家就好了。下次等我脚伤好得差不多了我自己去提车吧。"

苗淼这种疏离的态度，让方来阳原本就冷淡的脸显得更加阴沉。方来阳蹙眉，脸上带着不悦。

"我给你带了一些甜品。"方来阳想用甜品拉拢苗淼，"我……朋友做的。"差点说漏嘴，方来阳抿了抿唇，忍不住自嘲地勾了勾嘴角。

而这个表情看在苗淼眼里，却带着别有深意的暧昧了。苗淼原本还有点想吃甜品的，然而一听到后面那句话，却顿时没了胃口，她僵硬地扯了个笑，勉强地说道："谢谢啦，我刚才在楼上吃了很多零食，还很饱哎……"

就算方来阳再怎么独断霸道，也明白过来苗淼的意思了——她不想跟自己有瓜葛。

苗淼讨厌他？

方来阳一想到这个可能，顿时感觉烦闷无比。

“那，把甜品带回家吃。”方来阳深沉的双眸，看着苗淼的双眼说道。

方来阳的眼睛里似乎有道暗光，吸引着苗淼，让苗淼移不开眼睛。苗淼强制自己转头，答应了下来。虽然她一点都不想吃“方来阳朋友”做的甜品，这会让她感到自卑。

方来阳深深凝视着苗淼，将视线转移到韩栋身上，第N次确信自己跟这个男人不对盘。他将用可爱礼盒打包的甜品交给苗淼，叮嘱道：“记得冷藏。”这是他花了一下午做的冰激凌蛋糕，现在是冬天，也不容易化，在来时的路上，方来阳甚至都不敢开车内暖气，生怕蛋糕化了。他原本是希望能跟苗淼聊着漫画然后一起吃蛋糕的。

苗淼点了点头。

两人不尴不尬地道了别，方来阳上了车，开着苗淼那辆他送的白色大众，毫不留恋地掉头离去。

在方来阳离开后，苗淼在韩栋搀扶下，进了车后座，那个冰激凌蛋糕就放在苗淼身旁。粉红色的盒子很扎眼。

韩栋帮苗淼关上车门，刚坐上驾驶座，就听见车后座上传来一声叹息。

韩栋身子一僵，刚想转过头来问苗淼怎么了，就听见苗淼轻声地念叨：“为什么呢？”

韩栋微微皱眉，最终还是没有开口询问。

苗淼却陷入了沉思。方来阳之前说过自己要去相亲，但是这位做甜点的人，不是方来阳最亲密的人吗？那方来阳为什么还要去相亲？难道方来阳其实是个渣男？

难道真的如同图秋说的那样，方来阳没有恋人？一切都是她想多了？

可是刚才方来阳提到做甜品的人的时候，明明一脸的甜蜜。

一定是方来阳没有告诉家里人，“她”的存在。

这种想法并没有让苗淼松了一口气，疑惑之外，她仍旧心有不甘，又失落又惴惴不安，很想知道真相。

一路上，车内的空气都仿佛凝固般，让人压抑得喘不过气来，也不再有苗淼欢脱的聊天声。两人都心照不宣地没再有过交流。

韩栋忍不住心想，方来阳这个人到底好在哪里，脾气又差，还这么辜负苗淼的感情。但是从后视镜里一看到苗淼低垂着头，他又无法再想那些没用的事情，现在苗淼喜欢的人又不是他，他无法做什么。

一直到家，苗淼都默不作声，只在进家门之后，对韩栋道了声谢。

韩栋嘴笨，也不知道怎么安慰，将蛋糕放入冰箱，回头对苗淼说道：“过会儿给你送晚饭。”

苗淼抽了抽鼻子：“不用了，我不饿。”

韩栋不动声色地审视她，只看得苗淼心虚。

“我有甜品吃啦。”苗淼摸了摸鼻子，红着眼睛，找借口。

韩栋点点头，下了楼。

韩栋一走，苗淼整个人仿佛像被抽干了力气一样，靠在门上，缓缓地坐到地上。心脏一抽一抽地疼，她忍不住叹了口气。

刚才自己那样对方来阳，两人之间的气氛尴尬得很，他一定对自己有了看法。但是她真的不想再跟方来阳有联系了，她怕自己管不住自己的心。

每次见到方来阳，她都是又开心又失落的矛盾心情。这种情绪拉扯着她，很不好受。

小兔从沙发上跳了下来，小跑到苗淼身边，蹲坐在玄关，歪着脑袋，疑惑地看着苗淼的脸，轻轻地“喵”了一声。

苗淼将小兔抱起来，放到膝盖上，低声问它：“我是不是很糟糕？”

小兔不解地看着她，圆溜溜的眼珠子里干净澄澈。苗淼吸了吸鼻子，垂眼看着小兔圆圆的猫脸，摸了摸它的三角耳。

“我刚才情绪不好地跟他讲话，就差告诉他别出现在我面前了。他明明是好心给我带蛋糕，我却还不给脸，说自己不想吃。”苗淼对着小兔发牢骚，“他一定讨厌我了。”

一想到这个可能，苗淼就觉得心里酸酸的，都有些泪眼氤氲了。

“喵？”小兔伸出爪子，轻轻拍在苗淼的脸颊上，借着苗淼托着它的力道，抻长脖子，带着倒刺的舌头轻轻舔了舔苗淼的鼻子。

“你舌头好刺人啦！”苗淼被小兔的举动气笑了，抱着它亲了几下，被小兔摁住脸挡下了。

经过小兔的安慰，苗淼心情总算好了点，她放开小兔，长长舒了口气，小兔跳到了一旁，蹲在地上看她。

苗淼小心翼翼地跳着脚，打开冰箱，看到刚才韩栋放进去的那个蛋糕。心里再不痛快，还是不能辜负美食。苗淼无奈地将它拿了出来，放到餐桌上，小心翼翼地拆开了盒子。

白色的冰激凌蛋糕上，摆着一圈可爱的草莓，正中间用巧克力酱画了一张其丑无比的Q版猫脸，那种画工，连幼儿园的小朋友都不如。

嘴巴歪着，眼睛一只大一只小，其中一只眼珠子几乎涂满了整个眼眶，更别提烂成了一坨的胡须。这样不忍直视的猫咪，苗淼还是第一次见。

苗淼看着这个蛋糕，仿佛被震撼了一般，良久，突然破涕为笑。

哈，看嘛，“情敌”绘画技能还是不如自己的嘛。她自我安慰着。

方来阳生了一肚子闷气回了家，因为苗淼对自己的冷漠，也因为韩栋的出现，但更因为自己那不由分说爆发的脾气。

为什么会这么气闷？方来阳仍旧是想不通。

如果韩栋跟苗淼是恋人，那又关他什么事情。苗淼这种不冷不热的态度对自己，才是让他最无法接受的。他原以为还能跟苗淼一起吃完那个他特制的冰激凌蛋糕的。

冰箱里还有好几个，那是因为上面巧克力酱画出来的东西更加令人发指，都被他当作失败品存起来了。送给苗淼的那个，至少稍微还能看得出画的是只猫。

方来阳打开冰箱，盯着那几个蛋糕半晌，然后一只手拿着一个，扔进了料理台旁的大垃圾桶里，丝毫不顾及原料的昂贵。

玄关处传来脚步声，大门被人从外面打开了，方来阳手里拿着最后一个失败品看向玄关。方母穿着一身红通通的艳丽大衣出现在门口，手里还拿着一大袋腊肠。

还没换上拖鞋，老太太就喊着："来阳啊，你舅妈做了些腊肠，我给你拿了一些，记得送一半给你哥。"

方来阳面色不虞地拒绝："自己去送。"

"这不是跟他碰不到嘛，我可忙了，得去健身房、美容会所呢。"打扮艳丽的方母走到了厨房，将腊肠放到了餐桌上，见到方来阳手里的蛋糕，惊喜地说道，"哎呀，儿子，你知道妈妈今天来，特地做的啊？妈妈最喜欢吃蛋糕了！来来来，咱们去客厅吃。"

方来阳还没来得及处理掉这蛋糕，皱着眉："这是要扔的失败品。"

方母横眉竖目，怒斥："扔？这好好的蛋糕，能吃，扔什么？不就是上面画的东西看不清是什么而已吗！你这人怎么这么铺张浪费了，小时候这么可爱的，长大了一点都不可爱了！"

方来阳抿着唇，接受着母亲的批评，末了点头虚心承认错误："是，以后再也不敢了。妈，你把蛋糕拿去客厅，我把腊肠分装，明天给我哥送去。"

方母又瞪了他一眼，才端着蛋糕去了客厅。

方来阳原本就糟糕的心情，在被母亲批评了一通之后，更加糟糕了。看了眼还装了两个蛋糕残骸的垃圾桶，方来阳毫不犹豫地找了只黑色的塑料袋，剪破了之后，扔进了垃圾桶里，装作是塑料袋破了才扔掉的，以掩盖被浪费掉的蛋糕。

方来阳刚分好腊肠，就听见老太太在客厅惊呼："儿子啊！你画画这么好啊？看不出来啊！"

方来阳一愣，想到了什么，急忙摘下手套，往客厅走去：“什么？”

方母将手里的本子举起来，展示给方来阳看：“这个啊，你还会画自画像啊？有几分专业的模样，我儿子居然也有艺术细胞，会画画了。”

看见老太太手中的本子，方来阳瞳孔猛地一缩。这是苗淼落在他这里的那本速写本，原本就放在茶几上准备随时可以带上还给苗淼，正好被老太太翻开来看了。

展开的这一页是在速写本靠后的一页，前一页还画着方山山腰看下去的山林风景，很潦草的一张涂鸦，而下一页，就是干干净净的一页，上面画着方来阳的侧脸，简单几笔，看上去是个草稿，但是将方来阳的五官和气质都勾勒了出来。方来阳甚至能感受出画画的人笔触下的感情——她在很小心地、偷偷地勾勒，生怕别人发现。

方来阳仔细地盯着画上的自己，从没想到过自己这样一向对别人冷漠，不怎么顾忌别人感受的人，在苗淼的笔下，居然显得特别温暖，眼里都带着暖意，嘴角甚至还带着弧度，一个浅浅的微笑。

方来阳的大脑乱哄哄的，从看到画到坐下来这几秒，他大脑里一点思绪都没有。

老太太的声音像是从遥远的地方传过来，当方来阳缓过神来的时候，只听到自己的母亲絮絮叨叨着：“哎，来阳，这是不是你画的啊？这儿还有签名呢，鸡……鸡丝猫？什么怪名字？”

方来阳将速写本拿过来，对母亲急切地说道：“不是我画的，妈，这是你儿媳妇画的。先失陪了，我有事，先出去一趟，过会儿你打车回家吧。”

说罢，方来阳从玄关衣架上取下外套，手里拿着本速写本，快步离开了。

“哎——别走，说清楚，什么叫我儿媳妇！”方母尔康手呼唤，只换来“嘭”的一声关门声，她失望地嘀咕着，“哼，算了，吃完蛋糕，打叭叭回去。臭小子，我告诉你爸去！”

方来阳驾驶着自己的跑车一路飞驰，他的心脏剧烈地跳动着，几乎冲破耳膜，明明车都快超速了，他却仍旧觉得车速太慢了。

他要问清楚。

要向苗淼问清楚，为什么要偷偷画自己？

不，这个问题不需要问了，他已经知道为什么了。

他也真的是傻，为什么不早点看清自己的心？偏偏要等看到苗淼偷画的自己，才意识到自己对苗淼的感情，并不是单纯的粉丝心理。更让他觉得捶胸顿足的是，他居然真的乖乖地听从苗淼的话，没有尝试去翻开苗淼的速写本来看。

之前帮她的速写本除皱的时候，他都翻开前面那几页了，居然都没有想到翻到后面看一看。

如果他早点翻开来发现苗淼对自己的心意……如果他早点明确自己的心意……那今天一定是他来接送苗淼，也是他跟苗淼一起愉快地吃蛋糕，而不是被那个不知道哪里蹦出来的三味坊的继承人韩栋给搅和了。

车子很快抵达了汇都公寓，然而公寓楼下却没有车位，方来阳一时间急得拍着方向盘生气。

就在他急得想直接将车违章停在路边，自己直接上楼的时候，他看见韩栋从面馆里出来，手里小心翼翼地端着一碗东西，上面还盖着一个盖子，然后走进了公寓大厅。

方来阳一下子冷静了下来。

他微微眯着眼，审视着穿厨师服的男人的背影，点起了一支烟，将天窗打开一条缝，耐心地等待。

然而等待的过程是漫长的。

一直到车载烟灰缸，已经攒满了烟头，韩栋才端着一个空碗下来，脸上带着一个微不可察的微笑。如果是其他人，大概并不能那么敏锐地察觉到韩栋的心情变化。但是方来阳本身也是个感情不外露的人，再加上他现在对情敌的过分关注，他很清晰地感觉到了，韩栋现在——很高兴。

方来阳看了眼时间，已经过去了将近一个小时。

他微微叹气，关上天窗，将手里的烟掐灭，整个人终于冷静了下来。

方来阳抬头看着高大的公寓楼，明亮的窗口，多到数不清，他不知道哪一扇窗是苗淼的。他甚至都不知道苗淼家住在几楼，几号。他就这么轻易地，草率地来到了这里。

而韩栋跟苗淼，却亲近到一日三餐都能够在一起。

方来阳紧皱眉头，眸色渐深。嫉妒的感觉真不好受。

半小时前。

苗淼一口气喝完所有的牛肉汤底，毫不顾忌形象地打了个饱嗝。小兔在餐桌上，伸出爪子尝试着蘸一下残留的汤底，被苗淼挡开了。

“麻烦你了，都八点多了，还让你给我送饭上来。”苗淼不好意思地对韩栋说道。

韩栋摇摇头，将碗收好：“没事。”

“哎……要不我洗了碗再还你？”

韩栋：“不用了，给茹茹洗，工资不能白给。”

“哈哈。”苗淼笑了，“茹茹听到要气死了。”

韩栋看了眼料理台上摆着的蛋糕，被挖了一小块，摆在开着暖气的室温下，已经化了一部分了。

他问苗淼：“怎么不吃蛋糕？不好吃？”

苗淼尴尬地说道：“好吃……但是……呃……就是，不方便吃。”

纵使辜负一切，也不能辜负美食。这是苗淼的人生信条。因此她很努力地摆正心态，准备吃光这个半磅的冰激凌蛋糕。吃了第一口的时候，苗淼真的惊艳到了，太好吃了，动物性奶油的奶味浓郁甜蜜，又不至于太腻。

但是才吃了一口，苗淼就感觉肚子胀胀的，好不容易爬到卫生间，一看——来例假了。

冰激凌蛋糕只好搁置在一旁了。

韩栋大概也猜到苗淼不吃蛋糕的原因，眼神微闪，问她：“怎么不把蛋糕放进冰箱里？”

“……”苗淼挠了挠脸，有些不好意思，“是这样的，冰箱里有……榴梿……蛋糕的盒子我装不回去了，怕串味了就没放。另外……”

苗淼顿了顿，羞耻道：“最大的原因，其实是想……让它融化了，温度高点了，我可能还可以接着吃……”

“……”韩栋看着那个湿漉漉的冰激凌蛋糕，被苗淼的脑回路给震惊了。

“反正……到肚子里面，都是水嘛！”苗淼强词夺理。

“……有……道理。”韩栋硬着头皮附和。

苗淼热情地说道：“要不老板你吃吧，真的很好吃的！”

韩栋并不喜欢吃甜品，但是禁不住苗淼的邀请，又私心地想跟苗淼多处一会儿，只好答应了下来。

苗淼：“怎么样，好吃吗？”

韩栋也觉得很惊艳：“很不错。”

“那就多吃点！”苗淼将整个蛋糕都往韩栋面前推过去。

韩栋：“……”他可是吃了晚饭的。

接下来的半个小时，纯粹只是，韩栋硬生生地逼着自己往嘴里塞蛋糕的过程而已。

后来，方来阳问起自己给苗淼做的第一份甜品的反馈的时候，苗淼称赞道：“超级好吃！韩栋也说很好吃！”

“……他为什么会知道？”

“他吃了啊！”

“……”

“而且几乎全是他吃的，我来例假，就吃了一口！”苗淼无视方来阳的黑脸，拍着方来阳的肩膀撒娇，“下次再给我做一个吧，我帮你画猫猫。”

“我做了一个满怀少女心的冰激凌蛋糕给情敌吃。”这个事实，让方来阳觉得很反胃。

Chapter 9
爱人的微笑

苗淼的脚伤休养得差不多的时候，陈铎将车送到了苗淼家楼下。苗淼正巧在面馆吃午饭，看到陈铎过来，颇有些诧异。

自上次的不欢而散之后，方来阳跟她已经有两周没见过面了，他似乎特别忙，中间还出国谈合作项目，苗淼跟他也只是在微信上平淡地聊过几句。一切似乎都在渐渐平静下来，也渐渐疏远。

这是苗淼所希望的状况，但是也让苗淼觉得更加哀伤，但又说不出来，让人郁卒的到底是什么。

乍一看到陈铎，苗淼还以为方来阳也在，她左顾右盼，探究的眼神被陈铎读了出来，陈铎解释道："方总没来，我是来还车的。"

苗淼松了口气，带着歉意说道："真是抱歉，让你亲自将车送过来。"

陈铎很疑惑苗淼的态度，但没有深究："没事，这是我的工作。方总怕你不方便。还有，他托我送了点东西过来。"

苗淼愣了一下，接过陈铎递过来的袋子，道了谢。陈铎点点头，跟苗淼道了别，坐上同行的下属开来的车离开了。

苗淼打开袋子看了一眼，愣住了。纸袋子里放了一个豆乳盒子，一盒鱼饼干，以及她的那本速写本。

苗淼手一颤，心里有点慌，往后退了几步，退到了墙角，小心地将那本速写本取出来，颤着手翻开封面，一页一页翻过去。

之前被水沾湿了的那几页，都变得意外地平整。

苗淼屏住呼吸，继续向后翻页，直到快要翻到某一页的时候，她的手变得冰凉、颤抖。

翻开那一页，当那张简单勾勒出来的侧脸展现在眼前的时候，苗淼瞳孔微颤，瞪大了眼睛。

那张草图旁边，龙飞凤舞地写了三个字，字迹体现出了写字人的自信和霸气。

“请画完。”没有落款和日期，带着一如既往不容置喙的语气。

苗淼知道写这三个字的人是谁。

方来阳还是知道了。

苗淼合上速写本，将它放回袋子里，然后慢慢地蹲了下来，双手捂住了脸。

天哪，被方来阳发现了。

太丢脸了。

苗淼都快哭出来了。

仿佛是贝壳被人撬开来了放到太阳底下晒烤一样，她恨不得把自己全身缩成一团。

“打扰一下，能问你一个问题吗？”一个大叔的声音，在脑袋上方响起来。

苗淼疑惑地从双手间抬起头来，看见一个长相眼熟的五十多岁的大叔，身着考究的唐装，剃着小平头，看起来无比严肃。

苗淼急忙站起来：“你好，可以的。”

大叔拿出一张照片，给苗淼看：“请问，你见过这个人吗？”

苗淼接过照片一看，愣住了。照片上，赫然是天天给苗淼投食的面馆老板——韩栋。

但是照片上的韩栋看起来更年轻，戴着顶高高的厨师帽，衣领镶着金边，脸上还是面无表情，很严肃的样子，站在一家餐厅的门口。苗淼没仔细去看背景，她抬头看了眼大叔，怪不得觉得这个大叔这么眼熟。韩栋就跟这个大叔一样严肃，长得也很像。

苗淼心存戒心，疑惑地问他："没见过啊，你是有什么事吗？"她脸上是装傻的无辜表情。

话音刚落，就听见几步开外的面馆玻璃门被人自内推开，韩栋的声音在说："苗淼，面要冷了。"

话未说完，韩栋就看见苗淼面前的人，愣了一下，撇开了眼，冰冷的脸上，写满了不悦。

大叔也是那副波澜不惊的模样，淡淡地喊了一声："儿子，原来你在这里。"

"……"苗淼瞪大了眼睛，抿着嘴尴尬地扯了个假笑。

方来阳自那晚幡然醒悟搞明白自己的感情之后，第二天就赶往首都去开一个紧急会议。等首都的事情一处理好，之前安排好的出国行程又到了，方来阳只在家里睡了一个晚上，又赶到了英国去见外商。

一直到昨夜，方来阳才风尘仆仆地赶回家。而回家的第一件事，就是就着之前留下的材料，做了之前跟苗淼约定好，但是最终没有送出去的甜品。第二天，方来阳就托陈铎送了过去，而自己要遵从母上大人之命，跨越大半个城市，去第一医院给他天天泡在手术室的兄长，送腊肠。

这件事情原本可以交给陈铎完成的，但是方来阳实在抵不过老太太的特别叮嘱（威胁），只好屈从了。老太太表示，自己会打电话过去查岗的，希望他们兄弟俩可以好好交流感情。

方来阳没法子，只好照办了。

方来光可不高兴方来阳的突然造访。他把腊肠随手塞进柜子里，对方来阳下逐客令："你走吧，我半小时后还要开讨论会。"

"你以为我想来啊？"方来阳没好气地说。

小时候兄弟俩感情很好，自从方来光选择从医之后，方来阳就越来越爱惹方来光生气，使得方来光对方来阳越发没有好脸色看。方来光每次看见方来阳那副冷冰冰的模样，就觉得手心痒，又觉得自己这个弟弟的叛逆期来得过分晚且持久了。

此时此刻，方来阳就手贱似的，翻一下方来光的记录本，又看一下方来光的柜子，被方来光厉声喝道："滚一边去，我还要工作！"

"啧，居然还有人跟我说你还是中国首屈一指的神经外科专家。你这儿怎么没有病人，快失业了吧，需要我救济吗？"方来阳挑衅道。

"我这里，不是门诊！"方来光额头青筋都暴了起来，"没其他事就请你快点滚。"

"中国首屈一指的神经外科专家这么大脾气，医患关系会因你而紧张的。"方来阳挑眉。

方来光拍着桌子吼道："到底谁跟你说什么首屈一指的什么专家的！"方来光终于忍无可忍。

方来阳嘲讽地笑道："你弟妹说的。"

"……"方来光愣住了，摸了把脸让自己冷静一下，生怕自己是幻听，"什么玩意儿？"

"你弟妹说的。"

"你这么讨人厌，会有女孩子喜欢你？"方来光掏了掏耳朵，感觉难以置信。

方来阳脸上是那副生人勿近的高冷模样，但是明显带了得意："我跟你不一样。你又老又穷脾气还差，没女孩子看得上你是正常的。"

"……那姑娘叫什么名字，我得带她去看心理医生。"老光棍方来光感觉自己无法接受这个事实。

方来阳一手撑在桌子上，食指敲了两下："她叫苗淼，似乎以前还是你的病人。"

"你说她叫什么？"方来光愣住了。

“苗淼。”

方来光在纸上写下“苗淼”两个字，问方来阳：“名字是不是这样写的？”

方来阳怔了一下：“对。”

“是不是脸圆圆的，个子也不算高，很可爱很有朝气的一个姑娘，眼睛很有灵气？对了，她……是不是学画画的？”方来光语速急切地问。

方来阳眉头一皱：“你怎么知道？”

“居然是她啊……”方来光喃喃道，叹了口气，“这个世界真是小啊。”

“怎么回事？”方来阳意识到这其中有什么不对劲，问方来光。

方来光长叹一口气，将眼镜摘下，放到一旁，低声开始讲述：“她还在读高中的时候，我见过她……”

晚上七点半，苗淼吃完了晚饭，跛着脚回了公寓。面馆的食客稍微少了点，黄茹茹和郑林天都默不作声，不敢讲话，一个闷头整理餐桌，一个埋头去后厨洗碗。

韩栋坐在正对电视的座位上，阴沉着一张脸，看着电视出神，整间面馆都弥漫着一种山雨欲来风满楼的萧瑟气息。

玻璃门被人从外面拉开，灌进来一阵刺骨的寒风。

韩栋收回神，直起腰背，站起来回头招呼：“你好，请问要吃……”话说到一半，韩栋就不再说下去了，脸色变得更加不虞。

方来阳站在门口，走进面馆之后随手关上门，脸上也是显而易见的不待见，只问：“黄茹茹在吗？”

“哎，在在在。”黄茹茹一直在后厨竖着耳朵听外面的声音，听见有人喊她，急忙擦干手就跑了出来。结果一看是方来阳，呆住了。

“我有话想跟你谈。”方来阳看了她一眼，语气平淡，却带着不容拒绝的气势，说完转身就推开门出去了。

黄茹茹一脸的恐慌，看了眼韩栋，又看了眼门外的方来阳，双手紧张地在围裙上擦着。

“去吧。”韩栋抬起下巴，收回了视线。

黄茹茹点点头，把围裙脱掉，急忙跟了出去。

方来阳靠着自己那辆保时捷站着，双手插在大衣口袋里，微微侧过脸，往公寓楼上的窗户看去。

黄茹茹一打开门，就看到方来阳精致无可挑剔的侧颜，以及修长高大的身形，整个人带着让人不可直视，不敢靠近的气场。黄茹茹紧张地抿着唇，算是明白为什么苗淼会这么喜欢方来阳了。

可是方来阳看起来脾气很不好，只可远观的样子，苗淼怎么之前还跟他相处这么好……黄茹茹摇了摇头，拍拍脸。

“过来。”一听见方来阳冷声发号施令，黄茹茹就身不由己地听从他的指令般，走了过去。

“上车聊。”方来阳打开驾驶座，先上去了。

黄茹茹没坐过豪车，有点紧张，愣了好久。方来阳不耐烦地放下车窗，说道：“不冷啊？”

黄茹茹急忙回过神，坐上车后座——她可不敢跟方来阳面对面讲话。

“苗淼家，住哪间？”方来阳问。

黄茹茹毫无原则地出卖了苗淼：“1801……”

方来阳抬起头，透过车窗，默默地数楼层，又根据记忆里，这栋公寓的房间编号，确定苗淼家的窗户。那扇窗户亮着温暖的黄色灯光，让方来阳的心脏塌陷了一角，像是被融化了一样。

“我今天知道了一件事，”方来阳没来由地突然说道，“关于苗淼的。”

黄茹茹猛地抬起头，有些不知所措，透过后视镜看到方来阳的眉角，紧张得不行。

“我想向你确认一下。”

“……哦……”

下午，在市第一医院的神经外科副主任办公室，方来光叹息着说：“那姑娘，很坚强。”

苗淼看起来胆子很小，性格软趴趴的，做什么事情都很跳脱。跟朋友也是整天笑眯眯的，像个小太阳一样，能够感染身边的每一个人。这也算是天性使然吧。方来阳一直以为，苗淼一直都是家里父母的掌上明珠，从小娇宠到大，才看起来无忧无虑的。

但是，现实却偏偏是反着来的。

“苗淼高中的时候，我第一次见到她，她那时候就在学画画，每天都是很有朝气，很努力的样子。”方来光回忆着他刚在医院转正时候的事情，语气带了点沉重，“我每天去病房巡查，她都会带着一幅练习的画作问我，方医生，这是我今天画的，你觉得怎么样？妈妈会喜欢吗？”

方来阳愣住了。

“她妈妈？”一般送到方来光那里治疗的，都不是什么小病。方来阳心里有些忐忑。

“脑癌。”

“……”方来阳心一沉。

“她的母亲是我转正后，主刀的第一个病人。第一次给她母亲做开颅手术是很成功的，但是化验出来，肿瘤是恶性的，后来又复发，癌细胞扩散，只能是保守治疗了，我已经无法帮得上忙了。换句话说……就是等死。”方来光叹了口气，“我一直都很惋惜，没有帮得上忙。因此对她们印象很深。再加上，她们母女一直都很乐观，一直到她母亲离世，苗淼都没有表现出任何阴暗面的情绪。让我印象最深的就是，她去太平间签字领遗体的时候，眼睛里都带着眼泪，还微笑着邀请我参加葬礼，希望我能去送她母亲。”

方来阳眼眶瞬间就热了。

他几乎能在脑海里勾勒出那时候苗淼的模样——圆圆的小脸，眼睛通红却仍旧亮亮的，硬是逼着自己露出一个友善的微笑，对方来光说：“方医生，您能来送我妈妈一程吗？”

“她父亲呢？”沉默半晌，方来阳哑着嗓子问。

“似乎是在苗淼读初中的时候就出车祸去世了。”方来光惋惜叹道，“真是很苦命的小姑娘，给妈妈治病，家里花光了父亲出车祸获得的赔偿。但是他们一家真的一直很乐观，还一直感谢我来主刀。后来听说她高三那年借宿在舅舅家的，之后就不知道了。总觉得自己对不起她，没有救回她妈妈。”

方来阳难得说了句安慰的话：“至少第一次手术是成功了。”

方来光乜斜了他一眼，看了看时间，起身，拍了拍方来阳的肩膀：“你好好对苗淼，替你哥我赎罪。”

“滚。”方来阳拿胳膊肘怼他，方来光往后一躲，拿起笔记本就离开了。

“记得给我关门。”

晚上，在保时捷车内，方来阳向黄茹茹询问了，关于苗淼的一切。黄茹茹紧张地全盘托出自己所知道的。虽然大部分事情，方来阳都知道了，但是能从另一个角度去了解苗淼，让方来阳充满满足感。

“苗淼从初中就开始画画了，高考后从她舅舅家搬了出来，自己靠接各种活赚钱。她跟我说过，大二暑假，和同学们去乡下给别人画荷塘的宣传壁画，花了整整一个月，皮肤都晒脱皮了，结果村干部们集体失忆，拖欠工资，她和她的同学们气得差点跳荷塘自尽。后来苗淼想了个办法，和同学们趁着深夜，偷偷把壁画给全部洗掉了，然后第二天一大清早就跳上车回学校。”黄茹茹笑说，“你说她这样钱又拿不到，辛苦又白费了，不是更傻吗！”

方来阳勾了勾嘴角，心说，的确更傻，但是的确是苗淼那脑回路能想到的解决方法。方来阳不断地脑补，勾勒着那个时候的苗淼，黑皮、阳光，但是眼睛里仍旧是那带着光的朝气。

一想到各种时期、各种角度的苗淼，方来阳的心就不断地塌陷下去，似乎要沉迷在这种氛围里。一听到苗淼的名字，方来阳冷冰冰的表情就迅速融化，嘴角微微翘起一个微笑的弧度。

“苗淼她真的很厉害啊。”黄茹茹感叹道，“大学一直靠自己赚的钱交学费，拿奖学金买画具，后来毕业了，还存了笔小巨款，租了公寓。我听她说，她大学时画漫画就有点名气了，真牛啊。”

方来阳两年前就开始看苗淼的漫画了，那时候苗淼的漫画才刚刚步入正轨，这么说起来，真的是大学毕业前，她的画就小有名气了。

方来阳：“谢谢你告诉我这些。”

黄茹茹受宠若惊：“没事没事，方先生你很关心苗淼呀。”想了想，黄茹茹犹豫再三问道，“我能问一下吗？方先生，你为什么要问我这些事情？”

方来阳沉默，没回答。

黄茹茹咬了咬牙，最终还是决定把心里话讲出来，替苗淼打抱不平：“方先生，我希望你以后，不要再联系苗淼了。”

方来阳眉头一皱：“为什么？”

“苗淼会很伤心的。”黄茹茹深吸一口气，将话讲完，“苗淼这么喜欢你，但是你已经名草有主了，就不要再来撩苗淼了，这样不道德。”

“……”方来阳像是听到了不可思议的话，怔了半晌，轻轻吐出一个字，“撩？”

“苗淼说，她母亲临终前告诉她，一定要为自己活着，开开心心的，不要为任何事情委曲求全，好好享受人生。所以苗淼一直都很努力地活着，为了让自己能够享受人生，才会努力画画，赚钱去吃各种美食，去养猫。她没有了父母，但是她一直都小心翼翼地经营自己的生活。”黄茹茹自顾自说着，眼眶红了起来，“但是……但是，她为你难过了好久，我替她特别不值。苗淼很少有那么难过的时候。所以，请你不要再出现在她面前了。”

方来阳眸色深沉，眼里闪动着晦暗不明的神色，似乎在深思黄茹茹的话一般，许久没有回答。

黄茹茹话一讲完，一鼓作气的勇气就衰竭了，她心虚地瞥了眼方来阳的后脑勺，嗫嚅：“那什么……没什么事我就走了……”

“谁说，我名草有主了？”方来阳突然问了这么一句。

黄茹茹惊异："苗淼说的……"

方来阳无奈地叹了口气。

"那……那你对……她……"黄茹茹犹犹豫豫地问。

"我会亲口告诉她的。"方来阳回答道，"这句话，我要先告诉她。"

黄茹茹莫名地被他的话给撩得心里小鹿乱撞。

果然帅的人，说什么话都帅。黄茹茹非常果断地抛弃了韩栋阵营，转而支持方来阳。

"那，方先生，请加油，一定要好好对我们苗淼哦。"黄茹茹握着拳鼓劲，"加油！"

方来阳没回话，黄茹茹尴尬地摸了摸鼻子，道了声再见就下了车。

一看时间，居然已经八点多了，方来阳感觉有点饿，干脆下了车，跟在黄茹茹身后，进了面馆。

黄茹茹见方来阳进来了，笑问道："方先生，要吃饭吗？"

方来阳点了点头，环顾四周，意外地发现这家面馆看着小，但是还挺干净的，装潢简单，但很明亮，看着面馆内部，就莫名有了食欲。

韩栋在后厨煮第二天要用的汤底，方来阳看了眼墙上的菜单，低声问黄茹茹："苗淼平时吃什么？"

黄茹茹掰着手指数："什么都吃啊，吃得最多的就是麻辣鸡丝盖饭、大排米线、排骨面、牛肉面啊之类的。"

"麻辣鸡丝？"方来阳找重点。

黄茹茹点头："嗯，苗淼很喜欢吃辣，麻辣鸡丝还要求变态辣的。老板炒鸡丝的时候，每次都是被熏得流眼泪。"

方来阳皱紧了眉头，想到苗淼有胃病还吃这么辣，决定以后一定要苗淼戒辣。

"牛肉面。"

"好的。"

黄茹茹去后厨下单，韩栋一听是方来阳点的，整个眉头都皱成了"川"

字，将不愿意配合写在了脸上。但是方来阳是客人，韩栋再不情愿，也只能秉承自己作为一名厨师的职业操守，尽心尽责地做好一碗牛肉面。

当黄茹茹将牛肉面端到餐桌上的时候，方来阳感觉整个鼻腔都被那股浓郁带着青草味的牛肉香给占据了。整碗面汤底清澈，汤面上漂着一些葱花，如白玉般无瑕剔透的细细的面浸在汤里，吸饱了汤汁。几片青菜盖在面的一角，旁边整齐地码着八片厚牛肉片。

方来阳感觉食指大动，忍不住喉结上下滚动。他先喝了口汤，眼里满是惊艳，太美味了，唇舌间浓香四溢。方来阳放下矜持，开始吃面，迅速地就将一碗不大的牛肉面解决了。

到最后，连一口汤都不剩。

不愧是三味坊的厨神，普普通通一碗牛肉面都做得这么美味，怪不得苗淼整天在直播上夸韩栋是她吃货生涯中最重要的男人。

然而一想到苗淼的胃被韩栋牢牢抓住了，方来阳警戒心又升了起来，将黄茹茹叫过来，结了账之后，轻声对黄茹茹说道："以后，苗苗有什么事，都可以找我。"

黄茹茹点点头，答应了下来。

直到方来阳驱车离开了，黄茹茹才回过神来，刚才……方来阳喊的是……"苗苗"？

等等，他们俩这样双向暗恋，累不累啊！她看着都要累死了！

苗淼的桌子上放着那本速写本，摊开在最令人难以启齿的那一页素描上。

原来的简笔勾勒已经通过打底润色，变成一幅完整精美的素描了。男人的睫毛、唇线，甚至瞳孔里的光，都勾画得精致完美。一笔一画都透露出，画画的人的认真。

苗淼拿戴着笔帽的水笔头，戳着画像上男人的睫毛，同真人一样，纤长浓密。苗淼趴在桌子上，颓丧地叹了口气。

"我居然还真乖乖地画完了。"

小兔跳上了桌子，走到了苗淼脑袋旁，歪着脑袋盯着画上的男人。

苗淼瞥了它一眼，手指轻轻叩了叩桌面："看见没？感觉怎么样？"

小兔打了个喷嚏，舔了舔爪子，然后往苗淼脑袋上爬，被苗淼给拉了下来。

"滚滚滚，我心情差着呢。"苗淼摆摆手，叹气。

苗淼看了看时间，一拍脑袋，要吃晚饭了。苗淼换了衣服，趿着脚下了楼。走到面馆门口，却发现面馆门上挂着块牌子，上面写着"今日暂停营业"。苗淼一头雾水，明明中午还让郑林天送了外卖的。

她见门开着，人都在的样子，就推开了门进去，韩栋人不在，郑林天和黄茹茹垂头丧气，如同蔫儿了的青菜一样，瘫在座位上，整个人趴在桌子上，时不时叹口气。

苗淼疑惑地问："今天不营业？怎么了？"

黄茹茹："唉……"

苗淼看向郑林天，郑林天摇摇头："唉……"

"怎么了你们……老板呢？"苗淼推了推黄茹茹的肩膀，黄茹茹任凭她地动山摇，仍然瘫着。

郑林天指了指后厨："生闷气呢。"

"什么意思？"苗淼皱眉。

"苗淼，"黄茹茹坐起来，示意苗淼坐到她对面，然后语重心长地说道，"感谢这两年你的陪伴，你带给了我许多的快乐，希望你以后的爱情和事业，都能一帆风顺，能够找到属于自己的幸福。"

"……啊？"苗淼一脸黑人问号的表情。

"苗淼姐，"郑林天也坐直身子，严肃地说道，"我们相识一场，自从你搬来这里，我第一次认识一个漫画家，一想到以后我们就要各奔东西了，我能求你一件事吗？"

"……啊？"苗淼半张着嘴巴，莫名其妙地看着他。

"给我画一张漫画好吗？"

"……你们到底怎么了？"苗淼抽着嘴角。

“面馆要关门啦……”黄茹茹吐出一口气，说着，左手撑着下巴，翻了个白眼。

“怎么回事？”

郑林天无奈地解释道：“大前天，喵姐你不是见到一个老头来找师父吗？”

“嗯。”

“那是师父的爸爸，那名头说出来吓死你，我的天哪，我还是第一次知道原来我师父是这么牛的一个大人物，一想到我是我师父的徒弟，妈呀，我也是个大人物了！师父说我天赋高都可以独当一面了，我是不是也是个厉害的人了！”郑林天说着说着，双眼放光。

“喂，你话题漂移了。”苗淼黑着脸打断他。

“哦……抱歉。就是有点激动。”郑林天挠了挠他的小平头，“你听说过三味坊吗？”

“……”苗淼一脸“你智障吗”的表情看着郑林天。

郑林天被她看得一愣，正疑惑不解，黄茹茹在一旁接话：“不要侮辱一个吃货的尊严。”

“哦，抱歉。”郑林天急忙对苗淼道歉，接着说道，“三味坊的现任当家，是我师父的爸爸，我师父，就是三味坊的少当家！你知道吗，师父他超厉害的，特级厨师都不能评价他厨艺的高超了，我师父他全世界什么菜系都拿手，而且味觉嗅觉都超级敏感……”

“停！”苗淼喝止他，“小林啊，你这样介绍故事很容易没朋友的。”

“喵姐你都不惊讶吗？我和茹茹都震惊了好久的。”郑林天奇怪地说着，黄茹茹在一旁点头应和。

苗淼挠了挠头：“呃……有点惊讶吧。”

在郑林天说到三味坊的时候，苗淼就回忆起上次在陆世文化公司大厅里，方来阳对韩栋说的那句“三味的厨神”。方来阳肯定知道韩栋是谁，而方来阳能认识的人肯定来头都不小。苗淼一来二去就反应了过来，韩栋肯定跟三味坊有关系。

原先苗淼以为韩栋可能是三味坊出来的厨师，没想到居然是少当家。

嗯，真的还挺惊讶的。

苗淼问："这不是好事吗，为什么还要唉声叹气的？名头打出去，你们面馆不得并入三味坊，开连锁店，挂牌上市，当上高管，迎娶白富美走向人生巅峰啊。"

黄茹茹鄙视地看着她："你做梦吧。"

"师父是离家出走的。"郑林天说道，"躲在这犄角旮旯里开家面馆，够委屈师父了。师父的父亲找到他是想带他回去，威胁他，如果不回去，就要逼我们店关门。师父昨天什么话都没说，也不答应回去。结果今天大早上的就有工商部门的人上门来检查，说我们店被举报，食材有问题。"

"啊？"

黄茹茹接嘴道："你知道说我们什么吗！说老板为了吸引客源，在汤里放罂粟壳！现在我们要停业整顿，等待检查结果。这么一闹，就算证明了清白生意也做不下去了。"

苗淼愣了一下，问："那……放的是什么呀？"

黄茹茹狠狠白了她一眼，郑林天在一旁气急败坏地吼道："我们什么都没加！我们连草果都没加过！"

苗淼急忙安抚："开个玩笑嘛，消消气。"

"茹茹你回学校吧。"韩栋突然从后厨走出来，对黄茹茹说。

黄茹茹一怔，抬头看向韩栋。韩栋瞥开眼，让郑林天去后厨整理一下食材，将自己身上的厨师行头都摘了下来。

"对了，这个月的工资还没跟你结算，我给你整个月的。你现在一天基本都有四个小时能……"韩栋从柜台拿出一个计算器来，一边说着一边摁着计算器。

黄茹茹打断了他的话，脸上涨得通红，她噘着嘴有些生气："老板，你是要赶我走吗？"

韩栋眨眨眼："店要关门了。"

"……"黄茹茹瞪着眼，感觉自己被老板背叛了一样，心情非常糟糕，眼里顿时含满了泪。

苗淼也睁圆了眼睛，可惜地叹道："不要关门啦……"

黄茹茹哽咽着说："检查结果又没出来，我们店里也没找到真正的罂粟壳，为什么就觉得一定会关门啦？"

苗淼在一旁惋惜地说道："我没饭吃了啦……"

"而且！"黄茹茹抽抽鼻子，"不是最开始就说好让我在这里打工到毕业的吗！"

苗淼撇着嘴哭诉道："我会饿死的啦……"

"你闭嘴啦苗淼！"黄茹茹被苗淼逗笑了，拍了苗淼肩膀一下。

韩栋愣住了，看着面前的两个小姑娘，有些无奈，又感觉心里暖烘烘的，一时间说不出话来。

苗淼吃痛地摸了摸肩膀，抬头问韩栋："老板你自己愿意关掉这家店吗？"

韩栋没有犹豫，摇了摇头。

"喜欢这里吗？"苗淼问他。

韩栋点点头："像家一样。"

"那就不要因为外因就离开自己的家啊。"苗淼笑道，"如果是不可抗因素，而失去家，那实在是没有办法的事情。可是这并不是不可抗的因素，好不容易为自己打拼出了一个家，就不要轻易说放弃。而且……我真的会饿死的。"

韩栋被苗淼的执念给逗得勾了勾嘴角："但是，以后会有接二连三的麻烦，也会影响到你们的生活……"

"老板你愿意回三味坊吗？"苗淼歪头问，"三味坊那么厉害，回去继承不好吗，明明可以是人生赢家，为什么要躲在这么一个小地方？"

黄茹茹拉了拉苗淼的袖子，苗淼无动于衷。

韩栋叹气说道："我的经营理念跟三味坊不符。父亲一辈子都致力于打造一家属于三味坊的米其林三星餐厅，但是我只想能够最接地气地与食客面对面接触，感受他们对食物的向往。这里可以实现我的梦想。”

“那就在这里坚持下去，做给他们看。”苗淼肃着脸，说道，“让他们都看看，你在想什么，你内心的坚定，以及——像我这样没有钱的食客最需要的是什么。”

三味坊是苗淼梦寐以求想去吃一顿的店。全国各地的连锁店，一溜的全是高大上的餐厅，无论中西餐厅，都要人均一千多，隔壁市的米其林二星的三味西餐厅，更是预约排到了半年后，不是苗淼这种普通人吃得起的。

“让人感到最幸福的，难道不是近在咫尺又吃得起的美味吗？”苗淼的眼里闪动着真挚的光芒，拍着桌子站起来对韩栋说教道，“当一个人饥肠辘辘饿到连猫粮都吃得下的时候，下楼转角就吃得起的，一碗不过十八元，但是物美价廉，味道又不输给大餐厅的牛肉面，难道不是人间极致的美味吗？！”

郑林天从后厨走出来，正巧听到这段话，跟黄茹茹和韩栋同样抽了抽嘴角，在心里默默地说：原来你吃过猫粮啊……

“啪啪啪——”一阵鼓掌声从店门口传来，苗淼看向大门，发现方来阳居然站在门口，眼里带着笑意看着自己。

“说得不错。”

众人看向他，都没发现他什么时候来的。

苗淼尴尬地挠着脑袋：“你……什么时候来的？”

“从‘吃猫粮’开始。”方来阳调侃道，看着店内冷清的气氛，问韩栋，“今天停业？”

韩栋点点头，并不是很愿意跟方来阳多说话。

“刚才的演讲真不错。”方来阳夸奖苗淼。

苗淼尴尬死了，垂着脑袋转移话题：“你来这里做什么？”

方来阳才不想告诉苗淼自己也很嘴馋韩栋的手艺。

“来拿东西，顺便吃晚饭。”

“拿……什么东西？”

方来阳：“你确定要我现在说？”

苗淼一愣，瞬间反应过来方来阳是来做什么的，顿时脸通红，末了也不知道自己为什么要脸红，明明其他人根本不知道什么情况嘛。

黄茹茹看着两人之间暧昧的气氛，乐见其成，又看了眼站在柜台旁脸色并不好的韩栋，默默地为韩栋哀伤。她真的不是故意反水的。

“对了，老板，反正没有客人了，要不我们炒一大桌菜，一起坐下来吃吧？”黄茹茹提议道，“我们店投喂苗淼两年了，都没有大家一起坐下来一边吃饭一边聊过天呢。”

苗淼带头响应，鼓掌：“好好好，我可以点菜吗？”

郑林天从后厨跑过来，正了正厨师帽：“师父，我……我可以烧一部分菜吗？！考验考验我！”

韩栋点了点头，拿起放在柜台上的厨师帽戴到头上，然后开始穿厨师服。

方来阳问道：“我能参与吗？”

苗淼还有点犹豫，黄茹茹忙点头：“见者有份！见者有份！”

这一顿晚饭，苗淼吃到了这辈子以来，除了妈妈做的饭之外，最美味的一顿。有喜欢的男人坐在身旁，有喜欢的闺蜜在身边，和她喜欢的两个厨师朋友，一起围着一张普普通通的小餐桌，就着六个菜和一钵牛肉锅，一边谈笑，一边抢菜。

热闹的性格，在孤独了太久之后，太容易被温暖感染。

面馆暖色调的灯光下，在牛肉锅冒出来的雾气中，苗淼微微侧过脸，用眼神描绘方来阳的侧脸。她还是没画成功啊，方来阳的睫毛明明还要更长一点。她看到方来阳嘴角带着的弧度，忍不住低下头，抿嘴笑了。

这一瞬间，她错过了韩栋若有所思的眼神，和方来阳回过头来看向她的——带着暖意的笑脸。

这分明是爱人的微笑。

• Chapter 10

多谢款待

五人吃完了晚饭之后，趁着兴致还在，方来阳干脆将车上的甜品拿出来给大家当饭后甜点吃。这原本是方来阳想送给苗淼的。

一大袋的甜品，都是方来阳忙里偷闲做的，挑了最好看的成品，一行人看到之后都惊叹甜品的精致，特别是黄茹茹和郑林天，马上开始疯抢。这中间还有一个彩虹蛋糕，方来阳拿刀切开来之后，侧面的分层看起来十分漂亮，苗淼看到这儿，忍不住又羡慕又嫉妒，叹道："烘焙的人，手艺真好啊。"

方来阳点点头，脸不红心不跳地自夸："我也觉得。"

苗淼的心"咯噔"一下，又觉得被酸涩狠烈地撞击了一下。

韩栋不怎么吃甜食，但是也觉得这手艺确实不错，郑林天跟黄茹茹已经开始争抢起一个木糠杯来。

苗淼不好意思地说道："你怎么带了这么多吃的？"

"一物换一物。"方来阳如是说。

"……"苗淼耳根子立刻红了。

韩栋盯着方来阳的眼睛，略有所思。

韩栋心想，苗淼是真的很迟钝，方来阳看她这眼神，恨不得要把小姑娘抱回家藏起来了，苗淼居然还觉得自己失恋了。

他一想到这里，又觉得懊恼万分。为什么那时候就没在楼道里把话说开了？

现在这样骑虎难下，很麻烦的。他这木头脑子。

韩栋在一旁暗自恼火着，郑林天失利木糠杯，垂头丧气，他忽然想到一件事，问苗淼："喵姐，你春节怎么过呀？"

"对哦。"黄茹茹一拍脑袋，咬着勺子问道，"马上就要元旦了，今年过年特别早，元旦一过立刻就要过春节了，好像就一月底的事情了。淼淼，要不要去我家过年呀？我爸妈可喜欢你了。"苗淼特别讨长辈们的喜欢，黄茹茹的父母也喜欢她。

苗淼犹豫了一下，还是摇摇头拒绝了："不用了吧，我跟小兔在家过就好啦。"

之前黄茹茹也与方来阳聊过这件事情。因为苗淼跟舅舅家感情不算亲厚，甚至还有点小尴尬，苗淼读大学之后，就搬出了舅舅家，从那之后跟他们家也没有什么来往了。大学毕业后，苗淼不依靠学校助学金也能独立赚钱生活后，更是极少与舅舅一家联络了。

而苗淼也没有其他亲人，每回过年都是一个人孤苦伶仃，怪可怜的。毕业之后搬到了这里，黄茹茹家在浮城管辖的县级市，要回家过年，而郑林天家就在浮城，韩栋就跟去郑林天家，享受郑林天家皇帝般的热情接待。至于苗淼，就待在公寓里抱着只不会讲话的猫，一起看春晚，吃KFC的全家桶配青岛啤酒。

如此两年之后，连郑林天这家境殷实没心没肺的熊孩子都觉得心疼了，今年不止一次地问韩栋要不要在面馆吃年夜饭把苗淼喊下来一块吃。

这会儿，方来阳听到苗淼本人这样轻描淡写地说着，对旁人来讲，觉得异常可怜的情景。一想到那幅画面，方来阳就觉得心尖尖疼。

他知道苗淼喜欢这群朋友，便提议道："你们接不接年夜饭的单子？"

韩栋一愣，看向方来阳，明白了他的意思。虽然面馆以后可能朝不保夕了，韩栋却仍旧是点了点头：“接。”

“那，准备一桌八人份的年夜饭套餐吧。”方来阳说道，“按三味坊的标准来，价钱只多不少。”

“……”韩栋很想把狮子大开口的方来阳脑袋给摁到牛肉锅里去。

“苗淼，到时候顺便下来一起吃年夜饭吧？跟我家人一起。”方来阳邀请苗淼。

“啊……那怎么好意思，你们这么多人……我……”苗淼有些慌。

“一半是你的朋友。”方来阳说道，指了指韩栋他们，“他们要守店，大家就一块儿吃饭，加上你，四个人。我家连我也就四个人。”

苗淼扭头看向黄茹茹。

黄茹茹：“……”喂！什么时候把她也算上了啊？她要回家过年的哎！

“三倍工资，佛跳墙。”韩栋突然说道。

“……OK。”为了钱和三味坊绝顶美味的佛跳墙！黄茹茹拼了！

方来阳嘴角扯出微笑的弧度，那是苗淼最喜欢的觉得最好看的弧度，他邀请着苗淼：“跟我一起过年吧，苗淼？带上小兔。”

苗淼张了张嘴，感觉眼眶有些湿润，她吸了吸鼻子，笑着点点头：“好。”

黄茹茹扭头看了眼韩栋，为他默哀。

段位差太多了，我的老板。黄茹茹替韩栋悲哀，心想，希望老板认清现实，不要在一棵歪脖子树上吊死。

像是参加了一场久别重逢的家宴一样，主客尽欢。苗淼和黄茹茹这两位未参与后厨工作的人，就挽起袖子打算收拾碗筷，方来阳拦住了苗淼。

“你休息吧，腿还没好。”方来阳说着，自行开始收拾起残局。

苗淼红着脸，点了点头。黄茹茹就纳闷了，方来阳这种衣来伸手饭来张口的大少爷真的会做家务吗？但是事实证明，方来阳只是个爹不疼娘不爱的二少爷。

“别看我这样，我在家里都是负责整理残局的人。”方来阳低头一边擦碗一边说道。

黄茹茹问："没有保姆吗？"

"有，但是难得的家宴，都给他们放假回家了。就一家人一起聚着吃饭。"方来阳说着，咬牙切齿地想，真正四体不勤的大少爷是他哥方来光才对。

那个家伙，以自己是外科医生，不能伤手为由，既不做饭又不洗碗。因此每次负责收拾残局的都是他跟方老爷子两人。

活该一辈子老光棍。

整理完残局，苗淼顺便把最后剩下的水果千层也扒拉光了，咂吧了一下嘴，回味着嘴里那股绵长醇厚的奶油甜味，感叹道："我的第二个胃终于满了。"

三个大男人看向黄茹茹请求解释。

"女人有两个胃，一个用来吃饭，一个用来吃甜品。"说着，黄茹茹摸了摸自己的肚子，"我只有一个，苗淼应该有四个胃。"

"你以为我的胃是葡萄串啊？"苗淼在一旁吐槽。

看看墙壁上挂着的时钟，到点该回家给小兔投喂点心了，方来阳要跟着苗淼上楼。一出面馆，苗淼就扭捏了。

"要不，你在这里等着……我拿下来给你。"

方来阳挑眉："这么不热情好客。"

"可是……不就是一幅素描嘛……"苗淼急得想跺脚，奈何脚伤未愈。

方来阳："这是你第一次给我画画。"

"……"苗淼不知道方来阳是不是真的知道自己的小心思了，忐忑得不行。但是她也知道执拗不过方来阳，只好一瘸一拐地带着方来阳上楼。

电梯里的空气从来没有这么燥热过，在这么狭小的空间里跟方来阳独处，苗淼浑身都觉得无所适从，好像做什么动作都不对劲一样，只好眼观鼻鼻观心地发呆。

方来阳却先开口问道：“刚才吃饭的时候，也听了点大概意思，韩栋是遇到什么事情了吗？”

一旦有了个话题，苗淼就松了口气，她点点头，把知道的情况简略说了一下。

方来阳沉思着不说话，直到两人站在苗淼的家门口。

1801，方来阳看着这个门牌号，又亲切又陌生。苗淼公寓的门跟别的房间没差，方来阳却自带滤镜地觉得这是这栋大楼里最漂亮干净的防盗门。

苗淼打开门，门内立刻传出来一声猫叫，一只漂亮的灰色美国短毛猫快速走到玄关，绕着苗淼的小腿打转，尾巴缠上苗淼的脚踝。苗淼换上拖鞋，从鞋柜里找出一双大号的棉拖鞋放到方来阳脚边，示意他换上。

“小兔，要不要吃鱼饼干呀？”陈铎之前送来的鱼饼干还有很多，小兔很喜欢鱼饼干，三番两次偷吃。苗淼每天也只敢喂一两根给小兔尝尝，不然容易上火。

方来阳换上拖鞋，关上门。小兔发现来了陌生人，绕着方来阳小腿转了好久，最后身子蹭着方来阳小腿留下自己的气味标记，尾巴绕着他脚踝转了一会儿，跳上鞋柜审视着方来阳。

“它挺喜欢你的。”苗淼回头看他，伸手摸了摸小兔的背。

方来阳点点头，四下打量这间不大的双层小公寓。上下两层加起来不过九十平方米的空间，但是可以看出主人花了很多的心思，精心打造自己的小家。合理的布局，空间利用率很高，采光也很好，住起来让人感觉舒服温馨。

汇都公寓是方来阳做的第一个房地产项目，由于采光好，布局合理，空间也大，更重要的是价格便宜，虽然地段较为偏僻，但还是很受年轻人喜欢，因此销量极好，入住率也高。苗淼的眼光很不错。

公寓进门处就是餐厅，不大，但是很干净。餐厅一侧是楼梯，楼梯底下的空间被苗淼设计成了摆杂物的地方，还挂了不少植物。中间柜子上还放着一只空鱼缸，里面塞了不少杂物。

苗淼见方来阳盯着那鱼缸瞧，解释道：“原来养过金鱼的，被小兔玩死了，就闲置了。”

“可以种水生植物。”方来阳随口说道。苗淼一听，认真地开始思考起这个建议来。

苗淼家一楼是客厅，二楼是书房和卧室。由于书房很乱，苗淼不好意思让方来阳上楼，而是请方来阳等着，自己上楼去拿。

方来阳就坐在沙发上，跟蹲在茶几上的小兔，面面相觑。

小兔对新到来的访客很好奇，圆溜溜的大眼睛一瞬不瞬地紧紧盯着方来阳不放。猫是没有表情的，而方来阳也少有表情，两张严肃的脸相对着，眼里皆带着打量之意，双方都不见得有多友好。

末了，方来阳出声了：“喵——”

“？？？”小兔歪着脑袋，眼里满是问号。

苗淼拿着速写本正巧要下楼，就听见方来阳低沉的嗓音憋出的这一声努力提高音调的“喵”，差点没摔下楼。怕伤了方来阳的自尊，苗淼只得装作什么都没听见，憋着笑慢慢下楼。

然而直到坐到沙发上，看到小兔更加虎视眈眈地盯着方来阳的表情，她实在忍不住破功了，“扑哧”一声，笑倒在沙发上。

“哈哈哈，方来阳，你喵得好性感啊！”

方来阳脸皮很厚，反问道：“喜欢吗？”

“嗝——”苗淼被问得打了个笑嗝。

“愿不愿意多养只猫？”

“嗝——”苗淼打嗝打得浑身一震，瞪大了眼睛看他。

方来阳被她逗笑了，一向表情不多的脸上，露出一个好看的笑容。苗淼看得出了神，然后又打了个响亮的“嗝”。

方来阳无奈地拍拍她的脑袋：“需不需要帮你停止打嗝。”

苗淼止不住地打嗝，感觉丢脸极了，红着脸点头。眼睛瞥见小兔端坐在茶几上，随着她打嗝同时点头。

方来阳从苗淼手边拿过速写本，翻开来看苗淼画的自己。

苗淼打着嗝，紧张地瞅着他的侧脸，像个交作业的小学生一样，生怕方来阳不满意，她已经破罐子破摔了，苗淼不明白方来阳对自己是什么心思，但是她知道，自己那点少女情怀，方来阳一定知道了，不然不会开这种玩笑。

哎哟，好气。

方来阳耳边时不时就听见“嗝”的一声，连带着坐着的沙发垫也震了震，偶尔还会听见小兔疑惑地“喵”一声。

“可以的话，我帮你裁下来带回去吧，嗝。”苗淼说道，“需要签名吗？”

方来阳点点头：“签鸡丝猫。”

苗淼拉开茶几下面的格子，翻找签字笔。

“签这里咯。”苗淼打了个嗝，指着右下角空白的地方。

方来阳点头，苗淼埋头龙飞凤舞地写下自己练了两千零五十遍的签名，在最后苗淼要在末尾画上 Q 版猫咪简笔画的时候，她听见方来阳突然低声喊她的名字。

“苗苗。”

苗淼抬头，手上没停：“嗝，嗯？！”

眼前是一张突然放大的俊颜，苗淼感觉眼旁被方来阳的睫毛蹭到了，痒痒的，一直痒到心里。

唇上传来柔软的触感，两瓣唇紧紧相贴着，温热的，温柔的，稍纵即逝如蜻蜓点水般，让苗淼不禁睁大了眼睛，忘记了打嗝，手渐渐松开了签字笔。

签字笔掉落在地毯上，速写本右下角留下一个畸形的Q版鸡丝猫头像。

方来阳离开苗淼的唇，两人拉开了一点距离，等苗淼能够重新看清方来阳整张脸的时候，才后知后觉，心脏开始猛烈地跳动起来，绯红与燥热，一点一点从尾椎顺着脊梁骨，蔓延上脖颈，然后一直红到了耳根。

“你看，不打嗝了。”方来阳微笑道，舌尖舔了舔嘴角，那里刚才沾上了苗淼的透明润唇膏，带着草莓的甜味，回味无穷。

苗淼看着他的动作，感觉整个脑袋都炸蒙了。

但是一被他提醒，她肩膀又是一抖：“嗝。”

苗淼：“……”

方来阳：“……”

“药效比较慢，那再来一次吧。”方来阳说着，又挨近苗淼，一手撑在沙发靠背上，另一手托住苗淼的腰，作势低下头去。

苗淼把一直脑补的“方来阳那甜品做得很好的未婚妻”抛到了脑后，此时大脑一片空白，只傻愣愣地盯着方来阳的脸离自己越来越近，打嗝什么的早就不药而愈了。

“喵。”小兔突然跃上苗淼的大腿，挤到两人中间，整个身子立起来，前爪挡住方来阳进攻的嘴唇。

“……”方来阳伸手抓住小兔的两只前爪，面色不悦，低头黑着脸跟小兔对视。

小兔晃着尾巴，看起来很紧张。

苗淼急忙把小兔抱进怀里，说道：“不准欺负它。”

“没欺负。”方来阳哭笑不得，柔声说道，“就是想跟它交流一下，它是什么意思。”

苗淼嘟囔着：“神经病，物种都不同怎么交流。”完全忘了自己经常跟小兔对话。

苗淼摸了摸小兔的脑袋，放开它，它立刻从苗淼怀里跳出来，跑二楼去了。

速写本不知道什么时候摔到了地毯上，苗淼还没发现，方来阳已经将它捡起来，掸了掸灰尘，看到右下角歪了嘴，胡子长出画纸的猫，忍不住勾了勾嘴角。

苗淼站起来，盘腿坐到了靠阳台，远离方来阳的单人沙发上，双手抱着抱枕，半张脸埋在抱枕里，只露出一双圆溜溜的，跟小兔的眼神像极了的眼睛，心怀戒备地审视方来阳。方来阳将速写本放到茶几上，跷起二郎腿，跟坐在自己办公室的老板椅上一样，好整以暇地接受她的打量。

“我的脑残土豪粉，方来阳先生，”苗淼认真严肃地给他加了个前缀，“你刚才为什么要……那样……”原本还想义正词严地问他为什么要非礼自己，话一问出口，鼓足的勇气就全消退了。

“我在追求你，苗淼。”方来阳的声音里带着笑意，与平时对别人讲话，并不是很友好的漠然语气不同，现在带着能够消融冰川的暖意。

苗淼指了指厨房：“那……那个呢……”意指放在厨房里的甜品。

“嗯？”

“就……那个，会做蛋糕的、亲密的朋友……什么的……”苗淼绞着抱枕的穗，含糊地问道，“分……分手了啊？”

方来阳奇怪地问：“我为什么要跟自己分手？”

“咦？”苗淼一头雾水。

方来阳解释道：“从始至终，都是我一个人做的甜点，没有什么朋友。”

“那你为什么还要骗我……”

“就跟你现在想的一样。”方来阳说道，“你信吗？”

“……”苗淼看着颀长贵气的方来阳，难以想象签个字分分钟几百万大生意的他，拿着搅拌器打发奶油的模样，更别提他还要冷着张脸，严肃认真地拿巧克力酱在蛋糕上画出一只歪歪扭扭的猫咪的样子了。

还真的不敢相信。

苗淼觉得自己忍不住又要打笑嗝了。

“你……没有对象啊？”苗淼小心翼翼地问。

“可能有。”

“……”

方来阳对苗淼招了招手，见苗淼有些闹脾气，于是说道：“我在招呼我追求的对象过来呢。”

“……”苗淼的耳根子比煮熟的皮皮虾都要红了。

苗淼害羞了，对方来阳下逐客令："你早点回家吧。"

"用完就赶？"

用什么了啊！

苗淼没想好要怎么面对方来阳，脸埋在抱枕里，又偷偷露出眼睛暗中观察方来阳。方来阳走到她面前，抽走抱枕，双手撑在沙发背上，弯下腰，低下头，吻住苗淼的唇。

苗淼难为情地闭上了眼睛，感觉方来阳似乎在自己的心脏里挖啊挠啊的，翻腾着。温柔的吻，温暖的双唇，轻轻地攫取。

一如方来阳外冷内热的性格，他的一举一动，并非刚刚好让人舒适得过于习惯而遗忘他的存在。而是将将满一点来，让人难以察觉又无法视而不见，然后，满出来的那一点，日积月累，渐渐就溢满苗淼的整颗心脏。

真好。

苗淼心想，世界上还有个人，能与自己如此亲密，真好。还送了她一辆车，这件事情以后一定要好好探讨一下，方来阳这价值观太不普世了啊。

方来阳说："多谢款待，那我走了。"

苗淼顿时有些舍不得了，就是两个人大眼瞪小眼也很有意思啊，但是是她先下的逐客令，只好摆摆手："走吧走吧。"

"苗苗，你想韩栋的店一直开下去吗？"方来阳半蹲下来，将苗淼鬓角的碎发别到耳后，低声问。

苗淼点点头："面馆倒了，我会饿死的。"

"好吧。"方来阳无奈地叹气，"虽然我不知道是不是真的有用，但我可以让我爸去跟他父亲聊聊天。"

苗淼瞪圆了眼睛。

"他们俩是棋友，"方来阳补充道，"五子棋。"

"扑哧——"

"下棋水平那么臭的还号称棋痴的不多，他们俩也是惺惺相惜了。"方来阳捏着苗淼的鼻子，提醒她，"如果有用的话，记得给我记个大功。"

苗淼猛点头。

方来阳其实挺羡慕韩栋的，自己算是坚持理想失败的典型，方来光当了医生之后，他不得不肩负起家族的责任来，把原先自己的理想给抛到了脑后。顺便一提，方来阳原先的理想是当个西点师——这个理想，当然全家人都不同意。

而韩栋，也不过是经营理念跟家族不同而已，但是能够有勇气离家出走，自己从头打拼，很值得尊敬了。他能帮忙的，也不过是让父辈去游说游说，转变个观念的事情，比方来阳当初面对的抉择轻松得多。

当然，方来阳相信，自己如果不帮忙的话，韩栋的面馆撑不过一个月就得倒闭了。比工商部门检查更可怕的是流言蜚语，这对一家餐饮店的打击是致命的。

韩栋真是幸运，有苗淼这样一个头号粉丝食客，而苗淼又有自己这样一个头号脑残土豪粉，虽然方来阳并不认为自己脑残，但是苗淼既然这么说自己了，那就算是吧。

方来阳回家的一路上，心情都很好，连带看到在他家里搜刮蛋糕吃的母亲大人，也难得地露出了一张灿烂的笑脸。

“妈，你来了。”

方妈妈手一抖，蛋糕差点掉到地毯上：“儿子你怎么了？”

“没什么。”方来阳指了指冰箱，“还有 DIY 的草莓酸奶，记得搭配着喝。”

自从方来阳读大学之后，就再也没有这么善解人意，可爱温柔过了，方妈妈吓得不敢说话。

“过会儿要回家了跟我说一声，我送你回去，我先去洗个澡。”方来阳说道。

“儿……儿子……你到底怎么了啊？”方妈妈颤抖着声音。

“没什么。”方来阳回头对她说，“哦，对了，妈，我有对象了。”

“……”方妈妈咽了下口水，紧张得嗓子冒烟，“男的女的？”千万别是男的，方妈妈在心里祈祷。

“跟猫咪一样可爱的小女孩。”方来阳脸上没什么表情，但是看起来容光焕发。

方妈妈：“成……年了吧？”自己俩儿子一直都是不近女色的，公司绯闻满天飞的，但是没有一条是真的，她总害怕他们有什么隐疾。

方来阳难得好脾气地回答：“24了。”

“好,好,好！”方妈妈高兴极了,然后将蛋糕一口塞到嘴里,“乖儿子！妈不要你送了，我自己打叭叭回家！”

次日，之前来检查的工商部门的人就来面馆登门道歉了，并在官方渠道发表了通报，告知民众，面馆没有使用违禁食材，是有人恶意举报。

苗淼不知道是不是方来阳在这中间操作了什么，但是有这个好结果，苗淼也替韩栋高兴。

韩栋还是担忧：“我爸估计还会有其他花招。”

要儿子回家，需要演这么多戏吗？苗淼很费解，不知道是不是自己没爹没妈的缘故，因此不能理解他们相爱相杀的深情。

韩栋想得没有错，三味坊的老当家的确没有放弃让韩栋回家，中间接二连三地派人假装食客上门闹事，一会儿说面里有蟑螂，一会儿说汤底像刷锅水,苗淼一天就来面馆两次,都遇到了两次这样的事情,可见概率之高。

韩栋不喜欢诉苦，也不乐意将愁苦摆在脸上，还不允许郑林天也这样，但是劝黄茹茹不再兼职却再没有提过。

黄茹茹对苗淼说：“老板答应我会将面馆撑到我毕业不能再来兼职那天。”

苗淼安慰她：“没准过几天就有转机了呢。”

黄茹茹摇摇头，没去考虑这个转机，而是语重心长地劝苗淼：“淼淼，你要在剩下的这一年半的时间里，嫁出去搬出公寓啊。”

“……为什么？”苗淼不理解。

“不然一年半之后，你还住在这里，面馆没了，你不是说你要饿死了。”

苗淼：“……瞧你这乌鸦嘴。”

“真的，苗淼。你跟方土豪怎么样了啊？”黄茹茹私底下都会叫方来阳为方土豪，没办法，方来阳一掷千金送小网红法拉利的事迹造成的刻板效应太深了。

而且这两个月，这件事情持续发酵，居然被人编辑成了一个段子，在微博上的转发都有两万多了。

一说到方来阳，苗淼就有些羞涩地嗫嚅：“就……那样……”

“哪样啦？”黄茹茹八卦地追问。

哪样？

她自己还真不知道是怎么样。自从那天两人接吻了之后，苗淼因为害羞，不敢主动联系方来阳，而方来阳居然一连四五天都没再联系过苗淼。苗淼等待着等待着，从羞涩到期待，直到彷徨。有没有可能是她会错意了？

也对，方来阳也没跟她说“喜欢她”嘛。况且，她也没答应跟他交往。

“就还是原来那样子。”关系没变，还是朋友。苗淼自己这样认为。

黄茹茹愣了好久，百思不得其解。不应该啊，方土豪那天从公寓下来的时候，黄茹茹趴门口看他，感觉他整个人步姿都快飘起来了，明显心情好得不行呢。难道方来阳也跟韩栋一样是榆木脑袋？

苗淼没理会黄茹茹，一边吃面，一边腾出只手刷微博。最近有个画漫画的段子手，将土豪送苗淼法拉利，然后被她要求换成了大众，拿去当网约车座驾的故事，以漫画加文字叙述的方式改编成了长微博，现在在网上疯传。鸡丝猫的微博粉丝一下子猛涨了十万。

太多人骚扰围观“故事主人”，让苗淼不胜其扰，她发了说明性的微博，解释自己现在的情况，大意就是，在现实中跟送车子的粉丝也面基了，成了朋友，正在努力攒钱还车钱，多谢大家关心。

然而这次，一阳来复没有抢到沙发，甚至都没有评论。

苗淼觉得很奇怪，也有些担忧。

庆幸的是，没有人知道，送车子的就是一阳来复，不然方来阳的微博小号都要被大家轮番骚扰个遍。

苗淼刷着微博，许凌云突然私信她：“苗淼，快看我转发的那条微博，我马上就要删掉了，快点看。”

苗淼一愣，听话地去看她刚转发的微博，许凌云发的评价是：“传播谣言的人，人心可诛。”苗淼一看那条长微博的标题，脸色瞬间变得煞白。

那个题为《写给鸡丝猫大大》的长微博，转发已经有七千多条了。

这绝对不是什么好标题，苗淼看过不少扒黑料的帖子，大部分都是这种标题开头的，苗淼屏住呼吸，几乎是颤着手指，点开长微博来看。

黄茹茹跑去给别人结账了，没有看到苗淼的情况。苗淼感觉喉咙发干，喝了口汤，强迫自己去看微博。

“Po主只是个小号，知道内情的小号，所以不要在意我是谁。今天我要八一八我们最近红遍半边天的鸡丝猫大大。我要告诉大家，这件事情，从头到尾，都是鸡丝猫大大和包养她的土豪的一次炒作！为了她新上市的的漫画做推广营销。众所周知，鸡丝猫大大的漫画一直都半温不火的状态，好不容易靠直播画漫画稍微有点人气了，但仍旧称不上一线漫画家……”

看到这个开头，苗淼就看不下去了，将微博关掉了。

许凌云发了信息过来问她：“看了？”

苗淼没有立刻回答她，而是捧起碗，大口大口地吸溜着面，然后一口气将汤喝光，几乎是狼吞虎咽的，毫不顾及形象。到最后那一口汤，她差点呛到喷出来，难受得眼泪都掉出来了，她剧烈地咳嗽着。

黄茹茹跑过来，轻抚她的后背顺气：“怎么了？吃这么急。”

苗淼摇摇头，擦了擦眼泪：“想起来有篇稿子今天截稿，我赶着回家。”

黄茹茹疑惑地看着苗淼拿手机买单，然后埋着头就离开了面馆。黄茹茹看见苗淼的围巾还留在座位上，急忙捡起来追出去。

“苗淼，你围巾……”刚拐过一个弯，黄茹茹就看见苗淼蹲在角落里，脸埋在胳膊里，肩膀一抽一抽的。

“苗淼……怎么了？”黄茹茹担忧地走到她身旁蹲下来，将围巾披在她肩膀上，轻拍她的肩膀。

苗淼抬起头，摇了摇，脸上干净得很，除了眼眶有点红，竟然没有黄茹茹想象中的涕泗横流，显得意外地平静。

“吓死我了，我还以为你哭了。”黄茹茹松了口气。

苗淼站起来，把围巾在脖子上绕了一圈：“没事，就是觉得有点冷，我上楼啦，拜拜。”

背对着黄茹茹，苗淼回了信息给许凌云：“嗯。”

许凌云回复很快：“苗淼，因为这件事，领导决定先暂缓漫画的上市，过阵子等风波过去先……抱歉，我争取了，希望你能理解。”

苗淼盯着手机，瞳孔微微一缩，脸上的表情却平淡得很。

“理解。”她回复。

苗淼回了家，心情竟然意外地平静。会出现这种抹黑她的帖子，其实早在她预料之中了，她早就做好了心理准备。令她没想到的是，那条长微博里居然说得有理有据，有板有眼的，仿佛写微博的人，真的就是她的朋友一样。什么土豪是浮城某位地产商大佬，年近50岁，跟苗淼的地下情在两年前就开始了。苗淼住的公寓就是土豪买来送给苗淼的，还说苗淼早就开着法拉利满世界闯红灯了，什么网约车都是炒作，都被土豪包养了，哪里需要开车赚外块。

苗淼又气又好笑，方来阳居然变成50岁的老头了。

真正让她难过的，其实是评论。大多不明真相的围观群众，都只是轻描淡写的“卧槽，这么恶心”“我就知道是炒作”“卖本漫画至于这么炒作吗”之类的评价。

但是苗淼还是一眼发现了一些粉丝，带着失望的语气转发。

“对猫猫失望了。”

“没想到真相是这样的。”

“取关。”

……

平时工作中，最让苗淼觉得有意义的就是跟粉丝们对话，去看他们的想法和故事，然后画进漫画里，以求能够得到大家的共鸣。她一直以为自己和粉丝之间的感情很好，但是通过这件事情，她却发觉自己果然是太天真了。

人心总是偏阴暗的，大家似乎更加乐意去相信谣言、去相信负能量。

大概是正能量坚持下来太累了吧。苗淼心想。

来她微博底下谩骂、发泄负能量的键盘侠越来越多，苗淼明明知道这跟真实的自己都无关，但是就是忍不住觉得难受。

偶尔翻两条，就是动不动的“去死”“滚蛋骗子”“傻×”诸如此类恶毒的言辞。让苗淼心情更加糟糕了。

她是个乐观的人，认为世界上没有什么过不去的坎，也没有什么值得难过太久的事情。但有些事情，就是会潜移默化地影响一个人的心情。

苗淼现在面对的就是如此。

一阳来复没有出现。

苗淼抽了抽鼻子，缩在沙发上，忍不住给方来阳发了一条信息：“你在哪儿？”

过了两分钟，仍旧没有收到回复，房间里的空气越来越冰冷了，小兔缩在阳台的落地窗角落晒太阳。

苗淼又发了一条信息：“我能见你吗？”

一发完这条信息，苗淼突然感觉压抑的负面情绪决堤而出。眼泪几乎是瞬间喷出，与此同时，她模糊着双眼，颤着手将手机关机。

苗淼感觉很冷，她环抱着自己，缩在胳膊里抽噎，竟然忘记拿个抱枕取暖。小兔听见苗淼抽泣的声音，探头看过去，两只三角耳动了动，随后爬了起来，跳上沙发，窝在苗淼的身旁，默不作声地舔爪子。

猫毕竟不是人，做不到像人类一样去安慰别人。猫能做的，只能是无声陪伴。

哭一哭就好了，苗淼心想。就像爸爸出车祸那时候，妈妈告诉她的一样，难过的时候，不要好面子，大哭一顿，哭出来就能笑了。

后来妈妈离开的时候，苗淼也是这样，从把妈妈从太平间接出来，直到丧礼结束，苗淼实在忍不住的时候就躲起来哭。一直哭，一直哭，哭到苗淼都开始埋怨起妈妈。

不是说了，大哭一顿就好了吗，为什么就停不了呢？她大概是连带着爸爸妈妈那份一起哭掉了吧。

直到那时候，苗淼终于意识到了，全世界，只剩下她自己一个人了。

后来终于不哭了，苗淼也有了更多的朋友，她觉得，她在这个社会闯荡的时候，至少不孤独啊。

以这个为契机，她画了一个孤儿，勇敢地闯入猫城，跟原本才是上位者的猫们成为朋友，不断地磨砺自己的故事。

她从不觉得，孤独是件可怕的事情。

但是现在，或许是因为方来阳的失联，她突然觉得，在这个世界上，她真的只能靠自己。

再也没有人会告诉她，一定要为自己，开开心心地努力生活了。

• Chapter 11
一个人的日出

方来阳总算结束了首都的会议，朝带他来开会的方董事长——他的父亲伸手，脸上满是不耐：“手机。”

“没在身上。”方父看都没看方来阳，径自坐上了车，司机帮忙关上门，他放下车窗，“还不快上车？”

方来阳黑着脸，又强调一遍：“手机。”

“啧，回酒店就给你。”

方来阳这才肯上车，刚上了车就问：“什么时候去三味坊？”

方父瞪了他一眼：“等你老爸休息一会儿不行吗？吵死了。”

方来阳很糟心。

五天前，他答应了苗淼，帮韩栋解决这件事情，结果次日刚跟自己父亲提到这件事情，方父就像突然想起件重要的事情一样，扶额惊呼：“哦对！三天后在首都有会议要开，我要去，你也一起去吧。”

方来阳果断拒绝。结果方父拿韩栋的事情相威胁，方来阳想了想，觉得并不亏，就答应了一起去参加这为期两天的会议。

几年前，方父就早早地将公司大大小小的事务都交给方来阳来打理了，自己当甩手掌柜好不清闲。这一场会议原本就是企业法人参加的交流会，出风头来的。他希望方来阳能代他开完这个会议，方来阳被他使唤着忙前忙后的，根本没空联系苗淼。

更绝的是，到了首都之后，为了能让方来阳专心致志地写会议上发言用的演讲稿，准备会议用的材料，更为了防止方来阳随时撂挑子走人，方父以“防止分心”的借口，将方来阳的手机当作人质一般，给缴走了。然后，方来阳被自己老爹耳提面命地叮嘱，一定要彰显公司的威严和气魄，在会议上抢风头。这导致方来阳想要安排浮城那边的工作，都得通过陈铎。

方父很了解方来阳。方来阳虽然工作能力出众，也很敬业，但就如同他喜欢看漫画一样，方来阳还喜欢一有空就玩手机，刷微博。据线人陈铎告密，方来阳每天上班时间，花在玩手机上面的时间，占据了方来阳整个上班空隙。陈铎没告密的是，方来阳一有空就刷微博，完全是为了能抢鸡丝猫大大微博的沙发。

因此，收走方来阳的手机，就相当于绑架了方来阳代自己参加会议。方父得出这个等式。

方来阳气得真的想破罐子破摔地走人，但是手机还在方父手里，方来阳想着都到首都了，只好尽心尽责地参加完会议，将这几天公司的事务，都丢给了陈铎帮忙从中处理。

方来阳憋了一肚子气，他最讨厌参加的就是这种会议了。这种各大企业互相拆台，互相炫耀的所谓企业家论坛，也不知道参加了有什么意义。他自己工作都忙得不得了，哪里还有心情去管这档子事。偏偏退居二线的方董事长，还挺喜欢参加这种长脸面的会议。

作为公司的法人，方董事长可谓是出尽了风头，要不是这次有竞争公司在，对方公司的董事长更年轻精神，我们的方董事长也不会想到让自己风华正茂，年轻有为的儿子来帮他争面子。

幸好，儿子很争气，他现在感觉底气十足，倍儿有面子。

到了酒店，方父把锁在保险柜里的手机取出来，扔给方来阳：“给，儿子，晚上带你去找你韩叔叔，吃三味坊去。”

三味坊的总部在首都。

方来阳黑着脸，看到方父居然都不要脸到把他手机锁在酒店房间保险柜里来威胁他，真的觉得气得脑袋都要冒烟了。

方来阳随口应了声，回到房间打开手机查看，幸好，还剩下最后百分之五的电，足够他看这两天的信息了。

打开手机，一条条筛掉垃圾短信和广告，剩下的推送里最显眼的，就是苗淼的那两条微信了。

“你在哪儿？”

“我能见你吗？”

发送时间是昨天下午一点半，从那之后再没有来自苗淼的信息了。

表面看起来应该是表达恋人之间思念之情的话语，方来阳看了，却不知道为何感觉寒风从心脏吹过一样，一下子又冷又心慌。

方来阳急忙给苗淼打电话，然而却听到“对方已关机”的系统提示音。

方来阳意识到情况不对劲，紧张起来，他在通讯录里翻出黄茹茹的手机号，给黄茹茹打电话，但是还没等到黄茹茹接起电话，就听见“啪嚓”一声尖锐的电流中断声音，手机自动关机了。

方来阳气得把手机往床上一甩，眉头紧皱，想着，到底发生什么事情了，苗淼为什么要关机？

方来阳等不及给手机充电重新开机，直接将隔壁房间的陈铎喊来，借了他的手机，给黄茹茹打了电话过去。幸好他记性好，刚才瞥了一眼黄茹茹的手机号就记住了。

黄茹茹接起电话，压着声音，似乎是正在上课：“喂，你好……”

“我是方来阳。”

黄茹茹那边顿了一会儿，方来阳听见电话那头响起开门、关门的声音，然后黄茹茹的声音明亮起来：“方先生啊，抱歉，刚才在阅览室。刚才你打过来我还没接就被挂断了，正想回电话呢，找我有事吗？”

方来阳问："你能联系上苗淼吗？"

黄茹茹很惊讶："苗淼？不知道哎，今天我是晚上去面馆，还没联系过她。"

"这两天有见到她吗？"

"昨天午饭还见到了呢，不过晚饭我没上班就不知道了。怎么了？"

方来阳停顿了很久，才回答道："她关机了，我怕她出事。"

黄茹茹笑道："方先生你这是关心则乱吧。苗淼这几天，每天都跟我们待在一块儿，能出什么事情。关机可能是她还在睡觉呢？她有时候睡午觉能睡到晚饭时间的。"

方来阳皱着眉，心里还是摆脱不掉那种令人胆寒的不安，但又说不出哪里不对劲，只好说道："那好，晚上你去她家里看看她，如果有任何事，立刻给我打电话。"

黄茹茹答应了下来，又问道："方先生，你最近不在浮城吗？"

"我在首都。"

"哦，怪不得。是不是没怎么跟苗淼联系啊，苗淼说跟你就还是原来那样子，我还以为你没跟苗淼挑明关系呢。"黄茹茹小声地说道，想要旁敲侧击，暗示方来阳抓紧机会。

方来阳挑眉，对黄茹茹道："我会跟苗淼说清楚的。"

黄茹茹想了想，又对电话那头的方来阳小心翼翼地叮嘱："方先生啊……后天是元旦啊，那个，咳，你懂我的意思吧？"

方来阳看了眼站在一旁望窗外作壁上观的陈铎，回答黄茹茹："多谢提醒。"

挂了电话，方来阳问陈铎："把明后天我所有的行程都取消掉，我要回浮城。"

陈铎翻了翻随身带着的笔记本里的安排，无奈地画掉了几个不重要的行程，然后看着其中一条为难："方董在明天晚上安排了一场饭局，跟宋家的……"这是一场带有相亲意味的饭局。

方来阳摆摆手，毫不在意：“取消，不需要跟我爸讲。”他爸显然还不知道方来阳已经有对象的消息，自己剃头挑子一头热。

“……”陈铎非常为难，到时候老方先生又得跟他发火。这个助理他不想干了！

“订完机票后，去跟我爸要一笔钱。”方来阳跟陈铎说道。

陈铎不理解，疑惑地看他。

方来阳走到他面前，拿过他手上的本子和笔，在本子上写写画画计算道：“算我一天上班工资是一万，我陪他四天，就是四万。我出席会议做演说，出场费二十万，还有绑架我手机的精神损失费十万，以及随意使唤我的助理的赔偿，抹掉零头一共算他四十万。让他转我卡里，或者转支付宝也行。”

“……”

陈铎接过纸笔，一脸的生无可恋。为什么，随意使唤他的赔偿是给领导的而不是给他的！这可恶的剥削阶级！

“方董万一拒绝呢……”陈铎弱弱地问道。

方来阳轻飘飘地瞥了他一眼，陈铎不敢再问了。那个眼神的意思很浅显易懂——自己解决。

把陈铎赶出房间去硌硬自己的父亲，方来阳优哉游哉地换了身衣服，充了电的手机“叮——”的一声，提示卡里转入四十万大笔转账数额，转账备注为：不肖子。

方来阳瞥了一眼屏幕，暗赞陈铎真是个能干的助理。于是心情大好，给自己挑了条格子纹的领带，准备晚上去见情敌的父亲去。

还没等陈铎来提醒方来阳出门，方来阳的手机突然振动起来，伴随着铃声，仿佛催命曲一样，让方来阳的太阳穴突然疼了起来。方来阳看见屏幕上跳动着“黄茹茹”三个字，心脏“咯噔”一下不安起来，他意识到出事了。

方来阳接起电话，就听见黄茹茹在那头慌张地喊道：“方先生，不好了，苗淼根本不在家，我在公寓楼下的宠物店发现小兔被寄养在那里了，苗淼的手机还打不通。老板说昨天晚上和今天中午苗淼都没有来吃饭，苗淼应该是不见了！”

苗淼不见了！

方来阳心脏猛地一缩，脑袋里不断闪现苗淼发来的那两条信息。

“你在哪儿？”

“我可以见你吗？”

不是“我想见你”，而是“我可以见你吗？”，带着请求和胆怯，生怕被拒绝甚至几乎是祈求的语气。这压根就不是对恋人的语气。

苗淼或许没意识到他已经将她当成恋人了。她或许只是在自己遭受到难受的事情，需要人帮忙的时候，下意识地选择向他求助，而生怕打扰到他，用的请求的语气。

而他根本没有来得及给她回应。

他在苗淼最需要自己的时候，无法及时给予苗淼帮助和安慰。

方来阳握紧拳，靠在墙上。

门铃被人摁响了，方来阳打开门，陈铎在门外，毕恭毕敬地说道：“可以出发了。”

方来阳沉着脸，看见方父站在斜对面的门口，一身考究的西装，还打了发蜡，不知道的还以为这老头去参加上流社会的舞会，实际上就是去会同样臭棋篓子的老友而已。

方父黑着脸盯着方来阳，似乎还在赌气的模样。

对自己越老越孩子气的父亲无法发脾气，方来阳无奈地叹了声气，对陈铎说道：“不去了，我晚上回浮城，你代我去。”

“胡闹！不是你说要去三味坊见你韩叔叔的吗？！”方父不高兴地说道。

方来阳皱紧眉：“爸，我说的那件事，帮我说道说道就是。我今晚不去了，我必须回去。”

“回去做什么？”方父斜眼看他。

方来阳叹了口气，有气无力地说道：“爸，如果我找不到你儿媳妇，有一部分原因怪你。”

苗淼在通宵影院睡了一晚，全场就七八个人，都是孤独到一定境界的人，单独来的。

后半段放的恐怖片，苗淼一点都没看到，关了手机睡得四仰八叉的，等醒来的时候，都六点多了。

苗淼开了手机，屏幕上显示，12 月 31 日，201× 年的最后一天了。苗淼摸出了车钥匙，把玩了一下，去卫生间洗了把脸，然后在电影院楼下的超市买了一打啤酒，放到了汽车后备厢里。

摸了摸口袋里沉沉的散钱，苗淼决定在网吧打一天游戏，然后晚上去爬方山，去方山的路上顺便接两笔单子，赚个外快，再在山上等日出。每年在方山看新年第一天日出的人都挺多的，苗淼觉得应该还算安全。

商场对面就是一家大型网咖，随时可以点餐饮。苗淼摸了摸肚子觉得还真的有点饿了，就进了网咖，点了一碗牛肉面、一杯布丁奶茶，买了十个小时的网卡，开始打游戏。

苗淼打了一局，就被队友骂惨了，她心情非常郁闷，她微操差她承认，但是……她是女生啊！

这样不要脸地想着，面和奶茶也上来了，苗淼迫不及待地尝了一口面，差点吐出来——忒难吃了！

自从习惯一日三餐都是韩栋出品的美食后，无论吃谁家的牛肉面她都觉得难吃！这家网咖！一定要进入她的美食榜黑名单。奶茶也难喝！

她任性地想着，丝毫没顾忌这是一家网咖而不是面馆的事实。

方来阳终于抵达了浮城，出了机场，火急火燎地赶往苗淼的公寓。昨晚上方来阳临时买了回浮城的机票，哪知道由于天气问题，航班一再延误，等登机的时候已经凌晨两点多了，在飞机上又等了大半个小时才起飞。方来阳一夜无眠，但是现在精神却特别充沛，唯独太阳穴突突地跳动，仿佛一根弦紧绷着，再施加一点力道就能绷断。

他坐上出租车，催促着司机往汇都公寓疾驰。路过拥有大型商场的十字路口的时候，他还探头看了一下路边的收费车位上是否有眼熟的车辆停着，却偏偏错过了另一个方向的网咖门前，一闪而入的女孩的背影。

方来阳刚下车，接到方来阳电话的黄茹茹立刻就从面馆里出来了，一脸焦急地问："方先生，你有消息吗？"

方来阳哪里有苗淼的消息，他摇摇头，问她："她家去过了吗？"

"去过了，从她发小那儿拿了备用钥匙，开门进去看过，没人在家。她发小现在也出去找了。"黄茹茹说道。图秋跟苗淼认识的时间久，她去苗淼以前生活过的地方和学校去找苗淼了。

大家这样焦急寻找苗淼的行踪，大概是苗淼始料未及的。

黄茹茹一个劲地安慰方来阳，实则是在安慰自己："苗淼这个人，胆子很小的，肯定不会去什么危险的地方，应该就是看在明天就是元旦了，跑出去玩了吧？"

"那为什么不告诉我们？"方来阳一针见血。

黄茹茹哑口无言，更加担心起来。

方来阳进了面馆，韩栋和郑林天见他进来，就凑了上来。

郑林天急切地询问情况，黄茹茹摇了摇头，替方来阳回答了。

方来阳现在一看到韩栋心情就极度复杂。按理说，韩栋现在已经不算情敌了，然而，一想到是因为他瞎帮人家忙，才一时失误闹了误会，导致苗淼现在不见了。虽然还没搞清楚苗淼为什么失联，但是，韩栋绝对是导火索之一！

方来阳这样认为。

韩栋这一天都没做生意，也在外面找苗淼，才刚回的面馆，四个人坐下来商量苗淼到底会去哪里，其实都是黄茹茹和郑林天出主意，然后被方来阳和韩栋否定而已。

这样一耽误，一个多小时过去了都没有任何结果。

终于，郑林天挠着他的小平头恼了：“喵姐这个人本来想法就奇奇怪怪的可难琢磨了，能去哪里啊？！”

也不知道是“奇奇怪怪”还是“难琢磨”戳到了韩栋的海马体，他突然灵光一闪，提到件事：“今天是12月31日……”

“嗯？”黄茹茹疑惑地看向他。

“苗淼……有一个习惯，我也是无意中知道的。”韩栋沉吟片刻，说道。

12月31日，以往在这个日子里，苗淼都会睡到自然醒，然后看一整天电视剧，1月1日的凌晨四点多再爬起来，到公寓楼顶的大天台上看日出。

这是她坚持了七年的一个习惯。父母都离开之后，只剩下了她一个人，她尝试着让自己一个人去迎接每一个公历年的第一个日出，一遍遍地让自己习惯一个人的生活。

高三的时候，她爬到宿舍楼顶上看日出，结果因为冬天出太阳迟，高三早读课特别早，害她差点迟到，吹了风还着凉发烧了。最后期末考试的时候顺利地突破九百大关，变成了高三1400名毕业生里的901名，比以往稳定的800名退步了101个名次。虽然并没有多大的差别，但是苗淼还是印象深刻，那是她第一次一个人起床看日出。

大一的时候，跟室友们一起迎接日出，那是这几年以来她经历过的最热闹的一次公历跨年。她甚至有过一瞬间的幻想，是不是从此以后都会有人陪她一起跨年看日出。然而等第二年的时候，大学的老油条们已经习惯了日上三竿不起床的作息了，再也做不到日出前起床了。

那一次，苗淼买了三听啤酒，坐在宿舍楼顶上，把三听啤酒都打开，自己喝一听，左右再各摆一听，并不喝。

毕业搬到公寓后，苗淼从没有告诉过别人自己这个强迫症似的习惯。

但是在去年的12月31日，发生了一点微妙的改变。

当晚，苗淼睡不着，在公寓楼顶上跨了年，一连喝了两听啤酒。她坐的台阶旁的空地上，面前摆着一个衣架子，上面挂了五六块熏肉。颜色看上去特别诱人，香味也时不时随着风，勾引着苗淼的味蕾。微醺状态下的苗淼，一直挣扎着是否要偷一块熏肉回家。

就在分针跨过 11 这个数字两小格的时候，一个男人从楼道走了出来，径直走向架子，提着个大塑料袋，从架子上取下熏肉，塞进袋子里。

苗淼眯着眼，抬头看着他，男人这时候正巧也发现了她，两人大眼瞪小眼半天。

苗淼打了个酒嗝，笑了："哟，老板，原来是你在晒熏肉啊。"

韩栋愣了好久，才低声问："在这里做什么？"

苗淼提起一听啤酒："小酒就寒风，等日出啦。"

韩栋默默地掏出手机看了眼时间："现在才十一点零五分。离日出还有近七个小时。"

苗淼："那就慢慢等嘛。"

韩栋没回答，把熏肉塞进袋子里放到台阶上，坐到苗淼身旁，问："还有酒吗？"

"你有故事吗？"苗淼笑嘻嘻地讲段子。

我有故事，你有酒吗？

韩栋没说话，看到苗淼脚边的购物袋里还有几听啤酒，径自取了一听打开来喝了。

"你不回家了啊？"苗淼问，"小心酒驾哦。"

韩栋和郑林天租的房子在公寓旁边的小区里，租金便宜很多，但是开车也得十分钟，韩栋有一辆小面包车，用来买菜运货。

"阿天开。"韩栋回她。

苗淼点点头，又问："营业结束了啊？"

"跨年，没生意。"韩栋言简意赅。

"也对，都去外滩跨年了吧。"苗淼抬头看天上的星空，"唔，明明在这里看夜空更美。"

韩栋盯着她的侧脸，看到她卷翘的睫毛上带着的星光，低声问她："准备在这里待到什么时候？"

“太阳出来吧。”苗淼喝完一听啤酒，将空罐子扔回塑料袋，迷迷糊糊地趴在膝盖上，嘟囔着，“剩两听……给我爸妈……”

韩栋听得愣住了，睫毛微颤，看到苗淼趴在她自己膝盖上，双手抱着脑袋睡了过去。

他轻轻地“嗯”了一声，脱下自己的厚外套，盖在苗淼身上。那一年的最后一天晚上，在啤酒就寒风中，跳过了最后一秒。

其实不算特别寒冷，但是人的内心是不是寒冷，就不得而知了。

元旦清晨的第一缕阳光，唤醒了沉睡的苗淼，她整个人趴在台阶上，身上盖着一件厚重的大外套，意外地温暖。苗淼睁开眼睛的时候，红彤彤的太阳已经出来了。

没有宿醉的难受，也没有任何头疼脑热的伤风，苗淼睁大眼睛，半天才想起昨天晚上遇到了韩栋，而他人却并不在楼顶天台上。苗淼摸着身上的外套，发呆半晌，就听见韩栋的声音由远及近，从楼道里传来。

“醒了？”

苗淼扭头一看，韩栋穿着厨师服，走到阳台上，低头看她。

“啊，早安……谢谢你。”苗淼脱下外套，缓缓站起来，蹬了蹬脚，缓解腿部的酸麻。

“早安。”韩栋接过苗淼递过来的外套，挂在胳膊上。

她吸了吸鼻子，闷声闷气地问：“现在几点了？”

“六点五十八分。”

苗淼愣了一下。东边的太阳，带着冬日特有的暗沉光芒，缓缓冲破厚重的云层，慢慢地变亮，渐渐地，光芒刺入苗淼的双眼。

她垂下眼，感觉早晨的风有点冷，缩了缩脖子，捡起地上的购物袋，对韩东说道：“那我回家补觉了。”

“苗淼，”韩栋叫住她，问道，“要不要来店里吃早饭，阿天做了酸辣粉。”

苗淼回过头看他，忍不住笑了：“谁大清早吃酸辣粉啦，胃受不了的。”

“还有油条，自己炸的。”

苗淼心里涌上一股暖流，微笑着点头：“有豆浆吗？”

“我去对面早餐店买……”

“我去买好了！”

“哇……”郑林天目瞪口呆，“师父，没想你这么浪漫啊……”

黄茹茹瞪了他一眼，瞥了眼方来阳，果然看到方来阳脸上带着不悦的表情，轻咳一声，问道：“那……苗淼应该会在哪个高处等日出吧？”

“高处？不会跳楼吧？”郑林天突然蹦出一句。

“你闭嘴！”黄茹茹怒不可遏，撸起袖子要对着郑林天横眉竖目。

就连韩栋都不赞同地看了他一眼，郑林天急忙闭上嘴，不敢再搭话。

方来阳思索着：“浮城……视野好的地方很多啊。这无疑是大海捞针。”

“她也不会什么莫名其妙的地方都去吧。应该是有意义的地方才会去那儿蹲日出啊。”黄茹茹说道。

韩栋点点头：“还是分头找吧。”

“这样太浪费时间了。”方来阳皱着眉头，“先在微博上问问，哪些大楼楼顶有跨年活动的。”

“没准苗淼喜欢去热闹的地方玩。”黄茹茹也赞同。

方来阳拿出手机打开微博一刷，结果“叮咚叮咚”一圈的新微博刷了出来，方来阳越看脸色越差，看到最后几乎变得铁青。

半个小时后，黄茹茹打完电话，跟方来阳说道：“方先生，我联系上苗淼的编辑了，她也说前天下午跟苗淼通了几条短信之后就没再联系了。然后……她告诉了我苗淼会失联的原因。”

郑林天和韩栋都在刷微博，越看脸色越差。他们是第一次接触苗淼在网上的身份和她工作的特殊性，他们根本就想象不到，苗淼这样普通简单的女孩子，在网上居然都能被人诽谤成“出卖身体”“恶意炒作”，且“漫画抄袭”的网红。

方来阳看着各种诽谤苗淼的恶言恶语，心里一点一点冰冷下来，仿佛被扔进了水里。他很清楚，也很了解苗淼的想法。被人诽谤恶意炒作之类的，苗淼或许并不会在意。真正让苗淼在意的是，因为这种谣言而间接导致众人对苗淼作品的不信任，对苗淼努力的不屑一顾。

他从苗淼刚开始画漫画就关注她了，很明白，苗淼是通过多么大的努力，一点一点地做到现在的地步的。苗淼好不容易，在漫画界小有名气了，却因为谣言……不仅新漫画被推迟上市，更让她的读者都开始怀疑她的才华和勤奋……甚至有人空口无凭地怀疑她抄袭。

这是对一个创作者最大的打击。

而这一切都怪他。

如果没有他当初的任性妄为，自以为送豪车是最好的感谢礼物，也不顾苗淼的一再婉拒而强硬送给了她，苗淼现在也不会遭受这样的非议和流言蜚语。

网络暴力的可怕，方来阳没有经历过，但是他知道有多么荒诞。一旦有人挖出了所谓的别人的黑料，所有人就像是找到了可以发泄生活中的愤怒一样，在微博上大肆地宣泄，将毕生最恶毒的语言都倾倒出来，像泼泔水一样，倒在别人精心经营的微博里。

一片狼藉。

苗淼是孤儿。

而网友们的谩骂中，动不动就会扯上当事人的直系女性亲属。

方来阳想象得到，这对苗淼的伤害有多大。

他想起之前在超市前，偶遇苗淼被出租车司机欺负的事情。那次，也是出租车司机提及了苗淼的父母，苗淼才真的动怒想要动手起冲突。

面对别人的时候，无论她脸上的笑容有多么灿烂，看上去有多么乐观，但其实苗淼骨子里，还是一个害怕孤单、渴望温暖的小姑娘。

她会养一只猫，虽然它总给她添麻烦，但是却会在自己下一顿都没着落的情况下，驱车跨越大半个城市，去买最好的猫粮给它。她把每个月赚来的钱，花上一半，租下漂亮明亮的双层公寓，只为了践行当初答应她母亲的承诺，开心快乐地生活。她会在直播里，不停地鼓励大家要好好工作，好好学习，不要拖延，却极少抱怨命运对她的不公。

然而在过年的时候，她却拒绝所有人的好意，抱着一只猫，孤独地看着电视。

看起来，苗淼从没有对别人紧闭过心扉。但是方来阳怕的就是，从此以后，她会对他闭上心扉。

方来阳看着手机屏幕上，没有发送出去的那条信息，最后还是叹了口气，删除了它。

他想当面告诉苗淼——

我爱你。

“小兔在哪儿？”方来阳问黄茹茹。

黄茹茹带着方来阳来到另一边拐角的宠物店，指着玻璃橱窗内，中间一层猫窝里面，优哉游哉睡觉的灰色美短说道：“在这儿睡着呢。”

方来阳没说话，紧盯着小兔打量，小兔耳朵转了转，一看见方来阳，就突然坐起了身子，虎视眈眈地瞪着方来阳，也不像是威胁的模样，但绝对谈不上友好。

“咦？小兔怎么老看着你？”黄茹茹奇怪地问。

方来阳眯着眼说：“大概是，一山不容二虎？”毕竟以后小兔的主人就不一定只疼它了。

黄茹茹一头雾水。

“能想办法把小兔领出来吗，我们带着它一起去找苗淼。”方来阳说道。

黄茹茹疑惑地问：“这样好吗？”

“我想告诉她，无论什么时候，我都会站在她这边。”方来阳顿了顿，补充了一句，“当然，也包括小兔。”

“……”虽然很感动，但是，黄茹茹百分之百肯定，后一句话，方来阳说得心不甘情不愿的。

她有理由相信，方先生只是想借小兔去讨苗淼开心而已——真有心机，她果然没看错人。

大家分头找人，方来阳熬了一个通宵，还带着只跟自己不是很对盘的美国短毛猫，在偌大的浮城奔波了一整天，等到临近饭点的时候，他感觉自己脑袋都快炸掉了。太阳穴突突地跳动着，生疼。偏偏这个时候，小兔还特别不配合地想要从猫笼里出来，扒拉得袋子的网袋都快断掉了。

方来阳跟小兔讲道理："你乖点，咱们可以早点找到你主人。"

小兔瞪着他，似乎在说："那是我的铲屎官，你这只两脚兽在说什么？"

方来阳无力地叹了口气，让司机靠边停车。陈铎不愧是个好助理，远在首都都帮方来阳安排了公司的司机过来，方来阳可以省下开车的心来。虽然，他是真的不喜欢坐别人开的车，但是现在这种紧要关头，加上睡眠不足，他已经完全不去在意是不是会晕车了。

方来阳的手机响了起来，接起电话，方来阳就听见方母在电话那头问道："儿子，晚饭回来吃吗？"

"妈……我还在找人呢……"方来阳仰着头，一只胳膊盖在双眼上，闭目养神，语气里满是疲惫。

方母关心道："你不会一整天都在外面没休息吧？早饭午饭有吃吗？"

"……"方来阳没敢回答。

"臭小子！追小姑娘也不能不要命啊！给我回家！我给你带晚饭过去！如果我到家没看到你的话，后果你自己想！"方母气得威胁他，说完就"啪"的一声，雷厉风行地挂了电话。

方来阳看着手机屏幕半晌，无奈地叹口气，对司机说道："掉头，回凤城公馆，之后再过半个小时来接我。"

他也的确得去洗把脸，让自己清醒一下，不然还没找到苗淼，他自己可能就先昏过去了。

苗淼在网咖里玩《跑跑卡丁车》玩到了下午四点整。为什么是《跑跑卡丁车》呢？因为玩了两把 LOL 之后，她被队友给骂惨了，胆小认㞞的苗淼决定不再祸害队友，于是……去玩她最拿手的《跑跑卡丁车》了。

一开始玩的时候，苗淼还很诧异：“这游戏现在居然还有呢！”

玩游戏的时候，全身心都是集中在游戏里的，让她可以忘记生活中的不愉快和小纠结。但是一旦思绪回到现实中，就感觉心脏里空空荡荡的，难以呼吸的感受又涌现出来。

她骨子里，本身就是个胆小又害怕孤独的普通人。她怕极了孤独，因而渴望热闹，渴望被人关爱。每年的元旦跨年和春节跨年，说不需要别人陪伴，自己抱着小兔过年就行了那都是假的。

不然她也不会喝着啤酒看日出装深沉，虽然基本上都是她一个人。

去年是难得的一个不孤单的跨年。在这样一个日子里回忆起来，苗淼觉得意外讽刺。

韩栋的面馆仍旧在照常营业，她也不过是一个关系好一点的食客罢了，总不能总是去依赖他给予的温暖。

虽然很不乐意去承认，但是苗淼发现自己已经依赖上方来阳给予她的温暖了。甚至像是中毒了一样，在方来阳没有及时回复她信息的时候，她甚至开始闹脾气。

所以就关机到了现在。

她害怕去看手机，害怕去刷微博，更害怕见到朋友们。她感觉自己像是被人剥光了衣服然后泼了桶油污放到太阳底下晒一样狼狈。她矛盾地渴望别人的支持和鼓励，却又希望自己一个人待着，直到事件冷却下来。

苗淼抹了把脸，长舒了口气，最后决定——再打一盘卡丁车！

过会儿就出去接两笔单子就上方山，应该不会有问题吧？

苗淼心里这样想着，键盘又噼里啪啦响了起来。

出了网咖，苗淼回到商场的地下车库提车，一想到停了一天一夜的停车费用，心里就在滴血。她打开手机。手机桌面上的 APP 删得只剩下几个购物软件和叭叭打车了，也不去看短信箱。大概也没人会因为自己着急，毕竟她不过只失联了一个晚上而已。

叭叭派了个单子给苗淼，乘客离苗淼很近，苗淼开车到少年宫，接了乘客。

上车的是位眼熟的阿姨，一身刺绣的长袍，还有条巨大的毛领，看起来很典雅，苗淼回头看了她一眼，这阿姨年纪应该快六十了，但是保养得很不错。

一上车，老阿姨就将手机拉得老远，眯着眼睛盯着手机屏幕看，嘴里嘟囔道："哎哟小姑娘，我是不是以前坐过你的车啦？"

苗淼笑道："不知道哎。"

"我这老花眼，看不清，你叫啥名字来着？"老阿姨眯着眼睛努力看了手机好久，最后还是放弃了，直接问苗淼。

苗淼回答："我姓苗。"

"哎呀，那就对了。"老阿姨一拍手，说道，"三个月前，我坐过你的车咧！那时候我还说要让你去交警队自首自己无证驾驶来着，你还记得吗，小姑娘？"

"……"终生难忘。

苗淼回头盯着老阿姨瞅，恍然大悟："真的是你啊，阿姨。"果然是那位特别有社会责任感的大妈，坐了苗淼开的车之后，下车前一直拉着苗淼希望她去自首。这件事情一度被苗淼引为谈资，在直播、微博，甚至开车的途中，拿来自嘲。

缘分来了怎么也挡不住，居然还能第二次接到这位阿姨的单子。

苗淼笑道："阿姨，过会儿我把车钱转给你，我们这么有缘，就不收你钱啦。"

老阿姨笑了："好呀好呀，我不跟你客气了。对了，小姑娘，马上就元旦了，不去玩还出来开车，不累啊？"

苗淼解释道："因为想出门去散心。好了阿姨，你去哪里来着？"

"凤城公馆啦。"老阿姨抱怨道，"我那小儿子特别任性，明明在首都出差的，凌晨两点多了突然回家，觉都不睡就到处在外面找人。他爸就让我过去看看他还活着没，顺便给他带晚饭，也不知道这个点会不会太迟了。”阿姨拍了拍手里的保温餐盒。

凤城公馆……

方来阳的小区，上次这位阿姨就说过，自己儿子住在那儿。苗淼有些紧张。应该不会那么倒霉在小区门口碰到方来阳吧？

苗淼接过话茬：“有什么急事吧？”

“嗨，能有什么急事，都怪他爸。”阿姨说道，“也不知道怎么回事，硬说自己媳妇被他爸气跑了。现在他爸急死了，生怕自己真的闯祸了。我就是去探个风声。”

苗淼嘴上应和了几句，脑袋里却在想方来阳的事情。他是不是发现了自己的失联，有没有着急。

这位阿姨比苗淼还要话痨，一路上一直没歇下嘴皮子，苗淼很喜欢跟年长的人聊天，耐心地跟她谈心。从这位阿姨脾气古怪的小儿子聊到了工作狂大儿子，又聊到了她那个快退休了却跟个小孩儿一样任性糟心的丈夫，最后又聊回到苗淼身上。

“小姑娘，你有没有男朋友啊？”

苗淼一愣，摇头笑道：“没有呀。阿姨要给我介绍吗？”

“哈哈哈，我觉得你这小姑娘，特别可爱，还乖巧，跟我又有缘，我太喜欢了。要不咱们留个号码，要是我小儿子的媳妇真的吹了，我介绍我小儿子给你；没有吹的话，我介绍我大儿子给你。你觉得怎么样！”

这位阿姨一聊到这事情上，明显很兴奋，双眼都放光了。

苗淼觉得不怎么样，但是又觉得这位阿姨特可爱，不忍心拒绝：“阿姨，等会儿下车我再给你手机号吧。不过我现在不是很想谈恋爱啦。”现在叭叭打车为了保护隐私，屏蔽司机的手机号了。

“有看上的对象了？”

“呃……对方看不上我啦。”苗淼心尖上一刺，略带苦涩地说道，“不然我也不会想着在今年最后一天去散心啊。”

“那一定是对方配不上你啦，别伤心，你这么漂亮独立，一定有更好的，我的儿子就很适合你！对了，你要去哪儿散心啊？”

“方山吧。去看看风景。”苗淼回答道。

阿姨不理解地嘟囔道：“都晚饭点了，去方山，黑漆漆地爬山，不安全吧？”

“方山晚上人也很多的，还有路灯，没事的。”对于长辈的关心，苗淼很受用，笑弯了眼解释道。

车子在凤城公馆的正大门停下，几个月前，这条路还在修整，现在已经焕然一新，漆上了新的车道线，两边的梧桐树叶子已经落光了。

苗淼将阿姨送下车，互道了别，转了个方向，往方山的方向驶去。

• Chapter 12

可爱的你

方来阳换了套衣服，往脸上泼了把冷水，冰冷的水泼到脸颊都没有知觉，洗了把脸之后才感觉到人稍微清醒了点。用毛巾抹了把脸，方来阳刘海上还带着水珠，走到了客厅，就见玄关门被人从外面打开，方母走了进来，看见他，诧异地问道："挺乖的啊？回家了。"

"我怕死无全尸。"方来阳面无表情地损道。

方母白了他一眼，脱了鞋子，见他额前的刘海上都是水珠，随手拿起手边衣架上的围巾给他擦干，方来阳看着那围巾一愣，眼神里带着嫌弃，欲言又止。

她埋怨道："多大的人了还跟个小孩一样。媳妇儿找到了没？"

"没。"方来阳摇摇头，反问她，"妈，晚饭呢？"

"给给给，臭小子，张口就要饭。"方母不耐烦地把保温饭盒塞进方来阳怀里，严厉下令道，"要体现出我做的饭菜很美味！"

方来阳皱了眉头，为难道："那我要怎么体现出来？"

"不管，我辛辛苦苦做饭你一定要吃出美感，体现我的手艺好。"

"妈，您戏真多。"

“哼。”

“说起来，你跟你那小女朋友到底怎么啦？怎么就找不到了？”

方来阳尝试几次都打不开保温饭盒，方母翻了个白眼，打开饭盒上的插销，一把摊开到方来阳面前，糟心地碎碎念：“你怎么跟你爸一样，连个饭盒都开不了？”

方来阳不想接这个话茬，幸好方母也只是随口一说。

他一边刷着微博查看关于苗淼的评论，一边言简意赅地回答方母上一个问题：“我的原因，加上一点误会。”

“女孩子就是要哄的啦，一定要好好哄才行。”方母语重心长地说道，“是不是你爸把你手机没收了，闹的误会？”

方来阳默认。

方母：“哼，回头我找他算账去。”

方来阳轻声答应，看了看手机上的时间，生怕错过一分一秒，想立刻到苗淼的公寓区找线索。小兔被方来阳委托给陈铎去投喂了，他可不想让自己母亲看见小兔，然后又是问东问西的更加耽搁时间。

他问：“妈，过会儿碗筷什么你别洗，我快点吃完出门，放着阿姨洗。”

“臭小子，你哪只眼睛看出来我想洗碗了？”方母叉着腰横眉怒目。

方来阳急忙垂下头认错：“哦，我眼拙，对不起。”

“看你这副死样子，真是气死我了。”方母絮絮叨叨地念叨，“还不如刚才来时开车的小姑娘，又可爱又乖，还特别尊敬长辈，而且我是第二次坐她的车了，可有缘了呢。可以的话，恨不得把你换成她。唉……当初二胎想要个女儿的，怎么生了你这么个玩意儿？”

方母的手指尖翘着指指点点，似乎就要戳到方来阳的太阳穴上一样，嘴里嘚吧嘚吧碎碎念个不停。方来阳被怼得一声不吭，只顾埋头扒饭。

日常被埋汰，方来阳习以为常，左耳进右耳出，心不在焉地点头迎合：“嗯，女儿是小棉袄，儿子就是狗尾巴草。”

“哼，我是说真的，我要了那姑娘的手机号，介绍给你哥怎么样？”

方母神秘兮兮地说道。

“好，好。”方来阳压根不知道母亲在说什么，只是随口答应着。

方母被他敷衍的态度惹毛了，一拍餐桌，喝道：“方来阳！你妈跟你讲话呢！抬头，看着我！”

方来阳一怔，筷子夹着的排骨都掉回了餐盒里，他急忙抬起头。

方母语重心长地说道：“你听你妈跟你讲一句，如果因为点误会就跟你闹分手的姑娘，以后也长久不了，妈也不喜欢，你趁早断了，妈给你介绍更好的！”

方来阳愣了几秒，苦笑道：“妈，事情不是你想的那样。”

方母皱着眉看他，方来阳叹了声气，想到第一次坐上苗淼的车，女孩笑眯眯递给他伞的模样，嘴角微微勾着，柔声说道：“我喜欢她两年多了，妈，是她拯救了您原来颓废的儿子。我不能没有她。”

方母愣住了。

自己的儿子是什么样的人，她这个做母亲的最清楚。小儿子一向都闷不作声，很少跟父母交流他的想法，从小到大都被掩藏在兄长耀眼的光芒下，她曾经一度以为方来阳是自闭，甚至还带他去看过医生。但是事实都证明，方来阳是个正常的人，甚至非常聪明能干。

被兄长掩盖住的光芒，渐渐就熄灭了一般，小儿子的性格也越来越闷，更不会跟人交流，但是他很乖，从不忤逆长辈。

直到方来光决定弃商从医，一家人将继承家业的目光全放在了方来阳的身上。方母是第一次看到方来阳身上的光芒，在那一瞬间像是绽开了一朵花，他皱着眉，看起来很挣扎地做了个决定，但是却很迅速地回答：“好的，我听你们的。”

方母一直不知道到底是为什么，从此方来阳像是变了个人，大学乖巧地学了管理学，学习如何管理公司，然后进入公司后，仍旧是那副乖巧的模样，按部就班地，一切按照公司章程和方董事长的指示进行，毫不出错，但是——却像是丢了什么，对工作并没有热情。

她知道作为父母，他们对小儿子是有亏欠的。他一定也有自己想要打拼的事业，而现在却被生生断了理想。因此一家人在他继承公司之后，都特别地迁就他、宠溺他。以至于方母不止一次地从公司总助那儿听到小报告：“方总今天又在偷懒，没有看文件。”一家人都没有去责怪他懒散。

两年多前，方来阳突然又像是找到了灵魂一样，整个人都充满了干劲，开始对工作热情了起来。方母一直很诧异这种变化。

现在听到方来阳的回答，方母特别好奇，张了张嘴，许久才找回自己的声音：“你……追了那姑娘两年？这么惨？”

“……”方来阳不想回答母亲这么弱智的问题。

他这么优秀的人，怎么可能会惨到追一个女孩子两年都追不到？

他是追一个偶像两年才追到现实中来而已。

方母以为自己打击到小儿子了，又开始数落：“我跟你说啊，现在小姑娘难伺候极了，你可不能把她宠坏了，到时候蹬鼻子上脸，还会家暴你的嘞！你找的小姑娘还能有多可爱，肯定不如我刚才遇到的讨喜。”

方来阳哭笑不得：“妈，她是我见过的脾气最好的女孩子，怎么会家暴？”再说那么娇小的女孩子，也得有资本家暴啊。

“那是怎么样的啊？”

沉吟片刻，方来阳将他和苗淼的故事简单地向母亲描述了一遍，听得方母目瞪口呆。

“就是这样。妈，我可以继续吃饭了吗？司机还在等我。”

方母：“儿子，你活该单身一辈子。”

“……嗯？”

“我怎么会有你这么糟心的儿子呢？”方母捶胸顿足，“世界上又不是只有你是有钱人，哪有你这么大张旗鼓送人法拉利的啊！”

“我知道错了，正在悔不当初中。”方来阳吃完最后一口米饭，将餐盒和筷子整理了一下放到水槽里，说道，“我先出门了。”

“对了，你说那姑娘，也是叭叭的司机？”方母喊住他问。

方来阳点头。

“她叫什么名字啊？”

“苗淼。”

“苗？姓苗？”方母疑惑地念叨。

方来阳警觉地问：“怎么了？”

“哦，没事，就刚才送我来的小姑娘也姓苗，真是有缘啊。你说你哥会不会喜欢脸圆圆的，长相可爱的小姑娘啊，就是我看两人年纪差得有点大，那姑娘看起来还像个大学生呢。”方母自言自语地盘算着。

方来阳一听，紧皱眉头，忙问：“妈，你……把那个女司机的车牌号给我看一下。”

“做什么？”方母把手机打开递给方来阳，“喏，你自己找。”

方来阳接过手机，打开叭叭打车一看以往的订单，一眼就扫到了烂熟于心的车牌号码，柳暗花明又一村的狂喜涌上心头，他急忙问：“她人呢？去哪里了？”

“你什么表情啊，有这么开心吗？怎么了？”

“妈，你知道她去哪里了吗？”

“方山……怎么了？”方母莫名其妙地看他。

方来阳微微一笑：“妈，您和您儿媳妇真的很有缘哪。”

“你没毛病吧？那个开车的小姑娘说自己没有男朋友呢，不然我哪里会想介绍给你哥。”方母明白过来怎么回事了，翻着白眼怼方来阳。

方来阳一愣。

“喊，原来到头来是你单相思啊，真丢脸。”

方母嫌弃地说道。

方来阳原本心情大好，瞬间又乌云笼上了心头。

一年的最后一天，方山人山人海，就算到了晚上，还是有不少人在爬山锻炼。苗淼在停车场旁边的小摊上，买了碗关东煮，看着西边的天空最后一抹灰白完全变成墨色。夜色降临，路灯亮了起来，山路两边都是暖黄的灯，蔓延到山顶，像是天河一般，点缀着星光。

将一次性塑料杯往垃圾桶一扔，苗淼把羽绒大衣的拉链拉到下巴，大衣的帽子也戴上，双手插进口袋，开始了龟速登山之行。

登山的人很多，大多都是年长的叔叔阿姨，甚至有些七八十岁的爷爷奶奶。眼看着那些年纪是自己年龄三四倍的长辈，一个个腿脚利索地赶超自己，苗淼感觉更加郁卒了。

死宅的体力实在是吃不消突然之间的剧烈运动，苗淼一边喘着气，一边给自己鼓劲，下决心新的一年一定要去健身房健身，不然她还真是年纪轻轻就浑身老年病了。

苗淼喘着粗气，好不容易在虚脱前爬到了山腰，看到上次跟方来阳一起来过的那片空地。

回忆如同走马灯一样在眼前旋转。那时候跟方来阳也只是刚认识，但是她就对他有好感了。而现在，在两人拥有更多的交集之后，甚至都像是已经在交往了之后，方来阳又不见了。而她一个人却陷入了让自己备受煎熬的流言和质疑当中。

苗淼在空地的石凳上坐了一会儿，看到旁边的小店有卖方便面，老板正在吃方便面，那浓烈老坛酸菜的香味涌入鼻腔，苗淼忍不住深吸了口气，摸了摸已经空荡荡的胃。

虽然只过去一个小时，但是她消化能力好，那杯关东煮早就消失在消化系统里了。

苗淼上去一问价格，居然要 15 块一盒。

苗淼有些震惊："这么贵，便宜点嘛。"

"我们扛上来的，也要人工费的。"老板有理有据地说道。

苗淼无言以对，但是她肚子真的有些饿了，咽了咽口水，掏出钱包买了一盒："帮我泡好吧。"

在半山腰停驻的游客没几个人，苗淼在山腰吃完了一碗方便面，连汤都没剩，又休息了一会儿，才起身开始试着登顶。

她在浮城长大，却只在小时候，在父母的陪伴下登顶过方山。这一次，她想一个人靠自己的能力登上山顶。

把自己的力气全都消耗光，她的不良情绪也能烟消云散吧。累得气喘吁吁，快要虚脱的过程当中，苗淼一直带着这样的情绪，胡思乱想着。

从小时候幸福的一家三口，到父母接连离去，再到她画漫画逐渐闯出名堂，一个眼熟的粉丝马甲映入眼帘。

一阳来复。

方来阳。

苗淼用尽全身体力，一脚跨上两级台阶，踩在一块小平台上，一手扒拉掉帽子，另一手握拳，砸在自己已经积满了乳酸的膝盖上。

去他的法拉利啊啊啊！

苗淼咬着牙从胸腔里发出一声压抑的闷哼，一滴汗珠从她额角顺着脸颊滑到下巴，落在地砖上。

在将近晚上十点的时候，苗淼终于登顶了。然而游客们几乎都已经早早登顶然后下山了，连山上的便利店都关门了，只有传说中的山顶林子里的五星酒店还营业着。

山顶只有一排排的桌椅和遮阳伞，空荡荡都没有人，苗淼登顶之后，成功的喜悦并没有维持多久，她就感觉到了害怕。

她真的脑残啊！晚上登山，爬到了大半夜。她这手无缚鸡之力的，真的遇到了什么事，她真的只能曝尸野外了。

这时候正巧一阵山风吹过，苗淼整个人冻得直哆嗦，身上的汗被风一吹，她只感觉到从骨子里冒出一阵寒意，苗淼急忙戴上帽子，从包里摸出围巾，围在身上，找了个靠墙的角落坐着，缩着身子。

三三两两的路灯在山顶并不顶用，看起来还是昏暗得紧。黑暗代表了危险。苗淼看着空地外黑黢黢的树林和无人使用的桌椅，以及，从她的角度看起来就像断壁悬崖的台阶边沿。

恐怖片吗！

苗淼欲哭无泪。

太吓人了，她要下山！

苗淼哭丧着脸，吓得直哆嗦，但是腿脚都发软，她压根就不敢动。

此刻又有一阵山风吹来，旁边便利店门口悬挂的风铃被吹响了，发出了“铃铃”的声音，更添一分恐怖惊悚的色彩。

苗淼眼泪都被吓出来了。

苗淼苦着脸看了看另一侧的桌椅，登时被吓得浑身起了鸡皮疙瘩，浑身变得僵硬。

另一侧靠近树林的一张椅子上，坐着一个人。昏黄路灯下看不清那人的样子，但是看那宽厚的肩膀和身形，一眼就知道那是个男人，而且——还很高大！

苗淼瞪大了眼睛，几乎都忘了呼吸。

她真是立了个好 Flag！

她这是遇到抢劫犯？杀人犯？这个人到底是什么时候来的？她都没发现。

救命啊！苗淼在心里无声地哭泣，却不敢动弹，生怕那人发现了自己。

就在苗淼战战兢兢的时候，那男人突然站了起来，苗淼整个人一激灵，就见那男人往她的方向走了过来。

苗淼心跳一滞，差点就吓晕过去。她拿余光瞥了眼那男人离自己的距离，以及她和台阶的距离，两相比较，内心挣扎万分。最终，苗淼咬了咬牙，果断地跳下椅子，往台阶方向逃命般狂奔过去。

才没跑两步，她就听见身后的脚步声突然加快，急促地追上自己。

来不及了！

“啊啊啊啊！”苗淼尖叫着，平生第一次以能拿校运会百米赛跑冠军的速度往台阶跑过去。

她完全忘记了自己的腿还没好全，忘我地逃命。在台阶边缘，腿突然一阵剧痛，苗淼的脚一扭，一个倒插葱，眼看着就要从台阶边缘往下摔去。

此时此刻，身后的脚步声也快速地来到了她身后，苗淼腹背受敌，绝望地闭上了眼，往下栽去。

然而就在身体腾空的一瞬间，她的腰被人搂住了，紧接着有力的胳膊将她往回拽，直到落入一个宽厚温暖的怀抱里。

苗淼心脏已经停跳了，这意味着——她已落入敌手。

她完蛋了。

“救命！求你！别杀我！我有钱！我把我银行卡全给你，密码告诉你，留我一条命吧，别伤害我。嘤嘤嘤。”苗淼缩着身子双手捂住脸，哭求着，满脸都是眼泪，涕泗横流。

一个耳熟的声音在脑袋上方无奈地叹息，然后一只大掌轻轻地拍了拍她的头。苗淼吓得浑身一抖，随即又感觉情况似乎不对。

“你家最值钱的是什么？”耳熟的低沉动听的声音，在耳边带着笑意问道。

苗淼鼻子一酸，撇了嘴，眼泪顿时比刚才还要夸张地决堤了，她双手抱住方来阳的腰，哭喊：“哇——方来阳啊！”

方来阳无奈极了，苗淼人是瘦弱，但是这两下掐他腰的小动作花的力气可一点都不小，真是让人又痛又爱。他抱住苗淼的背，轻拍着哄：“好了，不哭，你看，这里最坏的坏蛋也就是我了，没事的。”

“我差点吓休克了好吗！”苗淼吼道，眼泪鼻涕都无意地抹在方来阳昂贵的纯羊毛的呢大衣上。

方来阳将苗淼的围巾整理好，然后解下自己的高定围巾，围住苗淼的脸：“来。”

苗淼从围巾里露出一双红肿的眼睛，疑惑地看着他。

“擦擦眼泪，擤擤鼻涕，小心冻伤了。”方来阳脸上还是那副淡漠的表情，语气和眼神却温柔得让人沉溺。

苗淼看着他的双眼，下意识地就“噗”一声，擤了鼻涕，方来阳轻笑一声，还用围巾帮她擦了擦鼻子。

“乖，不怕了。”方来阳把围巾翻了个面叠好，塞到苗淼手里，“拿着，随时用。”

苗淼摸着手里柔软的围巾，心情复杂，欲言又止。

方来阳牵着苗淼的手，拉着她坐到墙角无风的椅子上。那椅子旁就是路灯，苗淼这才看清方来阳。

他穿着一件笔挺的卡其色风衣，虽然脸上干干净净，但是看起来仍旧带着疲惫，眼底是一圈乌青，眼睛里还有血丝，然而此刻他的眼神里却带着无尽的温柔和喜悦，嘴角更是微微勾着。

他可真好看啊。苗淼心想。

一想到刚才自己差点摔下台阶，脚又开始疼，泪意又开始翻涌。

她捶打了一下方来阳的肩膀，埋怨道：“我脚疼，都怪你！”

方来阳紧张地问：“刚才扭到了吗？”说着就要蹲下来看她脚，被苗淼拒绝了。

“没事，就吓吓你。”苗淼吸吸鼻子，脚在椅子下缩着。她爬了那么久的山，脚上一定全是汗味儿，她才不要让方来阳看到呢。

方来阳心疼地责怪：“腿伤还没好完全就来爬山。”

苗淼心虚地转移着话题：“我家很穷的，还我家最值钱的东西，银行卡里的钱加起来都不如你一件衣服贵。我家最值钱的就是你送我的车了！”

方来阳笑了：“不。你家最值钱的，难道不是你吗？”

苗淼眨眨眼，看着暖黄灯光下的方来阳，心想，这个男人笑起来，太好看了啊。

眼看着苗淼呆若木鸡，方来阳低下头，亲吻着苗淼布满泪痕的脸颊，轻声道歉：“对不起。”

苗淼一惊，往后缩，奇怪地看着他。

他道歉的语气很平和，跟平时并没有什么区别，但是却又勾起了苗淼低迷的情绪。像是毒素被排出身体一样，苗淼鼻子酸楚，心脏一角一抽一抽的，带着钝痛。

她皱着鼻子，撇着嘴，带着委屈地应声：“哦。”然后猛点头。

“我没有及时看到你的信息，”方来阳低声说着，“对不起。”

“哦。”

“我没有在你身边，安慰你、保护你，对不起。”

“哦……”

“我吓到你，让你害怕了，对不起。”

“……”

“让你不明不白等了这么多天。”

“……”

“没有及时告诉你，对不起。”

苗淼闷声问：“告诉我什么？”

方来阳将头瞥向另一侧，哑声说着。

“我爱你。”

“让你误解了我的意思，对不……”方来阳还想继续说，苗淼却跪坐在椅子上，直起身子，双手掰着方来阳的脑袋转向她，低下头先发制人地用力吻下去。

然而苗淼太过慌乱，用力过猛，两人的嘴撞到了一起，牙齿撞到嘴唇，顿时两人都闷哼一声，疼得各自捂着嘴巴在一旁龇牙咧嘴。

良久，才听见方来阳的声音在说：“你力气这么大，为什么爬山这么慢？我等了你快一个小时，生怕你走丢了，返回去跟了好久。”

“变态，你跟踪狂哦。”苗淼笑着埋汰他，“我脚伤还没好全，总得休息休息吧？”

爬山五分钟，休息两小时吗？方来阳心想。

“嗯，你才知道吗？”方来阳道，“只有变态会送法拉利给你。”

“真是有钱的变态啊。”苗淼笑着戳他脸。

方来阳转过头来看她，想捉住她的手，哪知道刚一转过脸，苗淼甫一看到他的脸，脸色就变得煞白。

“方……方来阳！”

“嗯？”

“你你你，嘴巴上好多血啊！”

“……”

两人手忙脚乱地清理完方来阳被苗淼撞出来的嘴上的伤口，看着对方脸上的狼狈，忍不住“扑哧”一声，双双大笑。

“他（她）真可爱。”

两人心里同时这样想着。

深夜，山风更加肆虐起来。聊了会儿天，解了心结，解释了误会，苗淼打算下山，方来阳告知：“我在方山顶的度假酒店订了房间。”

“……？”苗淼一头雾水地看他。

“我订了三间房。”方来阳道。

“为什么……订三间？”

“你不喜欢人多点，热闹点吗？”方来阳牵住苗淼的手，往方山顶的度假酒店走去。

苗淼还没反应过来方来阳这句话的意思，就被牵着往林间小道走去。

方山顶的度假酒店是五星酒店，古色古香的四合院改造的酒店，一个晚上就需要一千大洋，苗淼都没怎么登过山顶，就更别提一览方山度假酒店的风采了。只听闻过酒店大名的苗淼，被方来阳带着，在山路中拐了个弯，走到了一条曲径通幽的林间小道上。

方来阳拉着她又拐了个弯，突然眼前豁然开朗，林间小道前，明亮的灯光里，一座石拱桥，山涧通过桥洞，旁边是一排郁郁葱葱的竹林，后面是一座古朴典雅的白墙黑瓦的园林，门匾上写着：“方山别苑”。

方山的山顶因为很平整，面积很大，因此被打造成了一座山顶公园。

苗淼从来没见识过方山别苑，惊得瞪大了眼睛。方来阳看到她的模样，忍不住笑了：“怎么，从来没有来过这里吗？”

“我上一次爬到山顶……这酒店还没建好呢。”苗淼目瞪口呆地说道，“真漂亮。”

别苑大门敞开着，跨过门槛，进入别苑，就是大堂，里面的装潢都是古色古香中，带着各种现代审美和科技的点缀，服务员一律都穿着唐装，服务态度一流。方山别苑总共就只有五间房，方来阳订了三间，还是开了后门订来的。

领了房卡，方来阳站在苗淼房门前，摸了摸苗淼的黑眼圈，叮嘱道：“上半夜至少先睡一觉吧，你昨晚没睡吧？”

“在电影院睡了一会儿。你也比我好不到哪里去，怎么回事？”苗淼盯着方来阳的黑眼圈奇怪地问。

方来阳摇摇头：“没事。你好好睡一觉吧，五点半我再来叫你，还得早起呢。”

“……你怎么知道……”苗淼睁大了眼睛。

“不是说了吗？陪着你一起看日出。方山上看日出风景很好的。”方来阳眼神里仿佛有道明亮的光，点亮了苗淼此时此刻带着阴影的内心。

她不想让那道光离开，垂下头，抓着方来阳的衣角，不好意思地说道：“我睡不着，激动的。”

方来阳低头看着她脑顶发心里的旋涡，十分可爱，似乎像毛茸茸的小动物，让人忍不住想抚摸一下。

事实上，他也这么做了。

他哑着嗓子问：“那你想怎么样？”

“聊聊天嘛。”苗淼扭捏地说着。

说是聊聊天，也真的只是聊聊天。两人坐在沙发上，看着电视，肩挨着肩，聊着跟电视上完全无关的事情。

从韩栋的事聊到苗淼的新作上市时间，再到郑林天染的头发。屋内开着暖气，暖洋洋的，两人盖着一条厚毯子，毯子底下，两手十字相扣，带着共同的温度。时光静谧，让人忍不住期许着它能停驻。

苗淼正念叨着希望方来阳再做一次上次没口福只吃了一口的冰激凌蛋糕，声音越来越轻，越来越低，脑袋一点一点地慢慢靠在方来阳肩膀上，就迷迷糊糊睡了过去。

方来阳感觉肩膀上一沉，转头看到苗淼闭着眼睛，睡得跟只小猫一样，头发有些毛糙，看起来毛茸茸的。

他轻笑一声，一只手小心地托住苗淼的脸，低头在她唇上落下一个吻：“好梦。”

等她醒来，她又会是最乐观开朗的鸡丝猫。

方来阳抱起苗淼，将她放到床上，盖上被子。

连轴转了两天一夜，一旦放松下来，困倦如海啸一般涌了上来。也对，通宵的人是他才对，现在太阳穴开始一抽一抽地疼痛起来。方来阳看着苗淼的睡脸，小姑娘似乎做了个美梦，嘴角勾着，看起来一脸笑意。

他靠在床边，看了好一会儿，闭上了眼睛。

苗淼做了一个梦，梦到自己变成了一个小小的人，站在一座巨大的城堡外面，前方是一扇铜墙铁壁般严密防守的大门，几只像汽车一般巨大的黑猫守在大门外面，毛茸茸的身子上披着盔甲，眼神肃穆，警惕地看着周围的猫来猫往。

她……大概来到了一座猫城。这里所有进出城内，来来往往的都是巨型猫咪，对比她就像一辆小轿车一样巨大。

毛茸茸的大爪子，在她的周围，“轰隆隆”如同坦克一般走过，偶尔一只猫似乎闻到了不一样的味道，停了下来，吸了吸鼻子，然后低下头来，巨大的猫眼中，瞳孔变成金色的细线盯着她看。

苗淼爱猫。然而被这么巨大的猫，虎视眈眈地瞪视着，对方一爪子就可以踩死自己，苗淼害怕了。那只猫又继续垂下了头，在苗淼脑袋上嗅了嗅。

苗淼甚至都能感受到对方喷涌出来的鼻息，将她刘海吹起的动静。幸好那只猫没有意识到什么，离开了。苗淼在梦中心想，一定是因为她养着小兔的缘故，身上也有猫的味道，被当成同类了。

苗淼跟在一只狮子猫的身后，靠对方长而浓密的毛发遮掩住自己，偷偷溜进了城内。

城内的景象真像天堂啊，到处都是软绵绵、毛茸茸的大猫，或是趴在屋顶上，或是瘫坐在街边，舔着爪子，眯着眼睡觉。

苗淼跑进城内，这只猫摸一下，那只猫抱一下尾巴，一路揩油，心情好得不得了。

突然，前方出现两只身披盔甲的大黑猫，拦住了苗淼的去路，严肃地瞪着她，其中一只亮出了自己的爪子，肉垫中弹出了爪尖，在阳光下闪着锋利的光芒。

另一只大黑猫有着长而直的胡子，它“喵喵喵”了一阵，胡子抖了几下。苗淼居然听懂了它的话。

“你这个假扮猫咪进城的人类，扰乱猫城的秩序，现在我要将你关进大牢！”

沉默着的那只猫钩住苗淼的衣服后领，将苗淼提了起来。苗淼吓得浑身都不敢动弹，抖如筛糠一样哭求道：“我错了，请不要送我进牢房！”

两只黑猫并没有听苗淼在说什么，而是转身往城内最高耸的建筑而去。

忽然间，一只比两只黑猫更加巨大的美国短毛猫拦住了两只大黑猫，苗淼抬眼一瞧，感动得要哭出来。

“小兔！救我啊小兔！”

黑猫：“喵！城主大人！”

小兔抬起了爪子，苗淼听见熟悉的男人的声音说道：“放下她吧。”

苗淼被放到地上，奇怪地问：“咦？方来阳？”

话音刚落，就见小兔那只爪子已经落到了眼前，狠狠砸在了她身上，差点没让她吐出血来。

“嗬！”苗淼吓得一睁眼，直喘粗气，她感觉胸口沉沉的，似乎有重物压着。

耳边就听见方来阳无奈的声音：“小兔，下来。”

苗淼弯起脖子一看，就见一只肥猫正躺在她胸口上，赖着不走。方来阳正巧走到床前要抱起小兔，看见苗淼醒了，笑道：“被小兔闹醒的？”

苗淼还处在梦境和现实之间的恍惚期，迷迷瞪瞪地喊道：“城主大人？”

“嗯？”方来阳疑惑。

苗淼摇摇头，缓过神来，爬起来靠着靠枕，将小兔抱起来，问方来阳：“它怎么在这儿，我明明将它托管了啊。”

“我带来的，之前在隔壁房间。”

小兔被苗淼抱住，还不停地挣扎。似乎是被托管让它不高兴了，一直在扭着全身想要挣脱苗淼的桎梏。苗淼哄了它好久才让它安静下来。

“宠物店真不负责，怎么会让你去领小兔？”苗淼一边逗小兔一边问方来阳。

方来阳解释道：“是黄茹茹跟我一起领的，她跟宠物店老板也很熟吧。”

苗淼一愣：“茹茹？”

“嗯，她现在也在。”

“啊？她来了？”

“都来了。”方来阳点点头。

“什么叫……都来了？”苗淼奇怪地问。

方来阳道：“韩栋和他徒弟，黄茹茹和你的发小，都来了。”

“为什么……”苗淼瞪大了眼睛。

“陪你一起看日出。”

“你怎么这么执着看日出啊？”苗淼笑道，心里却很明白方来阳的执意。

“毕竟让你一个人等日出，我心疼。”方来阳揉了揉苗淼的头发。

苗淼一愣，抿着唇问：“你怎么知道……”她的习惯和打算。

方来阳将苗淼揉进怀里，叹声道：“韩栋说的。”

情敌告诉自己这么重要的事情，方来阳怎么想都觉得特别不愉快。然而毕竟韩栋这态度就是默默退出了，而且还送他做嫁衣，方来阳也不好意思再黑韩栋了。

“我去公寓找你，韩栋说你会在每年的新一天凌晨起来等日出。我就想陪你。”方来阳解释道。

“那你还是没告诉我，你为什么会知道我在方山啊？”苗淼疑惑地问。

一提到这个，方来阳就觉得有趣：“今天傍晚你是不是开车送了一个老太太到凤城公馆。”

“啊？对啊。”

“那老太太是不是第二次坐你的车子了？”方来阳又问。

“对，怎么了？”苗淼一脸莫名其妙。

方来阳：“那个老太太……”

“嗯？”

“是我妈。”

“……”

沉默半晌，苗淼：“伯母曾经想要劝我去交警队自首无证驾驶。”

方来阳忍不住笑出声来：“你那次说的就是她啊，怪不得，我妈好像有提过类似的事情。”

“她说想给我介绍对象，她说她有俩儿子。”苗淼憋着笑说道。

方来阳想到自己母亲一心想把苗淼介绍给方来光就黑了脸，他指着自己：“对，她觉得我比较优秀，想介绍给你。”

“不要脸。”

“你看，要不找个时间，让我妈给我们俩撮合一下？”

“拒绝！”

“我妈很喜欢你的。她介绍的男生绝对不会差，比如我。”

苗淼被他逗笑得趴在床上，一不小心压在了趴在她身后的小兔身上，小兔凄厉地“喵”了一声，跳了起来，踩着苗淼的脑袋跳到苗淼的腰上。

“哎哟！哈哈哈哈，小兔别踩我痒痒肉！”苗淼一边笑着一边要赶走小兔。

方来阳借机扑上去继续挠她痒穴。

小兔施施然跳到了地毯上，舔了舔爪子，擦了擦眼睛。

哎哟，铲屎官跟她男人真是没皮没脸地滚来滚去，不害臊。

“喵——”

• Chapter 13

我的骑士

闹腾了一会儿，苗淼去洗漱了一下，回头一看闹钟，居然已经早上六点了。窗外的天色仍旧是黑黢黢的，但是清脆的鸟鸣声却已经在林子内慢慢喧嚣起来。

方来阳把沙发上的厚毯子披在苗淼身上，叮嘱："早上冷，别冻着。"

苗淼点点头，摸摸肚子："饿了。"

方来阳指指门外："有三味坊的大厨在，怎么可能会让我们饿着？"

苗淼一听，笑得眼睛弯成了月牙儿，露出两颗小虎牙，嘴馋地说道："说得我都期待了起来。"

方来阳牵着苗淼的手，往酒店大厅走去，韩栋他们已经等在大厅了。他们一个个都穿着厚厚的大衣，郑林天最夸张，大概是因为被剃了平头，露着头皮的缘故，他怕头皮冻到，干脆戴了顶雷锋帽，披了件军绿色的大衣，看起来特别朴实，土得不行。

苗淼一看到他就指着他笑。

黄茹茹在一旁也笑："刚才已经吐槽过他了，他还觉得这是复古穿法，洋气得很。"

郑林天不服气，摘下帽子弯下腰给苗淼看他白花花的头皮：“你看我这劳改犯头！前两天头发稍微长长点了，师父又压着我去剃头发了！我这跟光头有什么区别？”

韩栋也是个板寸，但发量明显比郑林天浓密，他落井下石：“你这是少年脱发，与我无关。”

郑林天直起腰，双眼圆睁，像是受到了极大的打击一般，整张脸都写满了震惊，顿时眼眶含泪：“脱……脱发？”

“小小年纪就脱发，林天，吃点好的吧。”苗淼拍拍他肩膀。

猫袋里的小兔非常焦躁，嘴里不断发出威胁恐吓的声音，两只前爪不断地摩擦着袋子。

苗淼一听，就暗道不好，看向坐在沙发上逗鸟的图秋，忍不住叹了声气。

图秋带了她养的那只叫德玛的灰鹦鹉来，它右脚上挂着根鸟链，另一头做成一根戒指，套在图秋的手指上。德玛是图秋从小雏鸟的时候就开始养的，感情很好。当然，它跟小兔的感情一点都不好。

苗淼带着小兔去图秋家玩过，猫跟鸟就是如同宿敌一般的存在。小兔觉得这两只脚的蠢东西好玩极了，那次去图秋家，德玛正好在换羽，小兔就不断地把想跳起来飞走的德玛给扑腾下来，按到地上去衔它，结果差点把德玛给秃噜成了秃鸟。

此时此刻的小兔闻到了德玛的味道特别兴奋，德玛也听到了小兔的声音，吓得瑟瑟发抖，缩进了图秋的怀里。

苗淼问：“我是不是应该把小兔扔房间里？”

图秋想了想，摇头：“算了吧，我还是把德玛扔房间里吧，在山上我怕它太兴奋飞走了。”

图秋这样说，苗淼觉得特别不好意思，低下头指责小兔：“瞎兴奋什么？没见过鸟啊？”

方来阳道：“整天被你关在家里，还真没见过鸟吧？”

苗淼斜了他一眼：“什么时候让你看看小兔送给我的，阳台上捕到的各种鸟类，永远别小看猫科动物的捕猎天性。”

方来阳笑了笑，没回话。

可怜的灰鹦鹉德玛被图秋留在房间的鸟笼里了。小兔被苗淼套上了猫绳，放出了猫袋。

郑林天手里提着两个大型的保温餐盒，苗淼眼馋，偷偷问：“里面是吃的吗？”

“嗯，我跟师父做了一些点心昨晚带上山的，借酒店的厨房二次加工了一下，现在正是最适宜的赏味时间。”

苗淼咽着口水，睁圆了眼：“是啥？”

“过会儿就知道啦。”

一行人出了酒店，登上了属于酒店的观景台，六人一猫坐在长椅上，一字排开，都眼巴巴地盯着郑林天手里的餐盒咽口水。

每个餐盒都分成三层，郑林天打开餐盒，一人分了一层。苗淼把昨天买的啤酒也给每人分了一听。

观景台的地灯灯光里，六个人像是野炊一样，满足地喝着啤酒，吃着三味坊大厨做的美食，等待着日出降临。

“哇，老板，和式点心啊，好可爱！”苗淼看到餐盒里精致的点心，由衷地赞道。

一共八个小点心，不同口味不同形状，小巧可爱地摆在一片片紫苏叶上，整齐地码在餐盒里。苗淼一看到餐盒里的盛景就喜欢得舍不得下口。

方来阳拿叉子叉起一个团子，举到眼前，面无表情地审视着。

外形，完美；颜色，完美；味道……方来阳咬了一口，团子里边满满的抹茶馅顿时流了出来，浓厚而微苦的抹茶在味蕾上跳动，方来阳惊艳地想——可恶，真好吃。

曾经励志当甜点师的土豪方来阳决定，要好好恶补如何做和式点心，至少在甜品制作这一方面，不能落后于曾败于自己手中的情敌——韩栋。

每个人都安安静静地品尝着自己的那一份点心，偶尔轻声交谈。小兔吃着方来阳带来的鱼饼干和小鱼干，嘴里发出“咕噜咕噜”的喜悦的声音，让人意外地蹭了蹭方来阳的掌心以示友好。

“你们关系变好了哎。”苗淼笑道。

方来阳摸了摸小兔的脑袋，被小兔用爪子摁住了。

方来阳耸肩：“看起来并没有。”

苗淼将做成樱花状的和果子塞进嘴里，绵密而入口即化的糕点在嘴里蔓延开甜蜜的味道。

苗淼满足地闭上眼，感受到风从东面吹来，山林里有鸟儿开始活动的声音，身边是朋友和恋人小声交谈的声音。手边仍是那听熟悉的啤酒，但是手心里却牵着爱人的手。

仍旧如往常一样地等待新一年的日出，但是一切又不一样了。

从不承认自己害怕孤独的苗淼，再也不需要害怕孤独。她的身边有了能陪伴自己一生的人，那人可以给予自己最强大的力量，来抵御一切的不开心。

还有她的朋友们，真心地爱自己。

远处传来一声悠扬婉转的山雀鸣叫声，东面远处的山峰背后开始慢慢泛起红光。

太阳要升起来了。

苗淼举起啤酒罐，喊道：“来，我们干杯！”

所有人或站或坐，伸长手臂，六听啤酒碰撞在一起，发出清脆的金属撞击的声音。

“干杯！”

“喵——”小兔舔了舔爪子，抬头看着这群两脚兽。

红光开始蔓延成朝霞，金光一束束直射向大地，晨雾中，红彤彤的太阳慢慢地扑腾出地面，缓缓地，绽放出金光。

苗淼微笑地看着日出，心里满满的感动。

这是她见过的，最温柔的日出。

她微屈手指，在方来阳的掌心轻轻挠了挠，方来阳手掌微微一颤，随即握紧了苗淼的手，手指也轻轻挠她的掌心。

苗淼轻笑一声，抬眼看他，方来阳侧过脸，与苗淼对视，嘴角带着笑。

岁月静好，大抵不过如此。

苗淼歪着脑袋，靠在方来阳的肩上，闭上眼睛听着身边的一切声音，希望时间过得慢一点。

韩栋隔着图秋和黄茹茹，深深地凝望着苗淼，半晌，勾了勾嘴角，收回视线，将餐盒递给郑林天。

“收拾好。”

“咦，师父，还有两块呢，你不吃啊？”郑林天嘴里还嚼着点心，疑惑地问他。

“不吃了。”

“那给我吃行吗？”

韩栋睨了他一眼，郑林天接收到这嫌弃的眼神里暗藏的默许，嬉皮笑脸地抓起一个团子塞进嘴里。

明明只过了两天的时间，再回到自己的小公寓里，苗淼却觉得恍如隔世。

方来阳拉开猫袋的拉链，小兔“嗖”地就蹿出来，跑上了楼。苗淼看到它矫健的身姿，忍不住苦恼：“小兔都三岁多了，我还没给它做绝育呢，你说要不要给它找个对象，先生一窝再绝育。”

方来阳：“我记得小兔是母的吧，我有朋友也养美短，公的，可以试试看。”

苗淼点点头，期待地说道：“能配种成功的话，我留一只最不像小兔的，乖巧点的，然后将其他的送人，送你一只？”

方来阳摸摸她的头：“开什么玩笑？你都是我的，我还缺一只猫？”

苗淼顿时红了脸，嘟囔：“你才开玩笑呢。”

苗淼想到韩栋的事，又叮嘱了一遍方来阳，方来阳笑道：“我已经办妥了，不需要担心。”

“咦？”

“去首都开会的时候，我爸去了三味坊总部，跟韩栋的父亲聊过了。”

“怎么样？”苗淼好奇。

方来阳叹了口气：“他爸爸挺执拗的，但是也算松口了，可以尝试韩栋的经营理念，但是韩栋必须回三味坊。不过可以让韩栋再在这里待两年，由韩栋自己选择，是不是做一条面向中低端的餐饮线，主打传统民间小吃，盈亏由韩栋自负，五年后看成效。这是韩栋曾经想做的，因为父子经营理念不同，所以大吵了一架，韩栋才离家出走的。”

“那很棒啊。韩栋应该知道了吧？”

“应该吧……”方来阳想到今天早上韩栋看自己的复杂眼神，料想韩栋已经知道了事情经过。

“真好，我可以再吃两年韩栋做的美味了！”苗淼双手合十，感激地说道，“方来阳你真棒！”

“我棒的地方多了，要不要多了解一下？”方来阳双眼里闪着精光。

苗淼在沙发上往后退了半个屁股，两只胳膊交叉：“拒绝！”

“由不得你拒绝。”方来阳捞过苗淼，低下头亲吻她。

“滚开啦，哈哈哈哈。”方来阳摸到苗淼腰间的痒痒肉，苗淼笑得直打滚。

两人闹腾了一会儿，躺在沙发上安静下来，苗淼趴在方来阳身上，掐着方来阳的脸玩。

方来阳捉住苗淼的手，问她：“苗苗，你真的那么喜欢吃韩栋做的料理吗？”

苗淼点头：“嗯啊。怎么说呢……因为我自己不怎么会做饭，他家店就在我公寓楼下，这两年来他一直在关照我，习惯了吧，就像家人一样的味道。而且，他做的料理真的特别棒啊，真不愧是厨神。”

“以后我会努力学习的，我做饭给你吃，别吃韩栋做的了，他们三味坊的特色就是味精多，吃多了致癌。”方来阳毫不羞愧地散播谣言。

苗淼明知道方来阳是在吃无名醋，故意装傻：“啊，真的吗？那你们这些有钱人不得浑身都是肿瘤啊？”

方来阳一愣，捏着苗淼的脸颊笑骂：“嗯，那你也挺有钱的吧，两个肿瘤也不小。”

苗淼怔愣了很久，末了才反应过来，顿时涨红了脸，坐起身子，抓起靠枕砸方来阳的脑袋。软绵绵的枕头砸得一点都不疼，方来阳安然享受着枕头的头部按摩，居然觉得还挺舒服。

嗯，大腿上苗淼的臀也挺舒服的。

方来阳决定还是不把这句话告诉苗淼了，不然估计会被苗淼拿枕头闷头谋杀掉。

方来阳曾经的理想是当一名甜点师，现在他的理想已经变了，他想当一名网红漫画家的专属甜点师。

但是现在已经实现了。

都说粉丝想要和偶像在一起是天方夜谭。但是……应该也不算吧？方来阳站着说话不腰疼地想着。

关于苗淼被人造谣的那件事情，苗淼一直没跟方来阳讲，她并不喜欢方来阳忙完韩栋的事情又开始为她操心。方来阳的工作很忙，他们两人一周也只能见个三四次面，方来阳周末有时候都要加班，再让方来阳替自己这些破事操心，她很过意不错。

方来阳却不止一次地问苗淼关于《勇者闯猫城 3》的上市时间。

苗淼心里一咯噔，含糊地回答：“还要……三四个月吧？”

“上次说年前就要上市了，也只有十几天了，怎么又推迟了？”

苗淼顾左右而言他：“大概书号卡住了吧，哎，你上次说给小兔找对象，有没有照片先看看啊？”

苗淼逃避的态度一览无遗，方来阳眸色渐深，深思着什么。

苗淼这近三年的漫画生涯，圈内朋友不多，但是她口碑一直很好，没有树敌，有时候她也想不通，为什么会被人莫名其妙黑了一通？

都说朋友是最好的良药。元旦那天过后，她的心情就好了很多，跟方来阳甜甜蜜蜜的也让她没那么在意被人黑的糟心事。但是方来阳不在的时候，她偶尔发个微博，评论区总会出现很多言辞犀利、嘲讽的热评，看得人特别糟心，苗淼连直播画漫画都不敢了。

方来阳一定是知道这些事情的，他作为苗淼多年的脑残粉，每次都是抢沙发争热评的，现在都没有再评论过了。就是因为之前有人扒出来，就是一阳来复送的法拉利。苗淼猜测道。

元旦后的那天，方来阳突然对苗淼说：“以后看完漫画或者直播，有什么话我都当面跟你说吧，我不抢沙发了。”

苗淼当时还有些愣神，过了会儿反应过来，才心照不宣地点头：“啊，你给其他粉丝腾块地儿，而且你当面说也方便我当面打你。”

苗淼不说自己的糟心事，方来阳也不主动提及，但是暗地里却一直在调查这件事情。苗淼单纯，并不会去多想这其中的猫腻，但是方来阳却察觉到了不对劲。

他送苗淼法拉利已经是 9 月份的事了，当时就已经在网上被大家当成奇闻趣事炒红了一遍，苗淼的微博因此还猛涨了十几万的粉丝。如果当时就有人怀疑苗淼跟自己的关系，当初就应该开始黑苗淼了，没道理一直到了 12 月底才突然发出一个长帖子，还详细整理了时间线和苗淼成为网红漫画家的过程。

这一定是有人在背后有预谋地黑苗淼。

方来阳最近特别忙，也是因为自己亲力亲为地在调查是谁在黑苗淼，帖子是谁在整理的，想要揪出幕后那个人。

最开始送法拉利的时候，自己因为矜持，将手续全权交给了陈铎去处理，现在方来阳很后悔，本来由自己亲自去办理，可能早就跟苗淼相识了，哪等到现在才在一起。

手上得到的资料越来越多，真相也越来越清晰，方来阳感觉自己下一秒就能揭开谣言始作俑者的真面目了，心头一松，他看了看时间。

晚上八点半，不算晚，苗淼肯定跟小兔在沙发上看综艺，她最近迷上了一档真人秀，今天正好是那档真人秀的播放日期。

方来阳整理了一下资料，穿上大衣，出了公司，驾着车往苗淼家而去。

韩栋的面馆依旧一派温馨祥和的气氛，食客不多不少，在这个点，大家都一脸惬意地喝着啤酒就着韩栋特制的卤味聊天。方来阳停了车，犹豫了好久，最后还是决定去韩栋那儿买点卤味给苗淼。

苗淼见到他的送货上门一定会高兴得尖叫的。

韩栋看到他，还是那副波澜不惊的表情，瞥了他一眼，打包了三块卤大排、五块卤香干、三个卤蛋，顺便又塞了两听进口的麒麟啤酒。

“啤酒送的，茹茹，一共 34 块，收钱。”韩栋说完，扭头就走。

郑林天在一旁邀功：“啤酒是我从进口商店买的，可贵了。”

方来阳看着菜单，怎么算都觉得价格不对：“这么便宜？”

黄茹茹打开袋子点了一下，然后告诉方来阳：“没错，的确是 34 块。”

方来阳疑惑地看她。

郑林天靠在桌子上，指着三个小餐盒里的卤味逐一点过去：“方总，是没错的啦，你们一人一块大排、两块香干、一个卤蛋对吧。”

“……”

“多出来的那一块大排、一块香干、一个卤蛋，一直都是师父给喵姐开的小灶啦。喵姐数学不好，从来都不去算价钱的，我们少给她算钱她也压根不知道。”郑林天解释道。

空气中一阵尴尬的沉默。

最后，方来阳在不接受情敌的嗟来之食和满足苗淼的口腹之欲之间，选择了妥协，把餐盒盖好，黑着脸交了全部价格的钱才离开。

方来阳离开后，郑林天小声地问黄茹茹："方总是不是不高兴了？"

"……"黄茹茹乜斜了他一眼，"他当然不高兴了。"

"怎么个不高兴法？"

黄茹茹想了想，回答："大概是嫌弃苗淼吃太多不高兴吧。"

胃口太好，让情敌有机可乘的不高兴。

带着夜宵上了楼，来到了苗淼的公寓门口，方来阳发现门上的报刊箱里插着一封牛皮纸信封。方来阳微皱眉头，将信封抽出来，信不薄，沉甸甸的，显然不是普通的信纸之类的物品。信封上也没有写收件人和寄件人的姓名，没有封口，干干净净的一封匿名信。

方来阳敏锐地察觉到不对劲，走到走廊拐角处，从信封里抽出里面的东西，赫然是一沓照片。

就着走廊灯光，方来阳看清了那沓照片的内容，瞳孔猛缩。

从那辆他送给苗淼的法拉利的各个角度包括车架号的照片，到苗淼邋里邋遢地穿着家居服从公寓走到面馆的照片，甚至还有一张他送苗淼到公寓楼下，两人抱着在楼下道别的照片。

照片中间夹了一张字条，上面打印着："鸡丝猫，宣布封笔吧。"

方来阳眸色渐深，将照片和字条塞回信封里，然后放到自己的公文包里。

回到1801门前，方来阳摁了门铃，听见门内慌慌张张的脚步声，伴随着女孩轻快地问询："哪位呀？"

方来阳吐出一口闷气，勾着嘴角，低声回答："送外卖的。"

门从里面被人打开了，"咔嚓"一声，锁销释放的声音，然后就看见苗淼小小的圆脸在门后露出来，弯着月牙眼笑眯眯地问道："这位小哥，要多少钱啊？"

方来阳双眸里带笑："一个吻的价格。"

"那你进来收费吧，嘻嘻。"苗淼拉开门，接过方来阳手里的夜宵，欢脱地跳着，小步跳到客厅，把夜宵放在茶几上，自己坐在地毯上，盘着腿，摩挲着双手兴奋地打开袋子。

方来阳看着这样欢脱、可爱得像只小猫一样的女孩，有些出神。

苗淼发现方来阳还没进屋，冲他招手："愣着做什么？来一起吃呀，别忘了从厨房带碗筷。哎呀，小兔，这些东西高盐，你不准碰！"

小兔跳到了茶几上，爪贱地要扒拉餐盒，苗淼整个人都扑到了茶几上，跟小兔战斗。

方来阳看见此情此景，忍不住笑了。

进了屋，关上门，方来阳的心一下子就平静了下来。

他要保护这个女孩的小快乐的想法或许从他第一次接过她微笑着递过来的伞开始，从他第一次在直播里听见她清脆的声音以来……或许，从他第一眼看到鸡丝猫这个奇怪的笔名开始就已经形成。

无论谁，都不能从她脸上剥夺走笑容，他要守护她的单纯快乐。

苗淼发现，微博原先对自己声势浩大的讨伐，渐渐平息了下去。同时，一条关于自己的帖子从豆芽论坛出发，被人们转帖关注，进而蔓延到了微博上。

《我也来八一八鸡丝猫大大吧》，苗淼最开始看见这个帖子标题的时候，心下又是一凉，还以为又有人在黑自己了，几乎要窒息。等点开来一看，发现这分明是友军！从看似黑她的标题开始，通篇都是在列举各种强有力的证据和事实在反驳之前黑她的言论和谣言，并且，里面各种溢美之词几乎将她要捧上了天。

苗淼看着那帖子都要脸红，看得她想上意大利……面给这位友军吃。

她怎么不知道原来自己有这么优秀。

人是从众的。少部分从苗淼开始画漫画就喜欢苗淼的粉丝立刻像是找到了靠山一样，将这个帖子转载出来，用来怼之前黑她的黑子。慢慢地，本身就在犹豫不决的中立派选择了相信苗淼，又开始回到支持苗淼的行列当中来。

跟公司用法拉利炒作、傍土豪、抄袭等等污蔑，都被这个帖子利用各方的证据给反驳了。

对苗淼来说，伤害最大的就是抄袭、描图的污蔑。这虽然是一件通过技术活就可以反驳的事实，但是苗淼根本没那个时间和精力去列举一张一张原图对比，更没那个心情去整理。

而这张帖子，却翔实地整理了苗淼从开始画漫画所画的所有漫画的故事框架、梗概和被人污蔑是描图的原图来进行一一的对照。

如此用心列举的证据事实也让越来越多的粉丝回到支持苗淼的行列中。

苗淼很高兴，也很欣慰，暗戳戳地想联系原帖的创作人，想雇佣他给自己做排版。那张帖子的排版和美工做得太棒了，苗淼觉得这位作者一定是自己望尘莫及的圈内某位大大。

这位苗淼望尘莫及的画圈内的大大，就是方来阳公司的设计总监——在被方来阳以加工资为诱惑的前提下，心不甘情不愿地接下了这份小儿科的工作。

方来阳看到帖子发出去的效果之后，很满意，给设计总监承诺年终奖加倍。

陈铎将方来阳签章的工资变动表交给人事审核的时候，心情特别地复杂。他给方来阳做牛做马，帮领导出谋划策，为领导追求苗女士创造了那么多机会，他甚至是他们俩的媒人，领导怎么从来没有考虑过给他发双倍奖金呢？

这不公平啊。

陈铎郁卒地想写封申请调请信，回董事长室去。

苗淼发现自己微博的风向变了之后，又发生了两件事。

一阳来复转发了那个帖子，被转发量居然还挺多。苗淼还没去看一阳来复转发的微博下面的评论，就发现他又转发了一条微博，前一秒刚转的。

方来阳的微博。

方来阳有一个粉丝过三百万的微博账号，还是以方盛集团总经理的身份认证的大V。

方来阳因为其长相、气质和家世，一直被粉丝喊“老公”，明明他从来没有在微博上发过照片，头像也就是公司的logo，但是偶尔上传的几张杂志采访照，就足够他吸了几百万“老婆”粉了。

苗淼跟方来阳在一起之后，就偷偷关注了方来阳的微博大号，还拿小号偷偷评论过方来阳大号下仅有的几条微博。这家伙似乎用小号习惯了，整天拿一阳来复这个微博号抢她沙发，而自己的大V账号甚至连密码都忘记过。

现在，半年多没更新的方来阳的微博，突然更新了一条新内容，短短十分钟转发就破千，并且以可怕的速度在不断增涨。

方来阳V:“我喜欢一个漫画家的作品喜欢了两年多了，她直播画漫画，拯救了我的拖延症。四个多月前我送了辆法拉利给她，但是她没收下，不料却给她带来了许多麻烦。很抱歉给你带来流言蜚语，我在这里向你道歉，请原谅。@鸡丝猫”

苗淼连看都不看，就能猜得到评论区是怎样的震惊。

她自己看了都觉得这个世界太疯狂了。她给各大网媒都想好了标题了：《震惊！商界巨贾为搏女神一笑，居然这样做……》。

苗淼给方来阳打了个电话，对方飞快地接起电话，语气里带着愉悦的气息：“嗯？苗苗？”

“你在做什么啊？”苗淼哭笑不得地问，“搞事情啊！”

方来阳轻笑一声，声音里带着笑意：“如他们所愿，帮你炒作嘛。”

“吓死人了！”苗淼拍着胸口夸张地说道。

这个世界就是很奇怪的。当苗淼看起来并没有后台的时候，一旦有个风吹草动，被人污蔑，立刻就会墙倒众人推。而现在，苗淼有了一个实力雄厚的土豪方来阳做后盾，网络舆论的风向反倒立刻就变了。

也不知道是因为一脸严肃、运筹帷幄的方来阳居然会看画风可爱的治愈漫画的巨大反差戳到大众的萌点了，还是因为鸡丝猫这粉丝量也不算特别巨大的小网红，居然真的被土豪送了法拉利让人大跌眼镜。总之，网络的舆论风向瞬间转了一百八十度。

将这件啼笑皆非的魔幻现实事件，视为极佳的电影素材的网友越来越多，甚至有许多苗淼的同行，因为觉得整件事情特别有趣，还画了漫画，编了后续。

而这些漫画和同人故事流传越来越广，甚至形成了一个网络热点新闻，苗淼的微博粉丝暴涨到了百万——许凌云高兴坏了。

“正好我们的漫画可以借这个机会提前上市！”许凌云给苗淼打电话，语气非常激动。

苗淼愣了好久，还没反应过来，许凌云在那边自顾自地兴奋地念叨：“什么时候上市呢？年前吧？腊月二十三，小年怎么样？”

苗淼问：“哎？什么意思？要上市？不是说要推迟上市，上市时间待定吗？”

“这个时机上市最好了，销量肯定‘噌噌噌’往上涨，老板让我们尽快铺货上市。”许凌云顿了一下，又说道，“我知道，苗淼，你心里对我们有芥蒂。”

苗淼急忙说道：“没……我也知道你们是为了我着想，之前那种情况，万一按时上市，销量上不去，我这个漫画系列就废了。”

许凌云叹了口气，带着歉意安慰：“不会废的，你粉丝也多啊。但是老板还是怕会影响不好。苗淼，对不起啊，这段时间你肯定很难过吧？”

苗淼沉默了很久，才回答道：“就难过了一段时间吧。其实还好……真的，还好啦。”

“幸好，你有方先生。”许凌云庆幸道。

苗淼声音里带了笑：“还行吧……也不知道他哪根筋抽了突然发那条微博。”

许凌云疑惑地问："咦，苗淼，你不知道吗？"

"……知道什么？"

"方先生没跟你说吗？"

苗淼沉默良久，问道："你们之间难道有什么秘密？"

许凌云一愣，急忙否认："没有，绝对没有！"

苗淼不相信，追问："他做了什么事情了？怎么你知道我不知道？"

"真没有，我不知道！"许凌云心虚地说道。

苗淼阴森森地威胁："下一本漫画我要拖稿了！你要扣工资的哦——"

"……"

"扣工资就没钱给儿子买玩具了哦——"

"好啦……"许凌云无力地投降道，"方先生也没跟我说不能告诉你啦，只是你不知道，我觉得还是尽量不让你知道比较好。"

"说吧，什么事。"苗淼老神在在地问。

许凌云叹了口气，嘟囔了句："你上辈子修来的福分吧，找了方先生这么好的男朋友。"

"咦？你都有儿子了！"

"闭嘴！我就是感叹一下！"许凌云吼道。

苗淼闭上嘴，安安静静听她讲话。

"你看到那个给你洗白的帖子了吧？"许凌云问她。

苗淼急忙反驳："抱歉，我没有黑要洗，我本身就是白的，白里透红。"

"啧，闭嘴。"许凌云嫌弃地说道，"那帖子是方先生亲手整理，亲自写的，资料大部分是我提供的。"

"我……去……"苗淼目瞪口呆，半晌才找回自己的声音。

"不然你以为谁能写得这么声情并茂的，要不是多年脑残粉，能写得这么详细吗？"

说得也对……

"方先生他们公司的公关部帮忙炒热度，然后顺势用自己微博帮你洗白。大公司，效率就是不一样，棒棒的。”许凌云说完还夸了方盛集团一句。

苗淼冷冷地讽刺：“有人说过，陆世文化是全国最大的原创文学工厂。大公司，效率就是不一样，呵呵哒。”

“……”都是大公司，一个给旗下作者的作品推迟上市，一个帮忙速度洗白。这对比让许凌云汗颜。

她忍不住找到了强而有力的反驳支撑点：“那是因为，你不是我们老板的女朋友，他干吗要帮你？”

说得……也很对。苗淼居然无力反驳。

“哦对了。”许凌云突然想到什么，提醒苗淼，“方先生似乎知道造谣黑你的人是谁了，想要起诉他，到时候你可能要出庭。”

苗淼愣住了：“是谁？”

“……我们都认识的，但是……还是由方先生自己说比较好。”许凌云如是说道。

晚上方来阳来送夜宵的时候，苗淼一脸苦恼地坐在沙发上，看着他摆盘，方来阳被她盯得心里发毛，忍不住问：“怎么了，一直看着我？”

“你……是不是要替我打官司？”

方来阳挑眉，手上动作不停，将最后一片香干夹到盘子里，然后递给苗淼，顺手把跳上茶几想要偷食的小兔赶下去。

“你知道了？”

苗淼点点头：“嗯，许凌云说的。方来阳……我不是很想出庭啊……”

方来阳定定地看着她没说话，苗淼抬眼看他的双眼，知道他想问什么，遂又低下头，轻声解释道：“小时候……爸爸出事后，妈妈在法庭上哭……”

“好了。”方来阳将苗淼搂进怀里，摁着她后脑勺轻抚，低声说道，“那我们就不起诉，我们私底下解决，然后让他写一封道歉函，好吗？”

苗淼点头：“好。”

“嗯，乖。”方来阳哄孩子一样，轻轻拍了拍她的脑袋。

小兔又跳到了茶几上想要偷吃东西，方来阳冷着脸，竖眉毛瞪它：“下去，没看见我们要少儿不宜吗？”

小兔歪了歪脑袋，用看脑残的眼神看方来阳：“喵？”

苗淼推开方来阳，脸颊微红，笑说：“谁少儿不宜啦，你自己去，我要吃卤蛋。”

方来阳戳戳她手臂：“我这么努力，不给点奖励？”

“给啊。”苗淼理所当然地说。

方来阳立刻坐直身体，侧着脸，闭上眼睛，将右脸颊微微扬起。

苗淼看着他这副小孩子求糖吃的表情，只觉得好笑，真不知道为什么第一次见面的时候会以为他是个高冷的高富帅。

方来阳期待地等了好久，正准备睁眼，就感觉脸颊被冰冰凉的东西轻轻一碰，伸手一摸，摸到一张卡片。睁眼一看，正是苗淼花了三个多月签绘的特典明信片。

“独一无二的第两千零五十一张哦。”苗淼得意地说道，“我存了好久了的。”那时候她多签了一张，就留了下来。

正面是苗淼的《勇者闯猫城 3》的封面，一个小男孩坐在一只巨大的美短脑袋上举着宝剑的图片；翻到背面，方来阳一看上面的签绘，忍不住笑了。

上面用签字笔，简单勾勒了方来阳的脸，旁边写道：“NO.0，谢谢你的法拉利，让我乘着爱满载而归。”

“喜欢吗？”苗淼露着小虎牙，笑问。

“喜欢。”

● Chapter 14
她叫苗淼

苗淼没有去问，到底是谁在暗地里造谣，这样黑她。听许凌云的话是认识的人，苗淼没有去细问。

按许凌云的话来说，就是对方看苗淼现在的名气和成绩眼红，才恶意造谣，似乎也是陆世文化旗下的某位作者。料想那个人跟苗淼的关系不过是点头之交，

现在的网络环境，造谣成本太低，有些人生活过于无聊，或者出于莫名的眼红心理而瞎折腾，影响他人的生活，这样的事情太过普遍了。

苗淼也没有执意要去追究对方是谁，她反倒因祸得福，人气不跌反涨，也洗脱了污点。对方应该也是同行，苗淼不想赶尽杀绝——不过并不代表她就原谅那个人了。

赔偿和道歉这两个最基本的要求，苗淼是不会退让的。要知道，造谣帖的转发量超过五百就要追究刑事责任了。关于苗淼的那条造谣的帖子早就转发过万了，如果苗淼强烈要求追究，造谣者估计还要被追究法律责任。

原本造谣者以为自己绝对要被起诉，甚至要负刑事责任了，当知道苗淼决定网开一面之后，他感激涕零。方来阳跟对方是怎么沟通的，苗淼并

不知道具体经过。只知道，自己账上突然多了二十万的银行转账，然后一个刚开通的微博号上发了一封道歉信，由陆世文化转发公布出来。

许凌云后来偷偷告诉苗淼，那个造谣者转行了，跟公司解约了。苗淼不置可否，每个人都得为自己做的事情负责。

在网络上闹得沸沸扬扬的，鸡丝猫虚假炒作的负面新闻就这样告一段落。塞翁失马，焉知非福，苗淼的微博粉丝还破了百万，正式踏入了一线人气漫画家的行列。

苗淼非常惶恐。

她一遍一遍地在许凌云耳边诉苦："现在一开直播，观众就破万，各种送游艇、法拉利，刷屏。每次直播拿到的钱比我稿费还高，我好害怕啊。"

许凌云白眼都要翻到天上去了，冷笑："哦，呵呵。"

"怎么办啊，我觉得我漫画画得这么烂，根本担不起大家这么喜爱我啊。"

许凌云把苗淼摁坐到椅子上，叹了声气："你再这样我要打你了哦，鸡丝猫大大。你画功很棒了好吗？而且，又不是来看你直播的人就是喜欢你漫画啊，也可能，只是喜欢你这个人？好了，你感受一下，明天会场就是这样。"

公司给苗淼在浮城书城安排了一场签售会，许凌云亲力亲为地帮忙布置现场，喊了苗淼过来看有没有需要改的地方，结果听了半个多小时苗淼惶恐地诉苦。

苗淼挪了挪屁股，又用手摸了摸，皱眉道："坐垫太硬了。"

"啧，你要求可真高，需不需要给你备个暖手袋？"许凌云讽刺她。

"需要。"

"滚！我看你明天哪里有时间去摸暖手袋。"许凌云瞪了她一眼。

苗淼噘着嘴，又开始念叨起来："许姐，怎么办啊，你说有些人只是喜欢我这个人，可是我是漫画家啊，不能出卖色相啊，再说我已经有男朋友了。"

许凌云把好不容易摆成金字塔形状的书塔狠狠一推，书摊了一桌子，她泄愤地吼道："你给我滚回家去！这里不需要你！"

苗淼表情顿时被点亮了，颠颠儿地提起双肩包，就走了。

许凌云走到窗口往下面一看，果然看到方来阳就在书城大门等着苗淼，见苗淼一蹦一跳地跑出来，原本淡漠的脸上顿时像冰块融化了一样，绽开了一个微笑。

"啧，真扎眼。"许凌云笑着抱怨，嘴里嘟囔，"以前怎么没发现这小丫头这么讨厌，喊她来帮忙的结果尽添乱了。唉，又得重新摆一次。"

笑着无奈地摇头，许凌云喊了旁边布置横幅的同事来帮忙重新用漫画书叠金字塔。

今天是小年，苗淼的书安排在今天上市，第二天在书城开签售会。

苗淼第一次开签售会，心里还有点慌，对方来阳诉苦："我应该戴哪个口罩比较好？"

方来阳脑袋里只有她那个黑色的猫咪嘴巴的口罩，疑惑："你不就一个吗？"

"我有好多个口罩嘞，只是都是一个样子的而已。"

"……签售会就别戴口罩了。"

苗淼说道："我怕我长得不符合读者的要求，他们脱粉了怎么办？"

方来阳开着车，听到她的话，忍不住瞥了她一眼，笑了："你看我脱粉了吗？"

苗淼戳他肩膀："对吼，你作为粉头都没有脱粉，普通粉丝更不可能脱粉啦，哈哈哈。"

方来阳没回答，心想，苗淼还是戴着口罩去签售会比较好，这样就只有他这个土豪粉头才知道鸡丝猫有多可爱。

汇都公寓楼下，韩栋的面馆只营业了半天，下午开始就歇业，准备过小年。

原本方来阳跟韩栋定好在他这里吃年夜饭，但是在方来阳的母上大人的强烈要求下，改为小年夜在韩栋的面馆过，就方来阳跟苗淼韩栋他们这五个人，而大年三十的年夜饭，方来阳得想办法把苗淼拐回家。

目前为止，方来阳还没想好措辞，眉间都长了两条皱纹了。

大菜韩栋都准备得差不多了，包括一人一盅三味坊祖传秘方制作的佛跳墙，郑林天和黄茹茹在韩栋这里干了快三年的活，却是第一次有机会品尝真正负有“千金盅”美名的三味坊佛跳墙。

这个时候，黄茹茹就特别感谢方来阳，正因为方来阳钱多人傻，直接给了韩栋一张透支卡让他需要什么菜品自己去进货，黄茹茹他们才有机会品尝到食材珍贵烦琐的佛跳墙。

因为晚上只有面馆三人组和苗淼、方来阳一共五人，菜也没有准备多少。除了韩栋，其他每个人都打算做一道小菜，开心一点。郑林天算是得到了韩栋的真传，做了一道烦琐至极的开水白菜；黄茹茹做了道四喜丸子，中规中矩的；方来阳直接带了甜品来，给大家当饭后甜点。

只有苗淼愁眉苦脸半天，从包里掏出刚买给小兔的零食，金枪鱼口味的猫罐头：“我给你们做一道金枪鱼猫罐头盖饭吧？我最拿手了。”

四人冷漠地看着她，苗淼讪讪地将罐头塞回包里，尴尬地说道：“我如果会做饭，就不会每天要来面馆吃了。”

黄茹茹可怜地说道：“真不知道你怎么活下来的。”

苗淼撸起袖子，往厨房走去，信誓旦旦地说道：“我不管了，我看你们有什么我随便做了！”

郑林天走过去帮她打下手，方来阳见机往后退了几步，坐在靠近门口的椅子上，对还在厨房门口张望的韩栋摆手：“别看了，小心被殃及池鱼。”

黄茹茹和韩栋一脸疑惑地看他。

方来阳：“上周说给我做饭，现在她家里的电磁炉还是坏的，菜是能吃，就是她口味有点重，然后厨房的墙被烟熏得有些黑了。不知道她是不是通过化学实验做出来的清炒大白菜。”

“……”韩栋忧心地看着厨房，担心自己的灶台和油烟机，以及自己那还没出师的小徒弟。

苗淼口味确实重，郑林天忧心忡忡地看她在番茄炒蛋里面放了三大勺盐之后，弱弱地问她：“喵姐，我们做个番茄蛋汤吧？”

苗淼没理解他的意图，还很天真地点头：“嗯，听你一说，的确没有清汤，我们做个汤吧。”说着，苗淼又放了三大勺盐进去。

郑林天如尔康般伸手想要制止，终究是慢了半拍，看了眼汤，又看了眼心满意足的苗淼，欲哭无泪。

这一个小年夜过得比以往的年夜饭都要满足，韩栋的手艺大家都清楚，全部光盘。其他人出品的菜和甜品也几乎都被吃光了，唯独苗淼的那碗番茄蛋汤。方来阳见苗淼喜欢佛跳墙，把自己的那份也给了苗淼，这就导致，苗淼喝了一口自己做的番茄蛋汤之后，胃就再也没有空间留给汤了。

五个人一直吃吃喝喝聊到了十一点多，苗淼看了看时间，一拍额头，喊道：“啊，我明天还要早起去签售会！”

这才止住了大家继续聊下去的欲望，虽然其实只有黄茹茹、郑林天和苗淼三个人在侃大山。

韩栋把烂摊子丢给了黄茹茹和郑林天，自己送苗淼和方来阳到面馆外。方来阳原本还想送苗淼上楼，苗淼怕他一送又是依依不舍地花上一个多小时，严厉拒绝，方来阳只好无奈地去停车场提车。

苗淼看着他长腿迈开，脚下生风般的背影，嘴角微微勾着。

韩栋凝视着她的侧脸，看见她眼里的幸福和笑意，心里又是欢喜又是惆怅，忍不住微微叹气。

苗淼听见了他的叹气声，回头看他，问：“怎么唉声叹气的？”

韩栋摇摇头，问：“你幸福吗？”

苗淼一怔：“我姓苗。”

“……”韩栋表情一僵。

苗淼看到韩栋的表情，大笑着拍他肩膀：“哎呀，开玩笑的啦，哈哈哈，见到你这种表情真有意思啊，老板。”

韩栋无奈地摇头，眼神里带着宠溺。

“我很幸福啦。”苗淼微笑着回答他之前的问题，眼神里满是温柔，“谢谢你，韩栋。”

苗淼极少这样当面喊自己的名字，韩栋愣住了。

如果自己没有这么木讷，如果自己能比方来阳更早地将自己的心意倾诉给她……

此时此刻这个念头占据了韩栋的内心，他眼神微动，双手握住苗淼的肩膀，认真而严肃地盯着她的双眸，张嘴：“苗淼，我喜……”

“叭叭——”一阵汽车鸣笛声从苗淼身后传来，刺眼的车灯从苗淼身后直射而来，刺得韩栋睁不开眼，更加无法继续告白下去。

那车稳稳地停在了苗淼身旁，副驾驶车窗拉了下来，方来阳侧着身子喊她：“苗苗，我走了。”

苗淼有些舍不得，不让他上楼的人是她，现在又是她舍不得他先回家，她拉开车门，扭捏着说：“我……我送你一程。”

“然后还要我把你送回来？”方来阳问。

苗淼咕哝着：“那……那你先走吧。”

“好了，上车吧。”方来阳无奈地招呼她。

苗淼脸上的表情由原来的灰暗瞬间明亮起来，笑着回头对韩栋招手：“老板，那我先走啦！你回去吧。”

韩栋目睹了她脸上表情一丝一毫的变化，心里的那一块巨石像是落下了一样，突然轻松许多，他点点头。

看着苗淼欢脱地上了方来阳的车，韩栋心想，这次是老天爷不让他开口，那就算了吧，毕竟……苗淼看起来很快乐。

方来阳开着车绕着高新商务区转了一圈，期间一直在问苗淼：“韩栋跟你聊了什么？”

苗淼回他：“没什么啊。”

“他抓着你的肩膀做什么？”

“没什么啊。”

苗淼装傻，方来阳也没辙了，半晌才吐出一句：“下次少跟他聊天。”谁知道聊着聊着是不是就开始挖墙脚了，要不是他开车冲出来，天知道韩栋是不是已经把心挖给苗淼看了。

苗淼笑了，脸上的表情带着释然，她双手撑在大腿两侧，直着身子，侧过脸看方来阳。

“别吃醋啦，我只喜欢你呀。”

她才不笨。自己想要什么，想跟谁在一起，才不会搞错呢。

“不过你吃醋的样子真可爱。”

方来阳难得地脸红了。

苗淼人生第一次的签售会隆重地召开了。

在到达书城前，她一直都很惶恐，捂着胸口对许凌云诉说心里的忐忑：“万一……就来了一只手就数得过来人数的粉丝怎么办，很尴尬的吧？”

许凌云安抚她：“放心吧，我们事先做过网络调查才举办的签售会，还做了很盛大的转发抽奖活动，为了YSL口红和Kindle电子书，我们举办签售会的微博转发量都破万了。”

“……”苗淼沉默了片刻之后，问，“为什么我不知道有这种转发？”

“咦？我没跟你说吗？”

“……没有。”苗淼噘起嘴不悦，“我也想要转发抽奖，我也想要YSL！”

“我是不懂你们女孩子。”许凌云翻着白眼，“一支口红就跟命一样。”

“那把你的口红都给我！”苗淼恶狠狠地说道。

许凌云开着车，轻哼一声：“想得美！”

“那不就得了。”苗淼暗戳戳地问，“还有剩余的奖品吗？我请求组织奖励我一支YSL12号色！”

“……问你的方土豪先生去吧。”许凌云瞪她一眼，“全世界所有色号的口红给你买一遍。”

苗淼很不要脸地回答：“花自己家的钱不如组织奖励来得有荣耀感。”

“……”好想打死副驾驶座上这个不要脸的人。

许凌云载着苗淼到了书城的停车场，在停车场，就感觉到了今天停车场车满为患的状况，许凌云绕了一圈都没找到停车位，只好停到了隔壁商场的地下停车场去。

苗淼看着手表，担忧地问：“九点半开始签售，现在已经八点四十多了，来得及吗？”

“都到这里你怕什么，我同事们已经在那边安排了。等会儿，我问问情况。”许凌云一大早就先去汇都公寓接苗淼，再来到书城，路上花的时间足够苗淼签几百本书了。她一路上都没时间问书城现在的情况。

停好车，许凌云给在前线的同事打了个电话，苗淼在一旁给方来阳发微信。

明明是周六，方来阳却偏偏要加班，不能送苗淼来书城，苗淼给方来阳发了微信告诉他自己到书城了，方来阳回复得很迅速。

“加油，我还没到合作方的公司。”

一看他这种大忙人的状态，苗淼就觉得无趣，心想自己马上就要经历人生最出风头的时刻了，他都不能在现场，她都替方来阳这位土豪脑残粉感到可惜。

唉，粉丝见证不了爱豆的人生巅峰时刻，太可惜了哟。

苗淼猫哭耗子般地唉声叹气，许凌云从苗淼包里掏出她的猫咪嘴巴口罩，往她脸上一罩，嘴里碎碎念着唠叨：“叹什么气，都要到门口了还发着呆，到时候被粉丝说丑可别怪我。”

口罩底下，苗淼的声音含混不清地嗫嚅：“我这么美貌年少，怎么丑了。”

许凌云盯着苗淼难得打扮过的桃花系眼妆和深棕色的眉笔画的眉毛，还算满意地点头：“是可以见人了。”

苗淼挑眉，冲她抛了个媚眼："给我拍张照片，我给方来阳发过去。让他惋惜一下。"

"……"惋惜个毛线。许凌云无语地给她拍了张遮了半张脸的照片，然后无奈地看着苗淼喜滋滋地把照片发过去，还发了条语音嘚瑟。

"今天是图秋给我化的妆，可好看啦。"

得，连妆都不是本人化的，也不知道在得意什么。

许凌云带着苗淼从书城后门进入会场后台，苗淼还没看见前面什么情况，就感觉到人声鼎沸。许凌云的同事一见到人来，像是找到救星一样，急忙跑过来，一脸激动的表情。

"许姐！来了超级多的粉丝！"

苗淼还一脸懵懂："咦？很多人？"

"多少？"许凌云淡定地问。

"现场少说也有这个数。"同事伸出五根手指摇了摇，"还在陆陆续续地增加，估计我们一上午是签不完的，已经在申请下午继续举办活动了，估计能达到一千多。"

书城并没有这么大的会场，苗淼咽了咽口水，暗暗吃惊。五百人，人挤人得把书城的大厅给挤爆了。一想到之前签了两千多张明信片的惨状，苗淼感觉自己的右手开始隐隐作痛，她的麒麟臂又要发作了。

苗淼小心翼翼地问负责前线维持秩序的同事："真的……有这么多人吗？"

这编辑跟许凌云是同办公室的，跟苗淼也挺熟的，瞥了眼苗淼，叹了口气，拍拍苗淼的肩膀，语重心长地说道："鸡丝猫大大。"

"嗯？"

"你红了。"

"？？？"苗淼一脸不解。

"刚才取号排队，排到了512号，并且人数还在增加，都安排在临时增加的下午场了。现场一小时就一口气卖出去了六百多本书，书城库存不够……去调配了。”同事脸上满是激动地说道。

苗淼问许凌云：“我有这么红吗？”

许凌云正在查《勇者闯猫城3》的销量，末了微微一笑，回答：“宝贝，你已经排到全网周销售榜第一了。”

“……那是几本？”

“亲爱的，有一种说法叫作，书籍销售量超过十万本，就相当于是印钞机了。”许凌云说着，拍拍苗淼的肩膀，“你马上就是印钞机了。可以考虑办全国巡回签售会了。”

“……”苗淼满脸黑人问号地看着她，问，“所以我发了吗？”

“……这个时候谈钱，多晦气！”

两人就苗淼是不是红了这个问题又聊了一会儿，苗淼就提前出来了，刚一从后台出来，她就被签售会现场的人山人海以及尖叫声吓得差点腿软摔倒在地。

幸好现场还有保安和治安警察维持秩序，不然苗淼真的担心粉丝们会带着他们脸上兴奋的表情冲上来围堵她。

她低着头，缩着身子在许凌云和保安的陪伴下坐到了签售台上，然后，目光定定地看着等待签售队伍的第一个读者。

啊，真是幸运。苗淼盯着那位小姑娘看。这小姑娘穿着粉色汉服，发髻做得很漂亮，眉心还有花钿，很仙气的小女孩。

她拿了两本漫画来，这次签售会的规矩是最多只能签两样东西。她带了《勇者闯猫城》的第一部和第三部。

苗淼愣愣地瞅着她，直到她一直走到自己的面前。

“鸡丝猫大大，我很喜欢你，第一部的时候你还不算有名，签名书很少，能帮我补一个吗？”女孩子脸上泛着淡淡的粉色，眼睛亮亮的。

苗淼与她对视着，傻愣了好久，感觉得到她见到自己的喜悦，这才意识到，自己是真心被这个小姑娘所喜爱的，顿时满心感动。

翻开她的第一部漫画，果然是最早期的那版书，现在都买不到了，但是女孩子保存得很好，包了透明的书皮。

苗淼“唰唰”地写下几个字：“漂亮的小姐姐，要一直美丽哟——鸡丝猫。”顺便在后面画了个大大的爱心。

女孩子看到她写的话，开心得不行，对她说道：“我一直都支持你，相信你，今后也一定会如此的！谢谢！”

说着，女孩带着签了名的两本书，率先走出队伍，跟在一旁等她的朋友激动地炫耀去了。

第二个粉丝走过来的间隙，许凌云在一旁用凉飕飕的语气说道：“你还挺会撩妹。”

苗淼心结完全解开，整个人都像在发光，苗淼冲她抛了个媚眼，可惜下半张脸是一只猫嘴巴图案的口罩，看起来很滑稽。

这是苗淼第一次直面接触到自己原来真的拥有这么多喜欢自己的粉丝，她很认真地在每一块需要签名的地方，都画了简笔画，签上自己的名字，看到自己觉得顺眼的粉丝，顺便还会写句夹带私心的话，就如同第一个来签名的那位漂亮的汉服女孩子一样。

到上午后半场的时候，苗淼感觉自己的右手开始隐隐作痛了，她忍不住对许凌云咕哝：“你确定我下午能坚持得住？”

“那你需不需要我去给你刻个你签名的章？”许凌云翻着白眼。

苗淼对下一个粉丝微笑，抽空斜了她一眼。

“宝贝，你要成为印钞机了！”许凌云鼓励她。

苗淼深吸一口气，“唰唰”签下自己的笔名，然后长长吐出那口浊气。

下一个粉丝将两本《勇者闯猫城 3》的扉页翻开来，摊在苗淼面前，声音闷闷的：“鸡丝猫大大，我很喜欢你。”

苗淼还没抬头，就听见身旁的许凌云倒吸了口冷气。

她疑惑地瞥了眼许凌云，抬头一看，自己紧跟着也倒吸了口冷气。

个子高大的男人，戴着跟苗淼同款（很有可能是从苗淼书房里顺出来的）猫咪口罩，一身考究的西装，他低着头，眼神里带着温柔的笑意，深深地看着她。

男人身后队伍里的粉丝也注意到了他，队伍里一阵骚动，苗淼甚至都听见有人在讨论：“这是不是就是那个方盛的老总啊？”

“我去，这社会精英够拼的。”

苗淼看着他的口罩，又看了看他修长白净的手指下，摁着的漫画扉页，问：“你怎么来了？”

“我喜欢的漫画家，打扮得这么漂亮，我作为粉丝怎么可以不来捧场呢？”方来阳的声音里带着浓厚的调侃之意。

许凌云在一旁偷笑。

苗淼乜了他一眼，那眼神软绵绵的，一点都不凶狠，反倒带了嗔怒。

他还说自己加班，居然是在这里排着队加班，运气这么不好，还排在了靠后的位置，真是丢她的脸。

苗淼恨铁不成钢地在第一本书的扉页上写上：“下次记得走关系。——鸡丝喵。”

方来阳指着那个“喵”字：“谨遵教诲，大大，这个错别字。”

“没错！”苗淼瞪了他一眼，“别挑三拣四。”

方来阳笑问：“那鸡丝猫大大，我能问你一个问题吗？”

苗淼翻开第二本准备签名：“说。”

“我的法拉利，你收到了吗？”方来阳低声问。

苗淼没有看他，而是低头在扉页上写下一句话。

“你人都是我的，还缺一辆法拉利？”

方来阳又找茬：“签名。”

“不签了不签了，签你一个够别人三四个了，浪费时间。”苗淼把书一合，撂挑子。

方来阳看着她通红的耳根，捡起两本书，点头：“那鸡丝猫大大，小的告退？”

“哼。”苗淼冷哼一声，招呼下一位。

“回家帮我补上。”方来阳丢下一句，出了队伍。

许凌云在一旁跟苗淼咬耳朵：“我看见有人在拍视频。”

苗淼的脑袋都要冒烟了：“回家我就杀了他，记得帮我买逃亡机票。”

许凌云轻笑。方先生明明看起来这么正经严肃的人，怎么就会喜欢苗淼画的这种可爱有余，严肃不足的漫画，还……喜欢苗淼这种不着调的女孩子。

不过，苗淼真的是个好女孩。许凌云在一旁无聊，心想着，如果自己是个男人，嗯，除了智商不高之外，对她还真没什么可以挑的。

方来阳走到人少一点的地方，就被两个女孩子搭讪了。

那俩女孩也刚参加了签售会，对方来阳好奇得不行，围着他问：“请问你也是鸡丝猫的粉丝？”

方来阳冷眼看她们，不说话。

踢到硬铁板，女孩子们也毫不气馁，继续问：“我觉得你很眼熟哎？你是不是那个……方盛集团的总经理？”

方来阳问：“什么？”

女孩子们权当他承认了，激动了好一阵，握着拳对方来阳鼓劲：“那个，我们很看好你和猫大的 CP！加油早日上位啊！”

“……”

方来阳年纪不小了，但是对小孩子这一套说辞他倒是门儿清。

他摘下口罩，居高临下地说道：“已经上位了，谢谢支持。”

说罢，酷炫狂霸拽地扭头离开。

留下一群呆若木鸡的小姑娘，半分钟后才反应过来，兴奋地在原地一蹦三尺高。

签售会当日，各种神秘精英戴着与鸡丝猫的情侣口罩现身的视频以及有粉丝爆料方来阳和鸡丝猫在一起的言论不胫而走——当然，苗淼并没有真的如她所说的逃亡出国。

她指责方来阳："太不要脸了，你哪里上位了！你上面明明有个兔妃！"

小兔在她怀里好整以暇地趴着，眼睛眯着舒服得要睡着。

方来阳看着小兔各种不顺眼，提议道："我们给小兔配个种吧？"

"你真恶毒！居然想用这种方法上位！"苗淼笑骂。

方来阳捏住她的两颊，往两边微微用力，苗淼肉嘟嘟的小脸立刻扁得跟只加菲一样。

方来阳第N次在心里感慨，他的鸡丝猫大大真可爱。

他问："年夜饭，去我家吃吧？"

苗淼瞪大了眼睛，仿佛听到了令人惊恐的事情一样，眼里满是惊骇。

"你这什么表情？"方来阳哭笑不得。

苗淼内心受到了极大的震撼："啊？为啥要我去你家过年？"

"……我爸妈想见你。"

苗淼猛摇头，强烈抗拒："不行不行！我才跟你在一起多久啊就见父母，不要不要，绝对见光死的。"

苗淼有很多年没有跟长辈相处了，发自内心地紧张，全然没有在开网约车时，跟年长的人侃大山时候的从容。

方来阳安慰她："没事的，你看，我妈本来就认识你啊，她很喜欢你的。"

苗淼印象里，对方母最深刻的就是她华丽的大衣，以及拉着自己要去交警大队自首的情景，哦对，从两次短暂的接触下来看，方母应该很宠方来阳才对。自己抢了她儿子，肯定对自己会有想法，唉，这婆媳关系该怎么相处才好啊？

方来阳一看苗淼灰暗下来的脸色就知道她又在瞎想了。

"想什么呢？"方来阳问。

苗淼可怜巴巴地瞥了他一眼，委屈说道："我跟你妈妈一同掉到水里，你先救谁？"

"……"

方来阳从来不知道这种世纪难题居然会来得这么早，再看苗淼委屈巴拉的小表情，忍不住勾着嘴角，将她搂到怀里，低声说道："我就这么弱吗？"

苗淼疑惑地看他。

"我怎么可能会让你们掉到水里？"方来阳道，"我会保护好我爱的人的。"

苗淼被他说得浑身酥麻，不得劲，抖了抖身子，嫌弃地说道："别转移话题，你救谁？"

"我会教你学游泳的。"方来阳严肃地说道。

苗淼翻白眼以表拒绝之情，却被方来阳捉住了手，摁在他的腹部。

"夏天教你游泳，要不要看看八块腹肌？"方来阳不要脸地问。

苗淼感觉到掌心底下结实的腹肌，咽了咽口水，不由自主地捏了一把，捏不动！

"可……可以。"

方来阳明白苗淼的顾虑，她并不是担心她跟他的父母相处不好，而是因为她没有父母。亲情的缺失在她的人生里已经变成一种习惯了，突然因为他的关系，她从此以后多了一对如同父母一般的亲人，苗淼是很慌张的。

但是方母并没有给苗淼做好思想准备工作的时间，得知方来阳来接苗淼到家里过年，结果自己因为心疼苗淼，就赖苗淼家里不走了，她恨铁不成钢地拍案而起，直接叫方来光上门把两人接到家里去吃年夜饭。

方来光见到苗淼的时候，眸光微微一动，轻笑一声："你真的一点都没变啊。"

方来光的语气太自然，以至于方来阳特别不愉快，皱紧眉头瞪着他。

苗淼盯着方来光半晌，恍然大悟，瞪大眼睛，张了张嘴，惊讶地问道："方医生？"

"嗯。你好，苗淼。"方来光点点头。

方来阳从没见过自己哥哥有这么温和的一面，他心中警铃大作，挡住了苗淼，问方来光："你来做什么？"

“来接你们回家吃年夜饭。”方来光冷着脸回答他。

苗淼从方来阳身后探出头来：“方医生，之前方来阳说你是他哥哥我就想去拜访你啦，一直忘记了，真是抱歉啊。”

方来光的表情瞬间变得柔和：“没事，这个世界就是如此奇妙，你居然跟这家伙在一起了。”他指了指挡在身前的方来阳。

“谁是这家伙？”方来阳不悦地拍开他指着自己的手。

他很怀疑，自己家里所有人是不是都天性就喜欢苗淼，自己就算了，为什么他母亲和大哥都对苗淼这么好？

不过也对，苗淼这么好，当然会得到所有人的喜欢了。

方来光对苗淼的印象还停留在她高中时候扎着马尾辫的小女孩的模样，六七年过去了，小姑娘仍旧还是那副模样，甚至因为开始打扮化妆，看起来更嫩了。画漫画的女孩子总是会保持童心，相由心生，显得也更加年轻。

方来光又看了眼整天一副不高兴模样的方来阳，这家伙看上去也不过二十五六，但是他显嫩完全就是因为不爱笑所以没皱纹而已。

方来光嫌弃地看了眼方来阳，一想到家里阳气过重，有个小姑娘来，也能调和一下。

苗淼对方来光的印象一直很好，方来阳很不满他们俩一直在车上叙旧，他坐在车后座上，在苗淼身旁却一直插不进话，只好跟趴在猫袋里的小兔大眼瞪小眼，相看两相厌。

“对了，说起来，方来阳，上周妈还说想把苗淼介绍给我的呢，结果你居然已经追到了？”方来光突然说道。

方来阳抬眼看他，从车内后视镜里看到方来光的眼神里面满是调侃，他冷哼一声：“你做梦吧。”

苗淼笑了，拍拍方来阳的手：“阿姨真可爱啊，她说你配不上我呢。”

方来阳看了她一眼，微笑着摇了摇头。

方来光从后视镜里看到他们俩对视的场景，抖了抖胳膊，方向盘都差点把握不住了。看到方来阳笑得那么温柔，真的是腻死他了，浑身难受。

方家的老宅子在老城区的梧桐区，这一片大院住的家庭大都非富即贵，都是在人生顶端好些年的家族。

苗淼第一次来梧桐区，如刘姥姥进大观园一般目瞪口呆叹道："原来梧桐区，真的种满了法国梧桐啊。"

阳光正好，此时光秃秃的梧桐树上只挂着少数几片金黄色的叶子，摇摇欲坠。

青砖围墙内，一座红砖小楼里，九十年代初最流行的棕黄色窗户上贴着倒写的"福"字。落了锈的铁门敞开着，方来阳带着苗淼来到红砖小楼前，崭新手写的对联工整地贴在正门两侧，门框上贴了"阖家幸福"四字横幅。

对联很俗气，但是字不错。

苗淼偷偷评价。

方来光打开门。

正门一打开，温暖的地热、令人口齿生津的菜香和热闹的欢迎声，仿佛像是潘朵拉的盒子一般，让苗淼不禁睁大了双眼，心生向往。

方来阳牵着苗淼的手，带着她走进玄关，对站在玄关的两位家长，笑说："妈，这个看起来傻愣愣的小姑娘，就是您给我介绍的，那位开网约车的小姑娘，我很喜欢，谢谢。爸妈，她叫苗淼。"

– 正文完 –

●番外

【黄茹茹：愚人劫】

韩栋跟家里和解后，得到了一笔赞助，于是在大学城里开了一家面馆的连锁店。

韩栋的面馆在高新商务区的名气很大，在黄茹茹的学校里就是一家网红面馆，因此，连锁店在大学城的生意爆满。

这家面馆，主打各种小吃、卤味，还有面食，主厨是即将出师的郑林天，郑林天虽然年纪小，但是学厨艺的天赋很高，已经能够独当一面了。唯一不足之处就是，他生意头脑真的很差，换言之，他脑袋真的不灵光。

大学城的连锁店开业两个月后，郑林天始终没有把这两个月的营业额和成本给算清，请来兼职的大学生也搞不清楚他的定价，最后还是黄茹茹跑过去帮了两天忙，才把生意给理清的。

韩栋很真诚地给才大三的黄茹茹发了工作邀请："毕业之后，来三味坊当门店主管吧？"

黄茹茹学的是跟商业八竿子打不到一块儿的中文，但是一想到中文系找工作的艰难，黄茹茹很没出息地答应了，并且对苗淼感慨：“当初我的眼光真好，就挑中了老板的店来兼职。”

苗淼正吸溜着面条，咽下去之后，才说道：“明明是你觉得老板的手艺太好了，不要工资白吃工作餐都行。”

黄茹茹把抹布往桌子上一扔，托着腮说道：“不过说真的，这店里没有老板，总觉得缺了主心骨，特别是郑林天那小子除了做菜洗碗，其他什么也不会。”

苗淼把汤喝完，满足地叹了口气说道：“对的，就连面条的味道都不如老板做的筋道。”

“……那你别吃。”黄茹茹把碗一收，斜了她一眼。

苗淼愣住了：“哎……郑林天厨艺确实不如他师父嘛，我实话实说，你生什么气呀。”

黄茹茹瞪了她一眼，把碗收到后厨去了。在一旁收银的兼职小姑娘，见黄茹茹走了，偷偷跑到苗淼身旁，小声说道：“苗淼姐，你可别说主厨的坏话哦。”

苗淼莫名其妙地问她：“为什么啊？她自己都在说，凭什么我不能说？”

“就是自己能说，外人说不得啊。”小姑娘语重心长地说道。

苗淼：“？？？”

一脸的黑人问号。

黄茹茹和郑林天之间暧昧的感情是从什么时候开始的，已经无从考究了。

经过一番严刑逼供，苗淼才得知，他们俩居然是愚人节那天在一起的。

黄茹茹刚来大学城的连锁店帮忙，郑林天每天除了做菜，还要结账、算账，忙得焦头烂额的，黄茹茹特别看不过去，恨铁不成钢地教育他，就算不上学了，也要多读书。

郑林天头发长长了点，抹了把自己额头前边的一小撮刘海，根本听不进去。

黄茹茹见他这副傻兮兮又吊儿郎当的样子就气不打一处来，撂了挑子走人："我回老板那儿去了，我可帮不了你，自己好自为之。"

郑林天这才急了，想拉住她，结果黄茹茹走得可快了，她对大学城又熟悉，拐了几个弯就没影了。

没有副手可怎么办，郑林天急得抓耳挠腮的还不敢跟韩栋讲，结果一直熬到了愚人节。正巧看到苗淼发了条朋友圈，上面写道："我跟方土豪说要分手，他居然答应了。就算是愚人节，也觉得好气啊。"配图是一张横眉竖目，愤怒地拿头顶竹子的熊猫宝宝。

黄茹茹在那条朋友圈下评论：希望你们明天也能如此爽快的喜闻乐见。

郑林天一拍手，对啊，今天是愚人节，说什么话都不用负责任！道个歉反正也是假的，就不算拉下脸丢面子了！向来都爱出馊主意的郑林天，屁颠屁颠地歇业半天，跑到总店去找黄茹茹。

把黄茹茹拉出面馆外面，郑林天张口就是一句："茹茹，我错了，对不起。"

黄茹茹冷哼一声。

见她并不吃这一套，郑林天着急地说道："我以后一定都听你的！"

黄茹茹白了他一眼，巍然不动。

郑林天看到韩栋从面馆后厨出来，正要往面馆门口走，他生怕被韩栋发现自己翘班，眼疾手快地把黄茹茹嘴一捂，抵到了拐角后边的墙上，几乎要贴着黄茹茹的脸，小声地说道："茹茹，原谅我吧。"

比自己小一岁的男生，也是个大男人了，跟自己脸挨得这样近，睫毛几乎都要接触到了，对方的鼻息就喷在她的鼻梁上，暧昧异常。

黄茹茹脸不可遏制地红了。

郑林天这才后知后觉地感受到两人姿势的尴尬，讪讪地松开手，垂着头不敢看她。

"好……好吧。"黄茹茹轻声答应。

郑林天一怔，随即意识到自己道歉成功了，心里的狂喜让他智商突然飞出了地球："那……顺便答应跟我交往吧？"

"……你是智障吗？"黄茹茹回答道。

黄茹茹和郑林天一谈起恋爱来，仿佛打仗一样。

黄茹茹性格本就泼辣，又比郑林天年长一岁。郑林天这个毛头小子，除了会做两手菜基本没什么特长。

每次黄茹茹都要跟苗淼诉苦："那小子真的太没劲了。"

苗淼奇怪："他又怎么你了？"

"我们说好去约会。你知道他晚饭约哪里吗？"

苗淼摇摇头，疑惑地看她。

黄茹茹："这货，约我在总店吃饭！"

"……"

"他理由还很充分呢！三味坊厨神亲自给我们下厨，环境温馨，物美价廉！我一煤气罐甩在他脸上哦。这个笨蛋。"黄茹茹说着，气不打一处来。

苗淼笑喷了："是他能想得出来的事情，哈哈哈。"

这种不浪漫的事情，也就持续了一次，从此之后，约会都是黄茹茹来决定，不允许郑林天说一句否定的话。郑林天大概是习惯了受压迫，除了嘴巴贱点，还是很听话的。黄茹茹喊东，他绝对不往西。

一旦两人闹了矛盾，黄茹茹只要跟韩栋一告状，一日为师终生为父这座大山压在郑林天身上，他立刻就投降了。

从目前的状况来说，两人相处得还是很和睦的。

除了……

"我们真的不太像情侣啊。"黄茹茹苦恼。

来面馆蹭饭吃的图秋问："举个例子。"

"我们平时见面都是在分店里，一周也就约一次会，除了牵个小手，别的事都没有了。聊的事情一点都没情趣，全是这家店的菜火候不对、盐放多了这种话题。每次节日，他也没送什么礼物，哦，清明节倒是送了件礼物。"黄茹茹黑着脸说道。

苗淼笑哭了："清明节送什么鬼啊！郑林天这脑壳没坏吧，哈哈哈哈哈。"

"……他做了个纯牛奶冰激凌口味的青团给我。"黄茹茹一想到这件事情，就气得发抖。

苗淼和图秋笑得前仰后合。

"我说好吃，第二天，这货就当作分店特有新品拿来卖了。"

"哈哈哈哈，很好。"

"我揍了他一顿。"黄茹茹揉了揉手，"现在一提到这件事情，手心又痒了呢。"

正巧郑林天从后厨出来，原本还想凑热闹扎进女生堆里听八卦的，结果一见三个女生齐刷刷地以看智障的视线盯着自己，再仔细一看黄茹茹那令人生寒的目光。野兽般的求生本能上线，郑林天默不作声地撩开帘子，又退回了厨房。

太危险了，指不定一出去就是一个地雷区。郑林天明智地选择保护自己。

黄茹茹又举了几个让人哭笑不得的例子，图秋听了后，下了结论："这都是因为你们俩太熟了。"

苗淼一听，也觉得有道理："对对对，茹茹啊，你不觉得郑林天就好像还是以前那个刚成年的小皮猴一样嘛，你们俩太熟了，那种浪漫的感觉都找不到了。"

黄茹茹仔细一想，觉得非常有道理。

她随即将郑林天喊出来，郑林天乖巧地从厨房出来。

"怎么了？"郑林天问。

黄茹茹上下打量他，仔仔细细地从头看到尾。她突然发现，记忆中瘦弱的毛头小子，已经渐渐长成了个大男人，不仅个子长了，体格也变了。不知道是不是当厨师，经常颠锅的缘故，他的胳膊一看就很有力。

虽然郑林天的眼神，还是如同三年前第一次见到的那样天真调皮，但是却多了份岁月沉淀的稳重。

黄茹茹感觉自己像是重新认识了这个男孩一样，笑了。

“喂，郑林天。”黄茹茹一扬下巴。

郑林天立马站直身子，神情紧张：“是，领导。”

“我们，从今天开始，重新互相认识一遍。”黄茹茹说道。

郑林天一头雾水，完全不解其意。

“记住了，我们从今天开始，就是第一天见面，不准跟我装熟络。”黄茹茹命令道。

郑林天还是完全没明白黄茹茹的意图，但是直觉告诉他，茹茹说啥，他就得听话，不然有他好果子吃。他急忙点头。

苗淼和图秋在一旁趣味盎然地看两人的笑话。

黄茹茹站起来，走到郑林天面前，伸出手，客客气气地说道：“你好，我叫黄茹茹，是 B 大中文系大四的学生。”

郑林天惊诧了一下，急忙抹干自己的手，双手恭恭敬敬地握住黄茹茹的手：“你好，我叫郑林天，呃，是这家小面馆的厨师。师从三味坊特级厨师韩栋门下。”

“……后面那句可以不用说。”黄茹茹黑着脸提醒。

“哦哦，抱歉。我叫郑林天。”

图秋在一旁跟苗淼咬耳朵，笑道：“真是青春呀。”

苗淼含笑点头。

【韩栋：成为你美味的回忆】

“老板，淼淼的夜宵。”黄茹茹在外面喊了一声。

韩栋顿了顿，忽略了那扎心的酸涩，找出个盒子，往里面夹苗淼的固定夜宵。

两块大排，私心加上一块；四片香干，又因为私心多加一片；还有两个卤蛋，还是变成了三个。

曾经苗淼来买夜宵，只会要一人份。而现在，已经变成了两人份，来买夜宵的人也换了，变成了方来阳。

亲自将苗淼的夜宵交到方来阳的手上，韩栋在方来阳红光满面的脸上停留片刻，才移开了视线。

他听见方来阳略带不悦地嘟囔一声：“又多放了东西……”

韩栋转过身，背着方来阳的脸上，带着淡淡的笑。

给苗淼开小灶，这大概是他这辈子都戒不掉的习惯了。

从第一次见到苗淼从暴雨中冲进面馆里，蹲在地上瑟瑟发抖着讨要姜汤开始，他就掉进苗淼的陷阱里了。

那是一个用灿烂如太阳的笑脸引诱人入坑的陷阱，但是韩栋却甘之如饴。

韩栋不止一次后悔，为什么过去的两年多的时光，他不早点向苗淼表白。只知道在给苗淼的饭菜里夹带私心，就想看着苗淼吃到自己特制的饭菜之后，满足的笑脸，但是迟钝如苗淼，也压根没发现自己的饭菜跟其他食客的差别。

之前苗淼腿受伤的时候，明明有一个那么完美的时机告白，他却又错过了。

郑林天和黄茹茹常常替他扼腕，怪他太木，不会开口表达。

韩栋也知道自己是不怎么会说话。

甚至在苗淼和方来阳在一起之后，他还想最后把握一次机会，告诉苗淼自己对她的感情，但是还是错过了。

就这样吧。

韩栋叹了口气。

都说要抓住一个人的心，首先要抓住那个人的胃。苗淼在他这里，吃了两年的饭，他的面馆，差不多都变成苗淼的食堂了，苗淼就算有十个胃，都被韩栋抓得紧紧的了。

并不是谁能抓得住时机，而是如果不是属于自己的，就是怎么奢求都得不到。

黄茹茹和郑林天去分店工作之后，店里换了三个员工，人多了起来，也更加热闹了。但是韩栋却觉得更加寂寞。

除了苗淼雷打不动地每天午饭来求投喂，韩栋才觉得面馆又稍微热闹了点。

现在苗淼晚饭经常不下来吃饭，韩栋疑惑了很久，终于在店里客人少的时候，问了出来。

苗淼顶着一头乱发，穿着简简单单的衬衫和破洞牛仔裤，刚喝下口汤，听到他的问题，眨了眨眼睛："方来阳总是让他助理送晚饭过来给我吃。他好像在办公室弄了个小厨房，经常摸鱼做饭，要我评分。"

韩栋疑惑："那午饭怎么不来送？"

"哦，他上午才买菜，来不及做。你说他这是不是不务正业，真是有病，还要我开着视频跟他同步吃饭，当两人在约会。"苗淼说着就要翻白眼。

韩栋看着她嫌弃的表情，忍不住一笑："明明是你起床就到午饭时间了。"

"被你知道啦。"苗淼绽开一个大大的笑脸，又开始说方来阳的坏话，"而且他这个人啊，胜负欲旺盛。每次都要拿他的饭菜跟你的进行对比，非要我评出个好歹。我如果说实话，他嘴上不说，到时候又要生闷气。"

"那你怎么回答？"

"我？我当然是耿直地告诉他，学一辈子都比不上你的手艺啊。"苗淼瞪大眼睛，一脸理所应当，“他多大的脸，跟你比厨艺哦。”

韩栋听到她自然而然的夸奖，心里渐渐涌上一阵暖意。

苗淼清脆的声音，叽叽喳喳地继续列举方来阳的“罪状”，明明是在撒狗粮秀恩爱，但是韩栋的思绪却只停留在了她那一句对他厨艺的肯定上。

韩栋陡然想起，为什么他会跟自己的父亲意见相左。

十八岁的时候，由三味坊的十大厨师，他的十个师父对自己出师考核上判定。他做的是中规中矩的高级中式宫廷料理和烦琐精致的法式西餐。

考核很顺利。他的自满也在那天达到顶点。

18 岁就能出师，还是国家特级厨师，得到厨师协会的邀请，担任名誉副会长。

这一切都让他开始膨胀。

然而他的十个师父里，最离经叛道的一个小师父，给他通过考核后，却说了句：“韩栋，你的料理，让人难受。”

那瞬间韩栋的心情跌入冰点，仿佛坐了过山车一样。他不服气，一直追问小师父，但是小师父都不肯告诉他，要他自己去悟。

韩栋怎么也想不通。直到后来有一天，他的大学同学请他一起去吃饭，韩栋从小在三味坊长大，一向不屑于去比三味坊级别低的餐厅吃饭。但是那天，他却鬼使神差地应邀了。

同学带他去的，是比餐厅还要低端的烧烤大排档。接地气的大棚下面，油污斑驳的地面上架着烤架，一旁的架子上还挂着一头现杀的羊。滚滚的油烟就顺着大排量的排风扇吸入，直接透过扇叶吹向半空。

那种肮脏嘈杂的环境，让韩栋整个人都不适起来。但是良好家教让他不好意思拂了同学面子，他保守地只要了两串羊肉串。

等烤串上来了，他也不敢吃，想先看看同学吃了有没有什么问题。

结果同学一口就咬掉半块羊排，脸上带着无上的满足，嘴角全是油光，他还没来得及咽下羊排，就猛喝了口啤酒。

将酒杯往桌子上一砸，同学闭着眼，大呼一声：“爽！”

韩栋当时就被震住了。

这种豪气爽快，他从没有在自己家的餐厅里见到过。但是那一瞬间，他感觉浑身燃起一股热血。

他学着同学吃了口羊肉，立刻被那满口的孜然和辣椒给震慑住了。烤得刚刚好的羊肉，表面带点焦，但是一咬下去，羊肉香味四溢，内里却香嫩无比，肉汁在嘴里迸出，让嘴里更加口齿生津。

他又喝了口啤酒，清爽甘甜的啤酒立刻中和了羊肉的油腻。油脂和啤酒的氨基酸中和，焕发出更加香甜的口感。

这种感受，韩栋从未有过。

他年轻的心受到了极大的触动。环顾四周的食客，都如同饕餮一般啃着烤串，有些人还点了卤味，吃得爽快，脸上都带着满足的笑容。

这种自由自在的饮食，他从来没有在自己家的餐厅里见到过。

三味坊，只有束手束脚，规矩繁多的礼仪。甚至连酒杯都得小心翼翼地放回桌上，减少碰撞声。

韩栋将啤酒一口饮尽，拍在塑料桌上，杯底与桌子发出清脆的碰撞声。

韩栋对于美食的理解，发生了天翻地覆的变化。

美食，是为了让食客露出满足的笑脸而存在的，而不是用条条框框的礼仪束缚食客。

这个理念，从此深深印入韩栋的脑海里。

苗淼是将这个概念诠释得最好的食客。

每次吃到韩栋做的饭菜，苗淼的夸赞是最夸张，但也是最令人舒心的，她的笑脸，也让人心情跟着雀跃起来。

在她身上，韩栋看见了自己理想的实现。

韩栋微微一笑，问苗淼："苗淼，你对我有什么看法？"

苗淼从忙碌的啃大排仪式中抬起头来，眨巴了下眼睛。她不是傻子，并不是真的对别人对自己的好感毫不知晓。

但是，错过或者没有缘分，结果就是如此。

苗淼笑道："我很喜欢老板你啊。"

韩栋一愣，虽然知道她说的并不是那个意思，但是心也漏跳了一拍。有这个回答，也足以让他高兴了。

"你知道吗？"苗淼突然神秘兮兮地说道，"老板，你在我心里是什么吗？"

韩栋摇摇头。

"你在我心里，就是最美味的回忆。"说着，苗淼舔了舔嘴唇，陷入对韩栋出神入化的厨艺锻造出来的美食的遐想中，"一想到你啊，我就流口水，太美味了。"

韩栋忍不住笑出了声。

如果注定他会错过苗淼，但是成为她回忆中，最美味的那一部分，何尝不可？

他很荣幸。

【有间面馆】

凌晨五点，韩栋在自己和徒弟郑林天的出租屋里醒来。

多年良好的生活习惯，让他已经养成了不用闹钟也能凭借生物钟醒过来的技能。

郑林天明显不行，在门外都能听见隔壁卧室那小子的打鼾声。韩栋敲了敲门，鼾声依旧，他重重拍了两下门，郑林天的鼾声戛然而止。

郑林天翻了个身，含混不清地喊道：“我马上起。”

韩栋没答话，径自去刷牙洗脸，然后将今天需要采购的食材写在挂在冰箱贴挂钩上的笔记本里。

他蒸了两笼灌汤小笼包，煮了一小锅粉丝汤。刚将早餐摆上桌，郑林天的卧室门便开了。

郑林天着急忙慌地跑出来，裤子还没系上，身上的毛衣袖子还没套完。他连拖鞋都跑丢了，飞快地进入浴室洗漱。

“师父你怎么都不喊我起床！”郑林天在浴室里吼道。

韩栋无奈地回答：“我喊了。”

年轻人真嗜睡。韩栋心想，他二十岁的时候，也是五点就起床啊。

等郑林天好不容易整理好行头出来，韩栋已经吃完早饭了，好整以暇地坐在沙发上玩手机。

郑林天一看时间，已经五点半了，急忙把粉丝汤灌了一半到嘴里，然后把小笼包往保鲜袋里一兜，对韩栋说道：“师父，我们出门！”

韩栋起身，捡起茶几上放着的小面包车的钥匙，郑林天将冰箱上挂着的笔记本往腰包里一揣。

面馆的开店时间是早上七点半，两人至少得六点半到店里准备食材。

郑林天一边吃着小笼包，一边开着车，到了汇都公寓楼下，将韩栋放下来，自己开车去菜场进货。

韩栋将面馆的门打开，连同后厨的窗也大敞开，将一夜的浊气释放出去。然后简单地打扫一下卫生，再进入后厨，查看一下三年不断火的卤汤。

这锅卤汤是面馆的生命源泉，任何一家经久不衰的百年老店，都有一锅如同仙丹一般的陈卤汤，一直都是小火焖着，等卤汤味道略淡的时候，再加入秘制卤料，继续提味。任何食材，只要在这锅陈卤中炖煮上半个小时，都能焕发新生，呈现出让人欲罢不能的美味。

韩栋调整了火候，拿勺子在汤里搅拌，防止粘锅，又加了少许新卤料，然后才换上厨师服，戴上厨师帽，开始为今天的营业做准备。

面馆的招牌卤大排和卤鸡爪，都需要最早一批开始炖煮，这样才能入味。苗淼最喜欢吃晚上，最后那几块大排，那个时候，吸了一天卤汁的大排，味道浓郁，最入味。

清点一下现有的存货，韩栋给郑林天打了个电话。

郑林天正在跟供应商商量价格，看到是韩栋的电话，他急忙接了起来。

“生姜不够了。进点生姜。”韩栋说道。

郑林天应了声，随口就对合作的供应商老板说道：“老板，给我两斤生姜。”

“你小子开什么玩笑！我这里卖鸡肉的！”老板哭笑不得。

郑林天一拍额头：“哎呀……我还没睡醒，抱歉。”

早上六点四十，郑林天艰难地踩着点，将一箩筐的食材用小推车运进厨房，和韩栋开始张罗着食材的前期料理。

七点十五分，一天都没有课的黄茹茹提前到达面馆上班。

“早上好！我来啦！”她充满干劲地打招呼。

“嗯。”韩栋从厨房探出脑袋来，点点头。

郑林天冲出来，两臂的袖子捋了上去，两手都是白白的面粉，正簌簌地往下掉，嘴里叽里呱啦地喊着：“摄像！去拍她！她是我们的店花，别拍我们了！商业机密概不外传！”

店里站着的电视台的四五个工作人员，顿时将注意力全都转移到了黄茹茹的身上，两台从清早郑林天和韩栋刚起床就跟拍的 360° 无死角摄像机更是立刻将黑黢黢的镜头，移向了黄茹茹。

黄茹茹吼道：“别拍我！我还没化妆！郑林天你个臭小子，地上全是面粉，快点擦掉！”

郑林天巍然不动，做了个鬼脸，躲进了厨房，一台摄像机跟了进去。

厨房里传来郑林天的抱怨声：“都说了，我们的卤味底料是商业机密，不给拍哈，不给拍。”

跟拍导演在里头说道：“你这不是在做蒸饺吗？这都不给拍？”

“把我们精致可爱的花式蒸饺的制作手法拍去了，我们生意黄了怪你们哦？”郑林天强词夺理。

跟拍导演很尴尬，韩栋在旁边说道：“没事，他脑袋缺根筋，别理他。”

然后韩栋回头对郑林天说道：“你怎么不说我们是抄沙县的包蒸饺手法？”

“……全世界的蒸饺不都这样做吗？”黄茹茹嘟囔着。

一回头，电视台女记者的脸就挨着她，吓得她往后退了一步。

“你们……真勤快哈……一大早就过来拍了……”黄茹茹尴尬地笑道。

“我们是拍纪录片，想最真实地还原你们一天的工作环境，然后截取最精彩的、与美食有关的生活文化来剪辑。”女记者微笑道。

黄茹茹挠挠脸，第一次被中央电视台采访、跟拍，这种紧张让她走起路来都同手同脚。半个月前，这个节目组联系到他们，说他们是《寻味中国》节目组，想要拍摄浮城的美味，收到很多来信推荐他们面馆，所以想来跟拍一天的经营过程，展现他们面馆的人文和美食文化。

《寻味中国》这节目红遍全国，里面有趣的旁白介绍和令人垂涎三尺的美食，更是精华。黄茹茹就纳闷了，他们这一间店面的小面馆，哪来什么人文和美食文化。拔高得那么厉害，也不怕闪了腰。

她振奋精神，集中注意力清点了一下昨天的现金之后，将桌子椅子擦了一遍，干净的桌面都能倒映出人的脸来。

一旁的女记者时不时温柔地问几个问题。

“听说你还在读大学啊？”

“嗯，大三。”

“附近大学的？怎么想到来这里做兼职？”

“嗯，缺钱。”黄茹茹耿直地回答。

“每天都要这样打扫吗？”女记者问出关键问题。

黄茹茹抬起头：“那当然了，老板对卫生要求可严格了。郑林天看到没，他之前留了点长发去染了金毛，被老板压去理发店洗掉了，还给剪成了劳改头，就怕头发上的染色剂影响美食。”

“哇，还有这种事情啊。”女记者笑了，“听说你们韩老板，是三味坊的少东家啊，看来果然是要求很严格的。”

黄茹茹斜了摄像机一眼，再看向女记者：“你怎么知道的？”

“呃……”稍微一调查就知道了，女记者也不知道该不该回答。

“刚才那句话，剪掉啊。万一我们生意太好了怎么办，我可不想到时候忙死，我还要考试呢。”黄茹茹双臂交叉环在胸前，比画了一个“×”。

……受访者太耿直怎么办？女记者觉得很头疼。

她强颜欢笑地转移话题：“我看你们店里就三个人，感情也很好呀。”

“那当然。”黄茹茹扬起下巴，扬扬得意，“就像一个 family！知道吗，family！”

“黄茹茹，我口渴了！给我拿罐王老吉！”郑林天在厨房里吼道。

黄茹茹额头上绷起一根青筋，从收银台旁边的冰柜里拿出一罐王老吉，敲在厨房的案板上。

她恼火地说道：“你自己不会拿啊，有手有脚的还要别人代劳？”

郑林天满手都是面粉和油腻的馅料，一脸的无辜：“我出去开冰柜，你又要说我，还不如你帮我拿。”

“不会洗手吗？”黄茹茹瞪着眼。

“多麻烦啊，茹茹，我知道你古道热肠，心眼很好的。”郑林天觍着脸拍马屁。

黄茹茹翻了个白眼。

临了出门，黄茹茹瞥了眼郑林天的帽子，犹豫再三，最终还是忍不住了，将翻折了一角的帽檐整理了一下。

“帽子都戴不好，你是智障吗？”黄茹茹恶声恶气地埋汰。

郑林天：“我又看不到我脑袋上顶的是帽子还是章鱼。”

“……我看你还是顶章鱼适合你。”黄茹茹黑着脸。

女记者：“……你们的感情，真的很好呢。”

将“正在营业”的牌子挂上大门，已是七点半整，面馆开始营业。

来吃早饭的食客渐渐增多。

韩栋打包了一块大排、一笼蒸饺，递给黄茹茹。

“给苗淼送去，昨天她说要吃早饭。”

黄茹茹接过打包盒，高高兴兴地打算上楼给苗淼送早饭，顺便撸猫。

跟拍摄影也跟在她身后，黄茹茹急忙制止他们：“别……别跟着。我是要去私人住宅。”

“哦哦。”跟拍导演点头，“送外卖呀。”

“嗯，我们的朋友。”

“苗淼？这个人，跟你们面馆很熟？”导演问道。

黄茹茹想了想，笑道：“嗯，没有苗淼，就没有我们这家面馆，她跟我们是一家人。”

大鱼文学
HONEY 小甜心 系列02
美食博主与厨神大人
暗搓搓的冤家小恋曲
微博问答（问题价值￥199）
@小圆警长：我悄咪咪关注了我的粉丝，还天天暗搓搓地去找他，我是不是爱上他了？
@Chefcap 转发评论：等等……这是向我告白了？！
【不开心的厌食症美食家】
食客太奇葩，老板看了想打人；
【不客气的特级帅厨神】
偶像太厉害，老板表示想脱单！
我亲爱的厨神／先生
致亲爱的厨神先生：
谢谢你用美食，拯救了我的不开心。
时梧◎著
我亲爱的
厨神／先生
美食家
帅厨神
2017
／浪漫初冬／
全国甜宠上市！
定价：29.80元
／爱情真美妙呀，你一出现，我的胃好了，我的心也好了。／